푸른 유리 심장

양진채는 1966년 인천에서 태어났다. 2008년 『조선일보』 신춘문예에 「나스카 라인」이 당선되어 등단했다. '문학비단길' 동인이다.

양진채 소설집
푸른 유리 심장

펴낸날 2012년 11월 26일

지은이 양진채
펴낸이 홍정선
펴낸곳 ㈜문학과지성사
등록번호 제10-918호(1993. 12. 16)
주소 121-840 서울 마포구 서교동 395-2
전화 02)338-7224
팩스 02)323-4180(편집), 02)338-7221(영업)
전자우편 moonji@moonji.com
홈페이지 www.moonji.com

ⓒ 양진채, 2012. Printed in Seoul, Korea
ISBN 978-89-320-2368-7

* 지은이는 2011년 서울문화재단 작가지원 창작기금을 수혜했습니다.

푸른 유리 심장

양진채 소설집

문학과지성사

2012

차례

플러그 꽂는 시간　7

누군가 있다　31

나스카 라인　59

파르초　85

너라는 거기　111

푸른 유리 심장　139

도둑　165

봄날의 테이블보　191

패루 위 고래　217

해설 푸른 유리 심장을 지닌 소설의 힘_이경재　244

작가의 말　260

플러그 꽂는 시간

금박 칠이 벗겨진 둥근 문손잡이를 돌려 열자 갇혀 있던 냄새가 와락 밀려 나왔다. 심장박동이 멈추고 뇌가 죽고 모든 세포가 활동을 멈춘 시점부터 맹렬하게 퍼지는 죽음의 냄새. 사흘 전 오존액을 들이붓다시피 뿌려두었지만 냄새는 여전했다.

눈이 시큼하게 쓰리고 따가웠다. 저절로 눈물이 나고 눈꺼풀이 내려왔다. P에게 냄새의 정도를 먼저 구분해내는 것은 코가 아니라 눈이었다. P는 실눈을 뜬 채 환기를 시키려고 베란다 문을 열었다. 소용없었다. 폭염 속 지글대는 공기는 미동도 하지 않았다. P는 베란다 밖으로 고개를 내밀어 눈을 몇 번 깜박였다. 금방 머릿속과 목덜미에 땀이 솟았다. 냄새만 다를 뿐 안이 오히려 덜 더웠다.

P는 안으로 들어가려다 말고 길 건너 슈퍼마켓 앞을 바라보았다. 여자는 색이 바랜 파라솔 아래, 둥근 플라스틱 의자에 엉덩이를 걸치고, 붉은색 막대 아이스크림을 성마르게 빨고 있었다. 죽은 남자의 딸이었다. 여자가 사무실에 전화를 걸어 일을 의뢰했다. P는 견적을 뽑는 과정에서 금액이 올라갈 때마다 초조하게 이로 아랫입술의 거스러미를 뜯던 여자를 떠올렸다. 눈 밑에서부터 광대뼈까지 기미가 잔뜩 끼어 나이보다 훨씬 늙어 보였다. 이십대 초반이라고는 믿기 어려운 강퍅한 얼굴이었다. 수틀리면 금방이라도 시비를 걸고 상스러운 욕을 하고 상대방 얼굴에 손톱자국을 낼 것만 같은 표정이었다. 여자는 한 번도 P와 눈을 마주치지 않았다. 귀찮은 빛이 역력했다. 회사에 유품 정리를 의뢰한 것만으로도 부녀간의 관계를 짐작하고 남았다.

일은 날이 갈수록 늘었다. 독신자가 많아졌기 때문이었다. 가족과 같이 살던 사람이 죽으면 유품은 당연히 가족이 정리했다. 그때의 죽은 사람은, 삶과 죽음으로 갈렸을 뿐 낯선 존재가 아니었다. 일을 의뢰받고 가보면 오랫동안 혼자 살다 죽은 노인이 대부분이었다. 정도의 차이는 있지만 죽은 며칠 뒤 발견되어 부패가 진행된 경우도 많았다. 요즘은 오십대 사망자도 더러 있었다. 그들은 살아 있을 때와 마찬가지로 죽어서도 혼자였다. 지부장은 고독한 죽음을 달랜다는 사명으로 이 일에 임해달라고 늘 입버릇처럼 말했다.

일을 하기에는 조건이 좋지 않았다. 이 더운 여름을 어떻게 견뎠을까 싶게 집 안에는 선풍기조차 없었다. 쉰여섯 살의 남자는 죽은 지 일주일 만에 발견되었다고 했다. 슈퍼마켓 주인 여자는 남자의 시신이 눈 뜨고 볼 수 없을 정도로 처참했다고 진저리를 쳤다. 흙빛 몸에 부풀어 오른 장기가 터지고, 썩기 시작한 살을 뚫고 나온 진물이 바닥에 흥건하고 통통하게 살이 오른 구더기들이 구멍이란 구멍마다 우글거렸다고 했다. 아휴, 끔찍해라. 내 그거 보고 이틀 동안 밥을 못 먹었다니깐. 며칠 전부터 이상한 냄새가 난다 했지만 설마 사람이 죽었을 거라고는 생각도 못 했지 뭐야. 설마가 사람 제대로 잡았지.

P와 M이 견적을 뽑기 위해 현장에 도착했을 때에는 시신이 들것에 실려나간 뒤였다. 구더기들이 진물 주변에서 꿈틀거렸다. P는 슈퍼 여자가 호들갑스럽게 떠들지 않더라도 냄새만으로 시신이 죽은 지 며칠이나 됐는지, 어떻게 죽었는지 알 수 있었다. 이런 경우에는 구더기를 통해 시체 부패 정도를 더 확실하게 알 수 있었다. 한여름이라 금방 파리나 하루살이가 날아들었을 것이다. 이들은 코나 귀, 눈, 입을 가리지 않고 구멍이란 구멍은 모조리 찾아 들락거렸을 테고, 단백질과 지방 덩어리인 시체의 조직을 파먹고 유충을 낳았다. 그사이 박테리아균 역시 빠르게 번식했을 것이다. 시신이 지독한 냄새를 풍기는 것은 내장이 상하면서 가스를 쏟아냈기 때문이다. 강력한 탈취제를 뿌려놓고 냄새를 없앤 뒤 며칠 지나야

작업을 할 수 있었다. 그래도 일은 쉽지 않았다. M은 현관문 앞에서 아예 발도 들여놓지 못하고 머뭇거렸다. 차에 가 있어. 오존 뿌리고 내려갈게. 아직 신참인 M이 감당하기에는 벅찼다.

여름이 다가오고 연일 사상 최고 온도를 갱신했다는 날씨 기사가 보도될 때마다 직원들의 눈빛이 흔들렸다. 누구도 한 여름 며칠 동안이나 시신이 방치돼 있던 곳에서 유품 정리하는 일을 하고 싶어 하지 않았다. 지부장이 굳이 P를 이곳으로 보낸 이유이기도 했다. P는 그 지독하다는 시취가 그럭저럭 참을 만했다. 물론 이 일을 오래 한 탓에 웬만한 냄새에 적응한 이유도 있지만 이 일을 시작할 때부터 P는 시취 앞에서 단 한 번도 고개를 돌리지 않았다.

P는 심한 축농증과 비염을 앓았다. 환절기마다 코가 꽉 막혀 냄새는커녕 코로는 숨도 쉬지 못했다. 비염이 심해지면서 입안에서 역한 냄새가 났다. 머리가 맑은 날이 없었다. 코에 돌덩이가 들어찬 것같이 묵직했다. 그렇다고 아예 냄새를 못 맡지는 않았다. 환절기가 지나면 그런대로 괜찮았다.

고등학교에 입학한 첫날, 자전거를 타고 가다 택시와 부딪혔다. 자전거 뒷바퀴 림이 완전히 휜 것에 비하면 뇌에 약간의 출혈이 있고 엉덩이에 멍이 들었을 뿐, 크게 다치지 않아 일주일쯤 입원했다가 퇴원했다. 어느 날 청국장을 아무렇지 않게 먹는 P를 보고 P의 엄마가 고개를 갸우뚱했다. 청국장만 끓였다 하면 제 방에 들어가 탈취제를 뿌려대며 거실이나 주방으로는 아예 나오지 않던 아이였다. P의 엄마는 P가 사춘기를 지나면서 입맛이 어른스러워지는 모양이라고 생각했다.

P는 집 안에서 자꾸 비린내가 난다고 생각했다. 비린내를 싫어하는 P의 엄마는 고등어나 갈치를 구울 때면 베란다로 나가 일회용 버너를 이용했다. 물론 생선을 먹고 나자마자 집 안을 환기시키는 것은 기본이었다. 비린내가 났다면 P의 엄마가 먼저 못 참았을 것이다. P가 코를 킁킁대며 집 안 여기저기를 뒤져서 수거해온 것은 모두 방향제였다. 엄마의 이론적 설득은 아무 소용없었다. P의 엄마는 인공향에 민감한 제 아빠를 닮은 모양이라고 투덜대며 더 이상 방향제를 사들이지 않았다.

학교에서 놀이동산 장미 축제에 놀러갔던 P는 차 안에서 먹은 소시지며 감자칩을 놀이동산 화장실 변기에 모두 게워냈다. 장미꽃 향기가 바람에 실려 전해지면서 참을 수 없을 만큼 구역질이 났다. 대부분의 학생들이 그렇듯이 기상, 학교, 집, 잠이 전부였던 P가 꽃 냄새를 맡을 일은 거의 없었다. 장미 냄새를 싫어한 적은 없었다. 왜 장미에서 나는 냄새 때문에 구역질이 나는지 알 수 없었다. P는 담임에게 얘기하고 조퇴했다. 야, 인마. 이유를 대려면 좀 그럴싸한 걸로 대라. 세상에 장미향 때문에 구역질 나서 못 있겠다고 하면 누가 믿어주냐? P의 얼굴이 하얗게 질린 것을 보고 결국 조퇴를 시켜줬지만 담임은 멀미 때문인 모양이라고 생각했다. P는 요즘 등하교 때마다 자신도 모르게 코를 막았던 일을 떠올렸다. 교문에서 본관까지 걸어가는 길 담장에 덩굴장미가 지천이었다. 꽃에서 나는 냄새라고는 생각지 못했다. 그 시간에 음식물 수거 차량이 지나가는 줄 알았다.

오랫동안 비염과 축농증으로 고생한 탓인지, 아니면 열이 떨어지지 않는 지독한 감기를 앓고 난 뒤부터였는지, 그도 아니면 냄새를 지각하는 뇌에 이상이 생긴 것인지는 모르지만, P는 언제부턴가 사람들이 싫어하는 냄새가 그리 역겹지 않았다.

P는 대부분의 사람들이 싫어하는 재래식 화장실에서 나는 냄새, 감자가 통째 썩은 내, 여름철 버스나 전철 안에 진동하는 땀 냄새, 생리하는 여자에게서 나는 냄새, 홍어 푹 삭힌 내, 시궁창 냄새들이 그리 싫지 않았다. 대신 꽃이 맹렬히 절정을 향해 치달을 때 나는 냄새, 방향제, 향수, 섬유 유연제, 화장품 냄새는 참기 힘들었다. 그렇긴 해도 살아가는 데 특별히 문제될 것은 없었다. P가 아는 사람들 중에는 홍어가 제대로 삭아 풍기는 냄새 때문에 삼합을 좋아하는 사람도 있고, 여자의 씻지 않은 음부에서 나는 냄새 때문에 성적으로 흥분하는 사람도 있었다. 청국장을 좋아하는 사람은 수도 없이 많았다. 방향제나 향수, 화장품 냄새를 싫어하는 사람도 부지기수였다. P가 냄새에 대해 얘기했을 때, P의 엄마는 밥에서 꽃

냄새가 난다고 했던 외할머니 얘기를 해줬다. 밥에서 아까시 꽃 냄새가 난다며 밥을 먹지 않으려고 해서 애를 먹었다고 했다. 외할머니가 치매에 걸렸을 때 얘기였다. 유품 정리 대행 업체 직원들이 대부분 시취를 맡아야 하는 고통 때문에 그만둔다면, P는 오히려 그 때문에 오래 남아 있었다.

P는 시취를 죽은 자가 지르는 마지막 절규라고 생각했다. P는 죽은 자의 외로움을 생각했다. 아무도 찾지 않는 동안 죽은 자는 고독에 사무쳐 절규에 가까운 비명을 질렀을 거라고. 냄새가 지독할수록 그 절규는 더더욱 가혹했을 것이다. P는 냄새를 희석시키기 위해 오존액을 뿌려댈 때마다 망자의 혼을 달래듯 좋은 데로 가시라고 다독였다.

시큰거리던 눈은 몇 번쯤 천천히 떴다 감았다를 반복하는 사이에 괜찮아졌다. P는 M을 위해서 가지고 온 만수향을 피웠다. 냄새를 그나마 희석시키기 위해서였다. 엄밀히 말하면 집 안에서 나는 냄새는 시취를 분해하기 위해 뿌려놓은 오존액 냄새였지만 시취와 오존액이 섞이면 둘을 구분하기란 쉽지 않았다. 가장 지독한 냄새를 없애기 위해 뿌려대는 오존액 역시 독하기는 마찬가지였다. P는 살고 죽는 일이 냄새가 섞여 드는 것과 별반 다르지 않다고 생각했다.

향의 연기가 구불거리며 위로 올라갔다. M을 위해서 향을 피운다고 했지만 P는 향내가 떠도는 방 안이 좋았다. 향은 죽은 자를 위로하고 산 자를 경건하게 했다. P가 하는 일은 한 사람이 살았던 마지막 흔적을 지우는 것이었지만, 향이 희미하게 방 안을 채우는 동안 서랍 속의 자잘한 유품을 정리하다 보면 죽은 사람과 마주 앉아 있는 기분이 들었다.

집안은 사흘 전과 다름없었다. 구더기들이 얼룩 주변에 말라비틀어진 채 죽어 있었고, 오존액이 희미하게 가구에 묻어 있었다. 마스크를 쓰고 현관에 들어서던 M이 발을 들여놓기 무섭게 구역질을 하며 몸을 돌려 주저앉았다. 어떤 이는 시체 썩는 냄새를 썩은 생리혈 냄새 같다고 했고, 어떤 이는 썩은 감자와 홍어 삼합과 암내를 합친 냄새라고도 했다. 온갖 역겨운 냄새를 모두 합친 것보다 더 지독한 게 시취라고 직원들은 입을 모았다. 처음 심하게 부패한 시체 냄새를 맡은 사람 중에는 어지러워 쓰러지는 이도 있었다. M은 그 정도는 아니었지만 매번 구역질을 하고 눈이 뻘겋게 충혈돼서야 안으로 들어섰다. 그나마 남자가 침대 위에서 죽지 않아 다행이었다. 침대 위에서 시신이 썩으면 그 진물이며 악취가 그대로 침대로 스며들어, 탈취제를 뿌린다고 해도 일을 하기가 곤혹스러웠다. 침대를 내갈 때에도, 처리하는 일도 보통 번거로운 게 아니었다.

후각이 마비되는 데는 많은 시간이 필요치 않았다. 몇 번 베란다 밖으로 얼굴을 내밀고 마스크를 벗고 숨을 들이마시던 M도 차츰 적응됐는지 자리를 잡고 앉았다.

P는 천천히 집 안을 둘러보았다. 주방 옆에 딸린 작은 베란다에는 과일주 담글 때 쓰는 소주 페트 병이 여섯 개나 우그러진 채 비닐봉지에 담겨 있었다. 일반 소주보다 값은 싸고 독한 술이었다. 주방은 비교적 깨끗했다. 먹다 남은 크림 수프가 덕지덕지 붙어 곰팡이를 피우고 있는 냄비 정도가 전부였다. 냉장고에 있는 말라비틀어진 포장 김치 몇 조각은 안을 밝히는 노란 불빛을 무색하게 했다. 수저 두 벌, 라면 한 봉지, 인스턴트 크림 수프 봉지 두 개가 전부였다. 당뇨와 혈압약을 복용했다는 남자의 식단은 최악이었다.

값이 나가는 물건은 거실에 놓인 벽걸이 텔레비전과 MTB 자전거 정도였다. 사흘 전에도 그랬지만 현관에 들어설 때부터 정면 베란다 유리창 쪽의 자전거와 왼쪽 벽에 놓인 텔레비전은 이 집과 어울리지 않아 생경스러웠다. P는 벽 한쪽을 절반 가까이 차지하다시피 한 최신형 LED 벽걸이 텔레비전을 보았다. 리모컨은 홈쇼핑 방지용 비닐도 떼지 않은 채였다. 텔레비전을 바꾸고 싶은 P가 유심히 봐둔 물건이기도 했다. 홈쇼핑에서 이 모델을 판매할 때 P는 서둘러 자동 주문을 이용해달라는 쇼호스트의 말에 몇 번이고 전화번호를 누를까 했지만 150만 원 가까이 하는 물건이라 결국 전화를 걸지 못했다. P는 리모컨을 눌러 채널을 돌려보았다. 수십 개의 채널이 다채롭게 변했다. 신형 텔레비전이라고 해도 이 집의 가전제품은 재활용하기 어려웠다. 아무리 냄새를 없앤다 해도 전원을 꽂는 순간, 열을 받은 제품에서는 죽은 자의 냄새가 난다.

P는 M과 구더기 잔해를 버리고 바닥의 얼룩을 지운 뒤 남자의 물건을 정리하기 시작했다. M이 서랍에 있는 물건을 바닥에 쏟았다. M의 등짝이 흥건하게 젖어 셔츠와 착 달라붙어 있었다. 더위도 냄새도 뽑아낼 방법이 없었다. M은 한곳에 자리를 잡고 웬만하면 움직이지 않았다. 공기 흐름이 없어야 냄새도 덜 났다. 기껏 후각이 마비되었나 싶다가도 공기가 바뀌면 냄새가 다시 났다. 머리 끝에서 얼굴로 등줄기로 땀이 쉴 사이 없이 흘렀다. 그래도 M은 세 장이나 겹쳐 쓴 마스크를 벗지 않았다. 입을 열었다간 공기 중에 있는 악성 세균이 당장 몸속으로 침투할 거라고 생각하는 것 같았다.

먼저 의뢰인에게 넘길 유품부터 정리했다. 가계부는 열흘 전까지 쓰여 있었다. 남자가 하루에 쓴 비용은 보통 5천 원 정도였다. 라면, 수프, 소주, 우유, 단무지, 김치가 번갈아 적혀 있었다. 매월 32만 원이 통장으로 들어갔다. 정기적금 통장은 안방 서랍 일기장 아래에 있었다. 다음 달이 만기인 천만 원짜리 저축이었다. 일기 역시 가계부만큼이나 단출했다. 여섯 줄 정도를 넘지 않았지만 꼬박꼬박 쓰여 있었다. '평범한 하루였다'로 끝나는 일기가 여러 편이었다. 서랍 한 칸에서는 DVD가 한 박스 나왔다. 모두 에로나 포르노물 같았다. 고인이 굳이 유품으로 전하길 원치 않을 것 같아 빼놓았다. 남자의 이름이 적혀 있는 것은 일단 유품으로 분리했다.

몇 장 안 되는 영수증 중에는 자전거 거래 내역도 있었다. 구입일은 3월 21일이었다. 금액은 120만 원. 페트 소주를 마시는 남자가 쓰기에는 과한 금액이었다. 오늘이 7월 28일. 타이어에 돋아 있는 솜털 같은 고무털이 생생한 산악용 자전거였다. 달려야 할 자전거 바퀴에는 흙 묻은 흔적조차 없었다. 인스턴트 수프를 먹고 독하고 싼 소주를 마시는 남자에게 백만 원이 넘는 돈을 투자할 만큼 간절했던 것은 무엇일까. 허벅지와 종아리 근육을 단련시키고 폐활량을 늘려 건강을 되찾으면 남자가 하고 싶었던 일은 무엇일까.

주머니에서 휴대전화 진동이 울렸다. 딸의 전화였다. P는 전화기를 들고 베란다 쪽으로 나갔다. 아빠, 나 이번 토요일에 발레 발표회야. 올 거지? 아이는 늘 P에게 영상으로 전화를 했다. 영상 속에서 딸은 연홍빛 발레복을 입고 있었다. 아빠, 이거 봐봐. 새미야, 내 폰 이렇게 잠깐만 들고 있어봐. 나 아빠한테 발레 하는 거 보여줄 거야. 아빠, 잘 봐. 아라베스크, 애티튜드, 앙트르샤, 에사페. 아이는 숨을 헐떡이면서 손을 머리 위로 둥글게 올리고, 발끝을 세우고, 빙글 돌았다. 아빠, 나 잘하지? 그러니까 발표회 때 꽃 사 들고 꼭 와, 알았지? 꼭이야, 이제 끊어. 전화 요금 많이 나오면 엄마한테 혼나니까. 아빠 사랑해. 아이는 제 말만 쏟아놓은 뒤 전화기에 대고 입맞춤을 하고는 전화를 끊었다. 아이의 얼굴이 화면 가득 들어찰 때는 마치 앞에 있는 듯해 엉겁결에 P도 입술을 내밀었다.

전화를 끊고 나자 일시에 정적이 찾아들었다. 딸이 언제 발레를 배웠던가. 아이와 따로 산 지 3년이었다. 그동안 아이가 발레를 한다는 소리를 들어본 적이 없었다. 아내가 아이를 키웠고 P는 매월 같은 날짜에 양육비를 보냈다. 아이와는 한 달에 한두 번쯤 만났다. 아내와 같이 만난 적도 있었고, 아이만 만나기도 했다. 전적으로 아내 마음이었다. 아이는 부모의 결별을 눈치챈 것 같았지만 한 번도 물어본 적은 없었다. 대신 P를 만날 때마다 같이 살 때보다 훨씬 살갑게 굴었다. P는 작은 몸을 감싼 연분홍색 발레복 때문이었는지, 아니면 아이의 싱싱한 숨소리 때문이었는지 문득 자신이 어디에 와 있는지, 무엇을 하고 있는지 아득했다.

거실에서 흘러나오는 냄새가 P를 깨웠다. P는 주머니에서 담배를 꺼내 불을 붙였다. 파라솔 아래 여자는 신경질적으로 플라스틱 부채를 부쳐대다가 2층의 P와 눈이 마주치자 얼른 고개를 돌렸다.

P는 M 옆에서 일을 하다가 텔레비전을 바라보고 다시 자전거를 바라보았다. 텔레비전과 자전거, P를 선으로 연결하면 정삼각형에 가까운 트라이앵글이 될 것이다. 텔레비전과 자전거는 죽은 남자가 가장 아끼는 물건일 것이다. 자신이 좋아하고 열망하는 것에는 돈이 아깝지 않았을 테니까. P는 서류를 정리하다 말고 베란다 창을 바라보았다. 비쳐드는 빛으

로 자전거는 잘 보이지 않는 반면 자전거가 만든 그림자는 거실 바닥에 선명했다. P는 길게 늘어선 그림자가 자신의 몸을 덮고 있는 것을 보았다. 조금 전까지는 미처 보지 못한 그림자였다. 바퀴가 다리에, 일자 핸들바가 가슴에 걸쳐 있었다. P는 그림자가 만들어낸 핸들바를 잡았다. 발을 벌려 그림자 자전거 페달을 밟았다. 먼지가 일었다. 공기 흐름이 바뀌자 M이 미간에 굵은 내 천 자를 그렸다. P는 어색하게 손과 발을 멈추었다. P는 고등학교 때 자전거 사고가 난 뒤로 자전거를 타지 않았다. P는 다시 자전거를 타본다면 어떨까 생각해보았다. 자전거를 타고 가다 보면 주변 풍경이 변하는 것처럼 어쩌면 자신의 삶도 자전거로 인해 변화가 생길지도 모른다는 생각이 들었다. 사실 P는 그게 두렵기도 했다.

P의 사무실에 유품 정리를 부탁해오는 사람들은 법적 서류상으로는 고인과 가깝지만 현실적으로는 남보다 못한 사이인 경우가 많았다. 고인이 쓰던 물건을 그들이 가져가겠다고 하는 경우는 없었다. 대부분 버려졌고, 돈이 될 만한 것은 중고 물품점에 넘기길 원했다. 통장이나 전세금, 월세 보증금 등을 챙기기 위해 서둘러 방을 빼려 했다.

P는 여자에게 건네줄 물건들을 챙겼다. 남자의 유품으로는 오래된 사진 몇 장, 지갑, 공과금 고지서, 가계부, 통장, 일기장이 전부였다. 천만 원 가까운 돈이 들어 있는 통장은 이제

죽은 이의 몫이 아니라 의뢰인 것이다. 시신을 일주일 뒤에 발견했던 의뢰인이 이 통장의 돈을 가질 자격이 있는지 의문스러웠다. P가 상관할 일은 아니었다. 죽은 사람만 불쌍하다는 생각이 드는 건 어쩔 수 없었다. 베란다에 뒹굴던 싸구려 소주 페트병이 떠올랐다. 죽은 이의 삶이 페트병처럼 우그러져 뒹구는 것 같았다.

P는 유품을 상자에 담아 1층으로 내려갔다. 슈퍼 앞 파라솔에 앉아 토마토주스를 마시던 여자가 벌떡 일어났다. 더위에 지친 여자의 얼굴은 저번보다 더 피로해 보였다. P가 옆으로 다가가자, 여자가 갑자기 헛구역질을 하며 주저앉았다. P에게서 나는 냄새 때문이었다. 인상을 찡그리는 사람들은 봤어도 구역질을 하는 여자는 처음이었다. P는 기분이 상했다. 아랫배를 감싸며 몇 번 구역질을 하던 여자는 끝내 조금 전 먹은 토마토주스를 게워냈다. 토마토주스가 피처럼 붉었다. 여자는 서둘러 가방에서 손수건을 꺼내 코와 입을 막고 P에게서 두어 발짝 물러났다.

"내 애, 잘못되기만 해봐, 죽을 때까지 용서하지 않을 테니까. 아버지라는 게 끝내 이런 꼴로 내 앞에 나타나야 해? 왜 하필 이런 때에 그렇게 끔찍하게 죽어 내 앞에 나타났냐구."

여자는 구역질을 해대면서 죽은 아버지를 저주했다. 여자는 슈퍼 여자가 갖다 준 물로 입을 헹구고 나서는 서둘러 테이블에 놓인 상자를 휘저었다. 여자가 일기장 아래에 있던 통장을 집어 들었다. 통장을 열어본 여자의 눈이 휘둥그레졌다. 저주를 퍼붓던 입술을 달싹여 얼마인지 헤아려보는 듯했다. 여자는 파라솔 의자를 제 쪽으로 끌어당겨 풀썩 주저앉더니 끝내 고개를 떨어뜨렸다.

"왜, 왜 그렇게 살다 가냐구! 가족한테 한 푼도 안 내놓고 구두쇠처럼 돈을 움켜잡고 살았으면 잘 먹고 잘 살아야지 왜 이 꼴로 죽냐구. 왜 병신같이. 이 돈 다 써버릴 거야. 먹고 싶은 거, 사고 싶은 거 다 사고, 멀리, 아주아주 멀리, 여행도 갈 거야."

여자는 참았던 걸 토해내듯 끄억대더니 울음을 터뜨렸다.

한참 만에 울음을 그친 여자는 통장과 도장과 지갑만 챙겨 들었다. 나머지는 버려달라고 했다. 그래도 일기장은…… 됐어요. 조금의 망설임도 없었다. 이젠 다 된 건가요? 여자가 빨갛게 충혈된 눈으로 물었다.

P는 방 안에 있는 오래된 이불장이나 옷장, 서랍장은 재활용하기 어려울 만큼 낡아서 모두 폐기물 쓰레기로 버려질 거라고 말하고, 텔레비전과 자전거가 있는데 어떻게 하겠느냐고 물었다. 여자는 팔면 얼마쯤 받을 수 있는지, 팔아줄 수 있는지 물었다. P는 150만 원 정도 받을 수 있을 것 같다고 했다. P는 여자의 계좌번호를 받았다.

P는 M과 함께 버릴 물건들을 들어서 현관 앞에 내놓았다. 벽지를 뜯고 장판까지 걷어냈다. 죽은 남자가 살던 공간은 텅

비었다. 나갈 때 마지막으로 탈취제를 한 번 더 뿌리고 나면 남자가 살았던 흔적은 지워지는 셈이었다. 도배를 하고 장판을 깔면 집 주인은 다시 세를 놓을 수 있을 것이다. 오후가 되어 폐기물 운반 차량이 도착했다. 자전거는 중고 물품점에 보냈다. 새 자전거나 다름없어 백만 원에 넘겼다. 자전거가 아깝기는 했지만 P는 결국 자전거를 사지 않았다. 엉덩이를 안장에 걸치고 페달을 밟으며 어딘가로 달려 낯선 풍경을 볼 자신이 없었다. 대신 텔레비전을 차에 실었다. 마지막 뒷정리를 할 때까지 M은 한마디도 하지 않았다.

모든 정리를 끝내고 탈취제를 뿌렸다. 집 안은 텅 비었지만 냄새는 완전히 사라지지 않았다. 어딘가에 스며 오랫동안 냄새를 풍겼다. P는 아직 남아 있는 냄새가 마저 빠지도록 현관문을 조금 열어두었다. 다른 날보다 조금 일찍 일이 끝났다.

M은 돌아오는 차 안에서 내내 인상을 구겼다. M은 P가 죽은 자의 물건을 사거나 갖는 것을 극도로 싫어했다. 죽은 사람이 쓰던 물건을 갖다 쓰면 귀신이 붙는다고 했다. M은 시장에서 만 원짜리 티셔츠를 사 입을망정 아무리 좋은 옷이나 물건이라도 헌 것은 쓰지 않는다고 했다. 어떤 사람이 쓰던 물건인지 모른다는 이유에서였다. 그게 뭐 어때서? 우리 집에는 가끔 귀신들이 나타나서 놀기도 하는데. 난 아무렇지도 않던걸? 물건이 뭐 죄 있나? P의 말에 M이 정색을 했다. 진짜요? 거봐요. 죽은 사람이 쓰던 물건을 집안에 들이니까 귀

신도 나타나는 거라고요. 귀신이 들러붙기 전에 얼른 그 물건들 갖다 버리세요! 귀신이 나타나는 게 뭐 어때서? M은 마치 귀신을 바라보듯 질린 얼굴로 P를 쳐다봤다.

퇴근하는 길에 텔레비전 값을 여자에게 입금했다. 가전제품이라 냄새 때문에 재활용이 안 되지만 버리기에는 아까웠다. 그냥 가질 수도 있었지만 P는 죽은 사람이 쓰던 물건에는 늘 얼마간의 돈을 지불했다. 그게 망자에 대한 도리라고 생각했다.

P는 아파트 경비원과 텔레비전을 낑낑대며 집에 올려다 놓고 나와, 아파트 단지 내 슈퍼에서 캔 맥주 네 개와 마른 오징어를 한 마리 샀다. P 곁을 지나치던 사람들은 번번이 P를 힐끔거리거나 코를 막았다. 집에 아직 김치나 라면, 햇반은 남아 있었다. 냉동실에 삼겹살도 좀 있을 거였다. 문을 열자 야옹이가 어슬렁 기어 나왔다. 야옹이는 한 달 전 당뇨 합병증으로 죽은 노인 집에서 데려왔다. 늙은 고양이였는데 가축병원에 데려가보니 혈통 있는 고양이가 아니라 잡종이라고 했다. 나이도 많아 얼마 살지 못할 거라고 했다. 의사는 뭐하러 그런 고양이를 거두냐고 했지만 P는 잡종이라는 것도, 늙었다는 점도 마음에 들었다. P는 군이 야옹이에게 알은척을 하지 않았다. 야옹이도 마찬가지였다. 야옹이는 게으르게 구석으로 가 자리 잡고 앉았다. P는 참치 캔을 따서 밥그릇에 부어주었다. P가 씻는 동안 야옹이는 밥을 먹었다. 빨랫비누

로 거품을 내 몸을 닦고 샤워를 했다. 빨랫비누는 거품이 잘 일지 않는 대신 냄새는 개운했다. 우유비누나 쌀비누처럼 향이 강하지 않은 세숫비누도 있지만, P는 내내 빨랫비누로 목욕하고 머리를 감았다. P는 햇반을 데워 어제 먹다 남은 김치찌개와 먹었다. 며칠 전부터 냉장고에서 들들 소음이 났다. 냉장고는 5년 전 쉰아홉 살 먹은 여자 집에서 가져온 것이었다. 텔레비전, 컴퓨터, 청소기, 냉장고, 의자, 식탁, 밥솥까지 P의 집 안에 있는 물건들은 대부분 일을 하러 나간 집에서 가져왔다.

유품을 정리하다 보면 사진을 보지 않아도 그 사람의 인상 착의가 대충 그려졌다. 인상뿐만 아니라 살아서 만난 적이 있던 사람처럼 그 사람에 대해 많은 것을 알 수 있었다. 가구와 그 가구가 배치되어 있는 정도, 옷장 안의 옷, 서랍의 잡동사니, 사진들, 싱크대의 양념통과 진열된 그릇들만 봐도 한 사람의 생을 짐작할 수 있었다. 그렇게 정리하다가, 죽은 사람을 살아서 만났더라면 어땠을까를 상상하기도 했다.

죽은 사람의 물건을 가져오는 데 특별한 이유는 없었다. P는 가전제품에 남아 있는 시취가 아무렇지 않았고 버리기엔 아까운 생각이 들었다. 손잡이에서, 버튼이 지워지거나 닳아 있는 것에서 죽은 사람의 흔적을 발견해도, P 역시 그 사람들이 그랬던 것처럼 손잡이를 잡고 버튼을 눌렀다. 굳이 닦으려고 하지도 않았다. 물건의 주인들이 꿈속에 나타난다 해도 놀라지 않을 것 같았다. 가끔 꿈속에서 알 수 없는, 그러나 어디서 본 듯한 사람이 나타나기도 했지만 P는 그 사람이 누군지 굳이 알려 하지 않았다.

P는 에어컨을 틀고 캔 맥주를 따고 텔레비전 플러그를 꽂았다. 전원이 들어오고 3분쯤 지나자 텔레비전 뒤쪽에서 시체 썩는 냄새가 희미하게 나기 시작했다. 죽은 이의 집에서 가전제품을 들고 와 플러그를 꽂을 때마다 나는 냄새였다. 플러그를 꽂은 뒤 냉장고가 가동되고, 그래서 냉장고 문을 열었을 때 따뜻한 불빛이 그 안을 감싸고 있을 때나, 컴퓨터 팬이 돌아가고 웹 브라우저의 푸른 화면이 뜨면서 그 곁에서 희미하게 죽은 이의 냄새가 떠다닐 때, P는 마음이 따뜻해지고 묘하게 안도했다.

텔레비전을 보다가 문득 티베트의 어느 사원에서 행해진다는 조장(鳥葬)이 떠올랐다. 장례를 담당하는 승려가 죽은 사람의 살을 자르고, 나중에는 뼈와 두개골까지 잘게 부숴 독수리의 먹이로 내어준다고 했던가. 텔레비전에서 나는 냄새를 맡고는 문득 나 자신이 독수리와 닮은 것은 아닌가 하는 생각이 들었다.

P는 가방에서 죽은 남자의 일기장을 꺼냈다. 딸이 쳐다보지도 않던 일기장이지만 그냥 버릴 수가 없었다. P는 남자의 일기를 다 읽고 나서 목울대가 뻣뻣해져 괜히 맥주를 들이켰다. 신산한 삶이었다. 남자가 혼자 그렇게 죽음을 맞이하리라

는 짐작은 일기장 어디에도 없었다. 일기장 갈피에서 사진 한 장이 나왔다. 교복을 입은 여학생이 꽃다발을 들고 가지런한 치아를 내보이며 웃고 있는 상반신 사진이었다. 뒷면에 '미선이 졸업식'이라고 쓰여 있었다. 지갑과 통장만 챙기고 돌아서던 여자가 떠올랐다. 낮에 음료수를 사러 들어간 P에게 슈퍼 여자는 아까 울던 여자가 죽은 남자 딸 맞죠? 하고 물었었다. P가 고개를 끄덕이자 그럴 줄 알았다는 듯이 혀를 찼다. 그 여자 임신한 거 같던데, 비명에 놀라 뛰어올라가 보니까 그 여자가 놀라서 금방이라도 숨이 넘어갈 듯하더라고. 오줌이라도 지렸는지 치마는 펑 젖어 있고. 나도 심장이 벌렁거려 죽는 줄만 알았는데 애를 밴 여자가 그 끔찍한 꼴을 봤으니 오죽했겠어. 죽은 사람은 죽은 사람이고, 그 여잔 또 뭔 죄가 많아 젊은 나이에 그런 험한 꼴을 당해야 하나. 세상, 참 더럽다니까. 슈퍼 여자는 선풍기 바람을 P 쪽으로 고정시키면서 말했다. 열여덟 환한 여자아이 얼굴에는 그늘이라고는 없어 보였다. P는 죽은 남자의 딸이 그 돈으로 먹고 싶은 거 먹고, 사고 싶은 거 사고, 다니고 싶은 여행을 다니길 진심으로 빌었다.

아홉 시가 조금 넘어 딸애한테 문자메시지가 왔다. 아빠 나 이제 자려고 아빠도 잘 자. 너무 덥다고 에어컨 켜놓고 자면 안 된대 알았지? 발표회 오는 거 잊으면 안 돼! 아이는 잠들기 전에 늘 P에게 잘 자라는 문자메시지를 보냈다. 그래 알았어 우리 이쁜 딸도 잘 자. P는 답장을 보내놓고 냉장고에서 다시 캔 맥주를 들고 나왔다.

채널을 돌려가며 영화도 보고, 뉴스도 보고, 다큐멘터리도 보았다. 맥주를 마시고 오징어도 씹었다. 바둑 채널에서는 조금 전 둔 바둑의 수를 복기하고 있었다. P는 죽은 사람의 유품을 정리하는 일도 바둑의 복기와 비슷한 것이라는 생각이 들었다. 아주 잠깐 자신의 주검은 어떤 모습을 하고 있을까 그려보기도 했지만 곧 잊었다.

불을 끄고 알람을 확인하려고 휴대전화를 들었던 P는 낮에 딸과 영상통화했던 목록을 동영상 앨범에서 찾아 재생 버튼을 눌렀다. 아빠, 잘 봐. 아라베스크, 애티튜드, 앙트르샤, 에사 페. 아빠, 나 잘하지? 그러니까 발표회 때 꽃 사들고 꼭 와, 알았지? 꼭이야, 이제 끊어. 전화 요금 많이 나오면 엄마한테 혼나니까. 아빠 사랑해. 아이의 연홍빛 원피스와 발그레한 볼이 환하게 눈앞에 어른거려 몇 번이고 재생 버튼을 눌렀다.

어둠 속에서 희미하게 냄새가 떠다녔다. P는 어디선가 맹렬히 뿜어내며 자라고 피워내고 스러져갈 냄새를 생각했다.

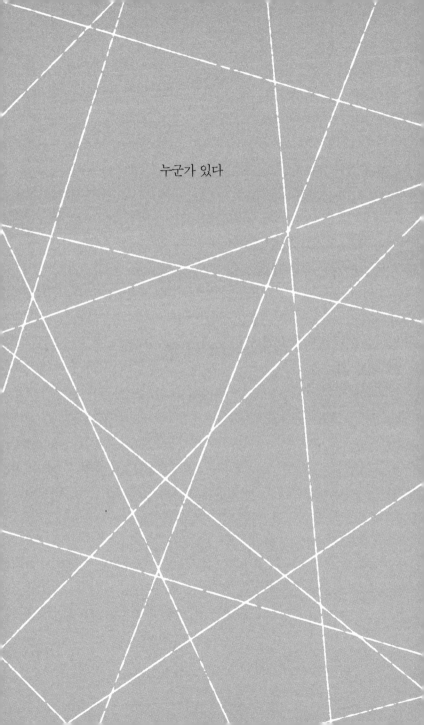

누군가 있다

．

짓이겨진 애벌레가 휠체어 바퀴를 따라 천천히 올라왔다. 바퀴 요철 사이에 끼어 짓무른 그것은 애벌레라기보다는 녹빛 점액질에 지나지 않았다. 나는 점액질을, 점액질 사이에 희미하게 보이는 가는 털들을 내려다보았다. 애벌레라니. 조금 전 타는 듯한 갈증 때문에 눈을 떴을 때, 방 한가운데를 천천히 가로지르고 있는 애벌레를 보긴 했다. 목이 말랐지만 조금만 움직여도 골이 빠개질 만큼 아팠기 때문에 꼼짝할 수가 없었다. 어제 그 카우보이 녀석 때문이었다. 녀석은 가짜가 분명한 약을 팔아먹고, 몸을 가누지 못하는 나를 후려 팬 뒤 지갑을 털어 현찰을 몽땅 가져갔다. 어떻게 집에 왔는지는 모르지만 머리통은 깨질 것처럼 무겁게 울려댔고 온몸이 욱

신거렸다.

물을 일부러 갖다 놓지 않았다는 데 생각이 미친 뒤에는 입을 다물고 기껏해야 시큼한 오렌지나 생각하며 침샘을 자극하는 수밖에 없었다. 겨우 스며 나오는 침을 모아 뻑뻑한 목안으로 밀어 넣는데 난데없는 애벌레가 눈에 띈 것이다. 그 꿈틀거리는 놈이 늘어진 내 몸을 일으키게 할 만큼 호기심을 자극하는 것은 아니었으나 두통이 가라앉을 때까지 멍하니 애벌레를 보는 것밖에 달리 할 것도 없었다. 나는 다시 애벌레라니, 하고 생각했다. 꿈틀거리며 기어가는 모습은 분명 애벌레긴 했다. 하지만 화분 한 개 없는 방 안에 애벌레라니. 그것도 새끼손가락 굵기나 되는, 이질감이 들 만큼 선명한 노란 애벌레는 도무지 요령부득이었다. 한동안 방바닥을 지나 창문 쪽으로 기어오르는 애벌레를 눈만 깜박이며 바라보았다.

애벌레를 보는 사이 입안에 침이 돌았다. 몸을 일으켜 휠체어에 앉아야겠다는 생각이 들었다. 생각이 들긴 했지만 아주 갈등이 없는 것도 아니었다. 어젯밤에는 될 대로 되라는 심정으로 술을 마셨고 한순간에 취해버렸다. 몇 시쯤 집에 들어왔는지도 기억나지 않았다. 하지만 아내는 나보다 더 늦었다. 아내가 일찍 들어왔다면 휠체어만 덩그러니 놓여 있는 상황과 맞닥뜨렸을 것이다. 내가 얼마든지 걸어 다닐 수 있으면서도 휠체어에 앉아 있었다는 것을 알면 아내는 어떤 기분이 들까. 나는 빠르게 술에 취해가는 와중에도 아내가 집에 들어와 내 방문을 열어봤을까 궁금했다. 그러길 내심 바랐던 것 같다. 언젠가는 부딪히게 될 일이었다. 들키지 않았다는 것에 안도를 하면서도, 한편으로는 적이 실망했다. 어쩔 수 없다는 심정으로 겨우 몸을 일으켜 휠체어에 몸을 부리듯 주저앉았다. 내가 우리에게 내린 형벌은 아내가 나보다 늦게 들어오는 바람에 아직 유효했다. 휠체어에 앉아 있으면 형틀에 묶인 심정이 되었다. 자초한 일이었다. 휠체어에 앉아 바퀴를 굴리면 누군가 내 어깨에 올라타 찍어 누르는 것만큼 힘이 들어 몸이 자꾸 앞으로 숙여졌다.

휴지로 휠체어 바퀴의 점액질을 닦아냈다. 점액질 묻은 자국이 선명했다. 애벌레는 한 마리가 아니었다. 힘겹게 바퀴를 두어 번 굴렸을 때 짓뭉개진 애벌레가 따라 올라온 것이다. 아까 보았던 애벌레는 창문턱까지 올라가고 있었다.

아내가 이제야 일어났는지 화장실로 들어가는 소리가 났다. 아내는 어제도 새벽녘에 들어왔다. 적막을 깨고 들리는 현관문 번호 키의 경쾌한 기계음이 희미한 의식 속을 파고들었다. 흔들리는 발자국 소리에 이어 화장실 변기에 대고 먹은 것을 게워내는 소리까지 들었다. 아니 그건 어쩌면 내 의식이 만들어낸 것인지도 모르겠다.

한밤중에 들었던 비명 소리는 아내의 것이었을까. 도무지 모든 게 불분명했다. 괴로움을 잊게 해주는 약이라는 카우보이의 말을 믿은 게 잘못이었다. 아주 잊는 것까지는 아니지만 잠시라도 이런 감정이 아닌 다른 기분이고 싶었다. 환각제에 의지해서라도.

버터 냄새가 난다. 아내가 토스트기에 빵을 굽는 모양이다. 내가 벌써부터 깨어 있다는 것을 알고 있으면서도 아내는 내 방으로 먼저 오지 않았다. 벌써 본색을 드러내는 것인지도 모른다. 얼마 전까지만 해도 일어나자마자 휠체어를 밀어주고 내가 변기에 앉을 수 있도록 겨드랑이에 팔을 넣어 들어 올려주었다. 아내는 진땀을 흘릴 만큼 끙끙대면서도 내색하지 않았다. 아침에 오줌보가 터질 듯한 상태에서 식은땀을 흘리며 아내를 기다리는 일은 당장 휠체어에서 일어서고 싶을 만큼 고통스러웠다. 그러나 나는 묵직한 자석에라도 들러붙은 것처럼 휠체어에서 꼼짝하지 않았다. 그 뒤로는 밤 열 시만 넘으면 물도 먹지 않는다.

나는 깊게 숨을 들이켜고 빵 냄새를 맡는다. 빵 냄새가 정물을 깨운다. 안온한, 따뜻한 가정의 아침처럼 느껴진다. 아내가 딸기잼을 바른 토스트와 커피를 들고 들어온다.

"기분이 좀 어때?"

대답을 기다리며 묻는 말은 아니다.

그녀는 테이블 위에 쟁반을 올려놓고 휠체어를 민다. 화장실 변기 옆에 휠체어를 붙이고 겨드랑이 사이로 손을 껴 나를 변기 위에 앉힌다. 그녀의 가슴이 코를 누른다. 한순간 호흡이 멈춘다.

"나가줄래?"

굳이 이 말을 하지 않더라도 그녀가 나갈 것을 뻔히 알면서
도 내뱉는다. 변기에 앉아 오줌을 누는 모습은 차마 보일 수
가 없다. 알량한 자존심인지도. 아내가 문을 닫고 나간 뒤에
도 나는 그냥 앉아서 참았던 오줌을 눈다. 어느새 앉아서 소
변보는 일에 적응해가고 있다. 내렸던 바지를 엉덩이 중간쯤
까지 끌어 올리고 물을 내리면 다시 아내가 들어온다.

"어젠 교수님들과 저녁이 좀 늦어졌어. 기다리지 않았지?"

아내는 다시 휠체어에 앉는 것을 도와주고 칫솔에 치약을
묻혀주며 말했다. 나는 굳이 대답하지 않고 이를 닦는다.

"따뜻할 때 빵 먹어. 난 노래 연습 좀 하다가 다시 나가봐
야 돼. 공연 준비에 수업까지 하려니까 바쁘네."

빵은 아직 따뜻했다. 빵을 베어 무는데 아내의 노랫소리가
들려왔다. 「위령제Allerseelen」다.

Es blüht und funkelt heut auf jedem Grabe.

Ein Tag im Jahr ist ja den Toten frei;

Komm an mein Herz, dass ich dich wieder habe,

Wie einst im Mai.

오늘 모든 묘지에 꽃이 피고 향이 퍼진다.

한 해의 하루, 죽은 영혼이 해방되는 날.

내 가슴으로 오라, 내가 다시 당신을 안을 수 있도록.

마치 예전의 그 오월처럼.

발표회 날짜와 곡이 확정되었는지 아내는 며칠째 「위령제」를 부르고 있었다. 슈트라우스의 '죽은 자의 영혼을 위로하는 날'. 우아하고 감미로우면서도 애잔하고 격정적인 독일 가곡. 나는 빵을 천천히 한입 베어 문다. 아내의 노래를 듣고 있으면 붉은 비단 천으로 된 명정(銘旌)이 관 위에 덮이기 전, 은물로 새겨진 망자의 이름이 노랫소리를 따라 돋을새김될 것만 같았다. 목이 멘다.

아내와 같이 혀 밑에 사탕을 넣고 아, 베, 체, 데, 에, 에프, 게, 하, 이, 요트 하며 장난스럽게 독일어를 발음하던 시절이 떠오른다. 아내는 R 발음이 안 될 때마다 드릴이 무언가를 뚫는 것처럼 드르르르 소리를 내며 내 옆구리를 간질였다. 사탕에서 흘러나오는 단물처럼 달콤하던 날이었다. 언제까지나 함께하자…… 아내는 그때를 기억하고 있을까.

아내의 노래는 클라이맥스인, 다스 이히 디히 부분에서 번번이 끊긴다. 아침에 소리가 잘 나오지 않는 점을 감안하면 충분히 아름답지만 몇 번이고 그 부분을 다시 부른다. 내 가슴으로 오라, 내가 다시 당신을 안을 수 있도록. 내가 다시, 내가 다시, 내가 다시 당신을. 내가 다시 당신을 안을 수 있도록.

아내의 노래를 들으며 창문을 올려다보았다. 노란 애벌레가 하늘이 들어앉은 유리창 한가운데를 기어오르고 있었다. 아내의 노래에 리듬이라도 타듯, 하늘 끝까지 올라가보기라도 하려는 듯, 애벌레는 등을 잔뜩 구부렸다가는 펴고, 구부렸다가는 펴기를 반복했다. 채송화씨만큼 작고 검은 눈, 등을 구부렸다가는 다시 펴며 앞으로 나아가는 노란 애벌레를 질린 눈으로 바라보았다. 그것은 검은빛에 가까운 진초록 똥까지 싸놓았다. 방바닥에는 애벌레가 싸지른 똥이 검은 점으로 말라 예닐곱 군데쯤 찍혀 있었다. 처음에는 그것이 무엇인 줄 몰랐다. 애벌레 똥은, 볼펜으로 필기를 하다 보면 뭉치는 유성잉크와 비슷했다. 흔히 볼펜 똥이라고 부르는 그것 말이다. 미간에 주름을 잡고 점에 집중했지만 매직아이처럼 감춰진 무엇인가가 확연하게 드러나는 순간은 없었다. 애벌레가 지나간 길에 점이 있었고, 어쩌면 애벌레 똥일지도 모른다는 짐작만 겨우 했을 뿐이다.

"병원 가서 재활치료 잘 받아. 이따가 열한 시쯤 도우미 올 거야. 오늘은 일찍 들어올게."

외출 준비를 끝낸 아내는 방문을 열어 고개만 들이밀고 말했다. 현관문이 자동으로 닫히는 소리가 적막 가운데 높은음으로 울린다. 나는 천천히 베란다 창문 쪽으로 나간다. 햇빛은 건너편 빌딩에 사선으로 매달린 그늘을 거둬들이는 중이다. 오토바이는 오늘도 창문에서 내려다보이는 빌딩 앞에 세워져 있다. 배기량이 천 cc는 될 것 같은 은빛 나는 오토바이는 질주하기 위해 엉덩이를 세우고 휘슬이 울리기만을 기다리는 표범 같다. 나는 꽉 조여 터질 듯한 남자의 가슴과 엉덩이를 바라본다. 남자의 시선이 아파트 입구로 옮겨간다. 그는 장갑 낀 손으로 핸들과 안장에 앉은 먼지를 털어내고는 시동을 건다. 남자가 아내의 뒤를 천천히 쫓는다. 아내는 아파트 단지를 벗어나면 오토바이에 올라타 그에게 주문할지도 모른다. 달려줘. 전속력으로 지구 끝까지. 어딘가에 부딪쳐 죽어버릴 때까지 달려줘, 제발. 그러면서도 아내는 그 속력이 무서워 벌벌 떨며 남자의 허리춤을 붙들 것이다.

그때, 빗길에 오토바이를 타던 여자는 어디를 향해 내달리는 중이었을까. 오토바이와 추돌한 것은 순식간이었다. 아내가 비명을 지르며 자기 쪽으로 핸들을 꺾었다. 부부 동반 모임에서 적당히 취했던 나는 엉덩이를 앞으로 쭉 뻗고 등받이를 젖혀 드러눕다시피 타고 가는 중이었다. 무언가에 부딪히며 허리 쪽으로 주저앉는 듯한 통증이 왔다. 그 고통의 순간에도, 허리에 굵은 주름이 잡힌 샛노란 원피스를 입은 여자가 허공에 붕 떴다가 가드레일에 걸쳐지는 광경이 고스란히 눈에 들어왔다. 오토바이는 일그러진 채 나동그라져 헛바퀴를 굴리고 있었다. 여자의 얼굴은 검은 듯했고 이목구비는 선명했다. 마르고 검게 탄 발이 고스란히 드러났다. 발과는 다르게 발바닥은 놀랍도록 연한 복숭앗빛을 띠었다. 한 번도 신발 속에서 나오지 않은 발바닥 같았다. 죽음과는 무관한 순결한 빛이었다. 아직 온기가 남아 있을 것만 같은 여린 발바닥 옆으로 검붉은 피가 흘러내렸다. 피가 어둠 속에서 번들거렸다. 여자의 가슴이 벌떡거리고는 부르르 떨렸다. 치켜뜬 눈동자가 나를 바라보는 것 같더니 한순간에 여자의 고개가 꺾였다. 여자의 몸에서 빠져나가는 영혼을 본 것도 같은 착각에 빠졌다. 여자의 영혼이 일어서서 유리창 앞으로 다가와 기웃거리는 듯했다. 노란 원피스가 시야를 뒤덮었다. 핸들에 고개를 파묻고 있던 아내가 차 문을 열고 나갔다. 그 여자에게 다가간 아내는 여자가 크로스로 메고 있던 가방을 벗겨내 들고 왔다. 그리고 차 문을 닫아걸었다. 턱을 덜덜 떨고 있었지만 무서우리만치 냉정한 낯빛이었다. 한 번도 본 적 없는 아내의 모습은 저승사자 같았다. 소름이 돋았다. 아내가 시동을 걸고 와이퍼를 작동시켰다. 이번 공연만 잘 끝내고 나면 정교수로 발령이 날 거라고 어린아이처럼 좋아하던 사고 직전의 모습은 찾아볼 수 없었다. 비가 거세졌다.

남자의 오토바이가 사라진 뒤 방으로 들어가려다 말고 아내 방 방문을 열어보았다. 아내는 드레스룸 겸 서재로 쓰던 곳에 싱글 침대를 들였다. 내가 편히 잘 수 있도록 하기 위해

서라고 했다. 벗어놓은 옷들이 침대 위에 아무렇게나 널려 있었다. 몸은 빠져나가고 몸의 형태를 기억하려는 빈 옷들만 남아 있었다. 블라우스 사이로 그녀가 벗어놓은 팬티가 보였다. 나는 검지와 중지로 팬티를 집어 들었다. 끈으로 된 팬티는 앞쪽만 검은 나비 모양이다. 팬티에는 희미한 얼룩이 남아 있다. 팬티를 코에 바짝 갖다 대고 콧숨을 들이마셨다. 익숙하면서도 낯선 냄새였다. 팬티는 내가 선물한 것이었다. 포장지를 뜯어 상자 안의 물건을 확인한 아내는 얼굴을 붉히며 눈을 가볍게 흘겼다. 다음 날 아내는 잠옷 안에 내가 선물한 팬티를 입고 있었다. 옷을 벗겼을 때, 막 검은 나비 한 마리가 그녀의 가랑이 사이에서 날아오르는 것 같았다.

그 나비에 입술을 갖다 댔다. 어느새 바지 앞섶이 팽팽해졌다. 아직도 두통으로 머리가 흔들리고 온몸이 묵직해 당장이라도 눕고 싶은 마음뿐인데 몸이 제멋대로 부풀었다. 검은 나비로 성기를 감싸고 흔들었다. 절망인지 치욕인지 모를 신음을 내뱉을 때까지. 축축이 젖은 검은 나비를 침대에 던져버렸다.

아아아아아. 사고가 난 뒤 아내는 가끔씩 새벽에 비명 같기도 하고, 아리아 같기도 하고, 울음 같기도 한 소리를 냈다. 휠체어를 타고 가 아내의 방문을 열었을 때는 굵게 웨이브 진 풍성한 머리카락과 굽은 등만 보였다. 소리가 났던 흔적은 아무 곳에도 없었다. 잘못 들은 줄 알았다. 하지만 나는 문을 달으려다 말고 그 자리에 멈춰 설 수밖에 없었다. 아내의 떨고 있는 어깨가 스탠드 불빛에 희미하게 보였다. 아내는 울고 있었다. 무엇 때문에 우는지는 알 수 없었다.

사고 이후 나는 제대로 잠을 이루지 못했다. 밤마다 울창한 숲에서는 수많은 사람들이 아우성을 쳤고, 극성스럽게 울었다. 도망치려고 하면 할수록 풀들이 내 발목을 감아들었고, 머리 위에서는 까마귀 떼가 당장이라도 머리를 쪼아댈 듯 검은 날개를 퍼덕였다. 겨우 숲을 빠져나오면, 형체도 없던 아우성은 작고 왜소한 몸을 보인 채 내 앞에 일렬횡대로 누워 있었다. 뼈들이 달그락 소리를 낼 것 같았다. 그 뼈들 사이에 노란 원피스를 입은 여자가 여전히 피를 흘리고 있었고, 무심하게 나를 바라보았다.

속이 쓰린 건지 배가 아픈 건지 알 수 없었다. 배를 마사지하듯 둥글게 원을 그리며 비볐다. 목이 말랐다. 여전히 머릿속은 뒤죽박죽 엉켜 풀릴 기미가 보이지 않았다. 냉장고에서 물을 꺼내 병째 들고 들이켰다. 냉장고 안에는 캔 맥주와 생수, 그리고 뚜껑도 열어보고 싶지 않은 오래된 반찬 몇 가지, 삼각김밥 두 개가 전부였다. 반질반질 광이 나던 모든 것에 먼지가 앉고 차츰 시들어가는 느낌이었다. 머리가 무겁고 어지러웠다.

인터폰이 울렸다. 열한 시가 다 된 시간이었다. 아내가 부른 도우미였다. 병원 가는 일이 취소되었다고 도우미를 돌려

보냈다. 재활 치료는 애초부터 받지 않았다. 사고가 난 뒤 병원으로 옮겨졌고 한 달 동안 휠체어 신세를 지긴 했지만 다행히 빠른 속도로 회복되었다. 하지만 직장은 그만둘 수밖에 없었다. 이 불경기에 기약 없이 나를 기다려줄 곳은 없었다. 휠체어를 타는 동안 아내는 두려워 어쩔 줄을 몰랐다. 빗길에 헬멧도 쓰지 않고 오토바이를 탄 그 애가 잘못이야. 그 애가 내 앞으로 뛰어들었다고. 죽기를 작정한 애였는지도 몰라. 그랬을 거야. 분명히 그랬을 거야. 이게 뭐야. 내 인생을 이렇게 끝낼 수는 없어. 이번 기회를 놓치면 나는 영영 끝이야. 그 차가운 감방에서 어떻게 살아. 난 못해. 당신이 도망치라고 했잖아. 몰라. 당신이 책임져야 해. 미안해, 여보. 당신 이제 어떡해. 난, 난, 난 어떡해. 아내는 횡설수설했다. 어떻게든 자기가 쥔 것을 아무것도 놓지 않으려는 듯 보였다.

다친 데가 없는 아내는 바로 강의에 나갔다. 세 군데 대학을 뛰느라 낮에는 병원에 있을 시간이 없었다. 밤에만 잠깐씩 들르는 아내는 아직도 내가 휠체어에 앉아서 생활해야 하고 꾸준히 재활 치료를 받아야 하는 것으로 알고 있었다. 퇴원을 하면서 휠체어를 구입했다. 무의식적이었다고 해도 사고가 일어났던 그 순간에 꼭 핸들을 그렇게 틀 수밖에 없었을까 하는 생각과 끔찍하리만큼 차가웠던 아내의 얼굴은 그동안의 애정을 빠르게 식혔다. 나는 잔인하게 아내를 괴롭히고 싶었다.

우리는 서로를 마주 보는 것도, 외면하는 것도 힘이 들었다. 겉으로는 무심한 듯 제 역할을 해냈지만 거울처럼 속내가 비쳤다. 깨진 거울이었다. 바라만 봐도 수십 가지로 조각난 자신의 모습들이 보였다. 현관 벨 소리에도 놀라고, 교통순경만 봐도 가슴이 내려앉고, 도로 공사장에 세워놓은 노란 안전판에도 신경이 날카로워졌다. 아내는 아이스크림 위에 올린 체리 같았다. 지금 아이스크림은 녹아 끈적였고, 체리는 녹은 아이스크림과 뒤엉켜 썩어가고 있을 뿐이었다. 냉담을 가장하고 각자 도망이 아닌 도망을 쳤다. 나는 술로, 아내는…… 그 길이 제 길이 아니라는 것을 알고 있었지만 도리가 없었다. 서로에게 상처를 입히는 날이 많아졌다. 제게 입히는 상처라는 걸 알기 때문에 더 그악스럽게 싸웠다. 그러나 그 상처가 면죄부는 아니었다.

카우보이가 내게 준 약은 무엇이었을까. 어제 사내는 클럽에 앉아 있는 내 옆으로 오더니 귀에 더운 숨을 뿜어 넣으며 약이 필요하지 않느냐고 했다. 그의 구불거리는 수염이 귓가를 간질였다. 입에서는 썩은 계란 냄새가 날 것 같았지만 다행히 냄새는 풍기지 않았다. 나는 내려앉으려는 눈꺼풀을 힘겹게 들어 올렸다. 그러고는 사내를 바라보다 피식 웃음이 새어나왔다. 그는 서부 영화에나 나올 법한 카우보이 복장을 하고 있었다. 긴 술이 달린 빗살무늬 망토, 챙이 넓으면서 휘어진 모자, 게다가 웨스턴 부츠까지. 얼굴은 온통 수염과 구불거리는 머리카락으로 덮여 눈과 코와 입만 덤불 속에 드러난 행색이었다. 나이를 가늠하기 힘든 사내였다. 말을 타고 먼지를 일으키며 서부의 황량한 거리를 뚜벅뚜벅 걸어가는 총잡이의 뒷모습이 연상되었다. 허리춤에 총이라도 차고 있을 것 같았지만 총은 없었다.

"약이라고? 무슨 약?"

"왜 이러셔, 후지게. 아주 탱탱 빵빵한 게 효과 직빵이죠."

사내의 행색에 잠깐 웃기는 했지만 누군가를 상대할 기분은 아니었다. 약이 아니라 총이었다면 당장이라도 빼들어 관자놀이에 대고 방아쇠를 당겼을 것이다. 술을 마시고 잊고 싶었을 뿐이다. 피 흘리던 어린 여자의 눈동자를, 허리에 닿을 듯 치렁한 머리카락을. 그리고 도저히 죽음과는 어울릴 것 같지 않던, 바람에 팔랑거리던 주름진 샛노란 원피스를. 그리고 그 죽음을 피해 도망친 아내와 나를. 나는 그에게 다른 데 가보라는 듯이 손을 저었다.

"뭐 괴로운 일이라도 있으신가? 그렇담 더더욱 이게 필요하죠. 아주 싹 잊게 해준다니까요."

술 취한 사람들에게 돼지발정제나 엑스터시나 헤로인 같은 최음제나 환각제 따위를 몰래 파는 치라는 걸 모르지 않았다.

"괜한 호기를 부리시기는, 결국 찾게 될 거면서."

내가 더 이상 눈길도 주지 않자 옆에서 얼쩡대던 카우보이는 비아냥거리듯 킬킬 웃더니 어느새 슬그머니 사라졌다. 아주 싹 잊게 해준다니까요. 제기랄, 도려내듯 깨끗이 잊을 수만 있다면.

　두통약을 삼키고 잠들었다가 다시 깨어났을 때에는 그새 몇 마리 더 늘어난 애벌레가 방바닥을 기어 다니고 있었다. 두통도 여전했고, 몸이 욱신거렸다. 냉장고 속 삼각김밥을 꺼내 전자렌지에 데워 먹었다. 속을 풀 만한 것은 아무것도 없었다. 어디서 애벌레가 나타나는 것인지 깨알보다 작은 검은 똥도 꽤 여러 군데 찍혀 있었다. 어디에도 애벌레가 살 만한 곳이나 먹을 것은 없었다. 나는 한 번도 보고 싶은 생각이 들지 않던 책장이나 장식장 뒤쪽을, 퀸 사이즈의 침대 밑 구석구석을 뒤져보고 싶었다. 그런 곳에 손바닥만 한 이파리들이 싱싱하게 물기를 머금고 줄기를 뻗으면서 자라고 있을 것 같았다. 그 줄기에 애벌레가 줄줄이 매달려 쑥쑥 자라는 잎들을 갉아 먹다가 내가 안 보는 틈에 검푸른 똥을 싸지르고는 시침 떼듯 다시 잎의 뒷면이나 줄기에 매달리는 것이다. 애벌레는 어디선가 자꾸만 기어 나와 채송화 씨보다 작은 눈을 또록또록 굴렸다.

　이상 기온 탓으로 나방 애벌레가 들끓는다는 어느 농촌을 보여주던 뉴스가 떠올랐다. 그 마을 주민들은 나방 애벌레 때문에 폭염에도 방문을 열지 못할 지경이라고 했다. 문을 열어놓기는커녕 마실조차 나다니기 겁이 난다고 손사래를 쳤다.

이가 숭숭 빠지고 주름이 얼굴을 덮은 할머니는 평생 이렇게 징그러운 벌레는 처음 봤다고 고개를 절레절레 흔든다 진저리를 쳤다. 화면에 잡힌 벌레들은 잎이나 줄기에 그득그득했고, 길가에도 발 디딜 틈조차 없을 정도로 드글거렸다. 사람들은 방문을 닫았다. 외출할 엄두도 내지 못했다. 그 마을은 벌레들이 주인 같았다.

그런 일은 많았다. 한여름에 우박이 쏟아졌다. 그물에 물고기 대신 물컹거리는 해파리만 잔뜩 잡히고 어느 바다에서는 귀신 고래가 나타나기도 했다. 거대 싱크홀이 생기면서 갑자기 멀쩡하던 땅이 꺼져버리는가 하면 순식간에 집이나 자동차를 삼켜버렸다. 그렇기로서니 고층 아파트 방에 애벌레라니. 그것도 저 질리도록 선명한 노란 빛을 띠고. 문득 애벌레들이 기하급수적으로 늘어나 이 방을 다 차지하는 것은 아닌가 하는 생각이 들었다. 하지만 그때 보던 것처럼 털이 숭숭 나고, 검붉은 점이 마디마디 찍혀 있는 그런 벌레는 아니었다. 건조한 방 안에서 애벌레를 보는 일이 생경할 뿐이었다.

어제 사고 현장에 갔었다. 아내가 수업에 가고 없는 시간, 무언가 치받아 올라와 입안에 쓴 침이 고이면 차를 몰고 나가게 되고, 그러다 보면 어느 순간 사고가 났던 자리에 차를 세운 내가 있었다. 목격자를 찾는 플래카드가 비바람에 색이 바래고 늘어진 채 나무에 매달려 펄럭이고 있었다. 이제는 플래

카드만이 유일하게 그곳이 사고 현장이었음을 알리고 있었다. 아내 방을 뒤져 그날 아내가 들고 왔던 그 아이의 가방을 열어본 적이 있었다. 가방 안에 유서 같은 것은 없었다. 화장품이 담긴 파우치, 진분홍색 반지갑, 휴지, 가방 지퍼 안쪽으로 세 개의 생리대, 휴대전화 등이 들어 있었다. 켜서는 안 된다는 걸 알면서도 꺼져 있는 휴대전화를 켜고 싶었다. 그 아이에 대해 좀더 자세히 알고 싶었다. 1991년생. 김민희. 지갑 안에는 미래를 예측하지 못한 아이의 새초롬한 얼굴이 담긴 주민등록증과 각종 카드가 빼곡하게 들어 있었다. 그 또래 아이들의 가방을 뒤져 나올 만한 것 말고 특별한 게 없었다. 그 아이는 빗길에 어디를 향해 내달리는 중이었을까. 오토바이를 타기에는 도무지 어울리지 않는 원피스를 입고 비를 맞으며 그 애가 가려고 했던 곳은 어디였을까. 그 애의 꿈은 무엇이었을까. 오토바이를 타면서 한 번쯤이라도 사고로 죽을 수 있다는 생각을 해보았을까.

돌아오는 길에, 나는 우연처럼 영구차 뒤꽁무니에 붙어 서서 가게 되었다. 처음부터 그랬던 것은 아닌 것 같은데 어찌어찌 가다 보니 어느새 내 앞에 영구차가 가고 있었다. 물론 누구의 운구 행렬인지 알 수 없었다. 영구차 뒤편은 모두 국화꽃으로 덮여 있었고 검은색 십자가가 꽃 가운데 그려져 있었다.

영구차를 앞지르기가 어려워, 나는 마치 장례 행렬처럼 그 차 뒤를 따랐다. 그러다 교차로에서 좌회전 신호를 따라 있던 영구차가 움직이면서 뒤에 장식된 국화꽃 판의 왼쪽 일부가 순식간에 떨어져 내 차를 덮쳤다. 스티로폼이 차바퀴 밑으로 깔리고 흰 국화꽃 무더기가 밟혀 흩어졌다. 영구차는 그 사실을 모르는지 보이지 않았다. 갓길에 차를 세웠다. 이리저리 날리는 스티로폼과 꽃들이 도로 한가운데서 어지럽게 뒹굴었다. 국화 무더기가 차량을 덮치는 순간, 앞이 하얘졌다. 자칫하다가는 대형 사고로 이어질 수도 있었을 것이다. 죽음이 죽음을 부른다는 생각이 들었다. 찰나에 죽음을 맞닥뜨린 여자의 영혼이 살아 있다면 그녀는 지금 무슨 생각을 하고 있을까. 죽음 직전까지 그녀의 삶은 어떤 것이었을까. 사고 전후로 아내와 나의 삶이 극명하게 바뀌어버린 것처럼 죽음 직전까지 흘러가던 그녀의 삶은 어떻게 변했을까. 단지 멈춰버린 것으로 끝났을까. 국화꽃에서 향을 태우는 냄새가 났다. 술을 마시지 않고는 버틸 수가 없었다.

클럽에서 나와 택시를 잡으려다 멈춰 섰을 때 나를 바라보는 눈길을 느꼈다. 무심한 척 거리를 한 바퀴 둘러보았다. 편의점 앞 파라솔이 쳐진 테이블에서 남자 둘이 맥주를 마시고 있었고, 택시를 잡으려고 차도까지 내려선 젊은 연인이 보였다. 나를 바라볼 만한 이는 없었다. 그때 내 곁을 스쳐 지나가던 여자와 어깨가 부딪쳤다. 죄송합니다. 여자가 그렇게 말했던가. 힐끔 돌아서 여자를 바라보았다. 남자와 팔짱을 끼지 않은 다른 손에 들린 노란 음료가 눈에 들어왔다. 망고주스였다. 한순간 노란 원피스가 내 얼굴을 덮칠 것만 같았다. 여자의 얼굴선이 허물어지고 손에 들고 있는 색만 남았다. 어둠 속에서 노란색은 집요하게 내 눈길을 잡아당겼다. 비틀거리며 노란색을 따라갔다. 어디선가 하늘을 나는 까마귀 울음소리가 만장처럼 물결쳤다. 여자는 캔으로 가볍게 허벅지를 두드리며 걸어갔다. 그 두드림이 따라오라는 신호처럼 여겨졌다. 천천히 망고주스를 따라갔다. 여자는 남자의 팔짱을 끼고 걸으며 조금 휘청거리기도 했다. 내게는 오직 노란색만 보였다. 그 아이 이름을 부르고 싶었지만 이름이 생각나지 않았다. 김윤희, 미희, 민화, 민희, 미연. 어느 이름도 아닌 것 같고, 모든 이름이 그 애 이름 같기도 했다. 용서해줘. 걸음을 멈춘 여자가 갑자기 뒤를 돌아보았다. 나도 우뚝 걸음을 멈췄다.

"뭐요? 왜 따라와?"

여자 옆에 서 있던 남자가 시비조로 물었다. 나는 여자의 허벅지 옆에 들고 있는 망고주스 캔을 가리켰다.

"이 새끼, 이거 완전 변태 새끼 아냐?"

남자의 주먹이 내 배를 치고 들어왔다. 그대로 나가떨어졌다. 내장이 뒤틀리는 것 같았다. 이미 취해 남자를 감당할 만한 힘도 없었다. 겨우 일어서려는데 다시 옆구리에 놈의 구둣발이 날아왔다. 넘어지면서 어딘가에 부딪힌 것 같았다.

재수 없어. 여자가 들고 있던 캔을 내게 던졌다. 내가 가리킨 것이 캔이 아니라 여자의 허벅지 사이라고 생각한 것일까. 노란 망고주스가 쿨럭 쏟아졌다. 색이 나를 묶어버린 동안은 제정신이 아니었다. 어딘가에 통증이 느껴졌지만 어디인지 알 수가 없었다. 그 여자아이는 어디를 가는 중이었을까. 무엇을 하는 아이였을까. 나하고는 한 번도 마주친 적이 없는 여자였을까. 아니, 가드레일에서 피를 흘리며 죽어가던 사람이 나는 아니었을까.

입안에서 비릿한 냄새가 났다. 배를 움켜쥐고 일어서려 할 때 누군가의 손이 겨드랑이 밑으로 들어왔다. 얼굴을 보기도 전에 조금 전 클럽에서 내게 약 운운하던 카우보이라는 걸 알았다. 웨스턴 구두가 먼저 눈에 들어왔다. 그의 허리춤에 총이라도 있었으면 내 관자놀이에 방아쇠를 당겨버리고 싶었다. 나는 비틀거리며 겨우 일어나서 물었다.

"약을, 약을 줘."

"내 그럴 줄 알았다니까."

카우보이가 나를 바라보았다. 나를 바라보는 눈은 삼켜버릴 듯 강렬했다. 그 눈동자에 내 모습은 없었다. 나를 쏘아보던 그는 아무 말도 없이 뒤돌아서 걸어갔다. 사내를 불렀다. 따라와. 그는 돌아보지 않고 말했다. 나는 배를 움켜쥐고 사내 뒤를 쫓았다. 그와의 간격은 좁아지지도 멀어지지도 않았다. 술기운에도 펄럭이는 망토 자락을 놓치지 않으려고 안간힘을 썼다.

사내가 멈춰 섰다. 주위를 둘러보았다. 산 입구였다. 사방이 온통 밤나무였다. 밤나무라는 것을 알기도 전에 코를 틀어막았다. 밤꽃 향기가 코를 찔렀다. 그가 흰 알약을 내밀었다. 아무 냄새도 나지 않았다. 나는 물도 없이 약을 입에 넣었다. 뱉어버리고 싶을 만큼 썼다. 목구멍으로 약을 밀어 넣고 계속 침을 삼켰다. 얼마나 쓴지, 약을 다 먹고 났을 때는 몸에서 후끈 열이 오르는 듯했다.

"효과는, 언제?"

나는 카우보이에게 돈을 건네며 물었다. 카우보이는 침을 묻혀가며 돈을 세더니 뒷주머니에 꾸겨 넣었다.

"어이, 5번, 5번. 야, 카우보이, 빨리 와 새캬. 빨리 안 와!"

멀리서 그를 부르는 듯한 고함 소리가 들려왔다. 카우보이가 내 어깨를 잡았다. 그는 잠시 내 눈을 쳐다보며 뜸을 들이더니 어깨를 툭툭 치며 말했다.

"치사하게 도망치지 마, 새캬. 까짓 맞짱 한 번 뜨면 될 걸 쥐뿔도 없는 변태 새끼가 뻗대기는."

그러고는 돌아서서 가는가 싶었는데 갑자기 무릎으로 복부를 가격했다. 아무 데고 발길질을 해댔다. 내가 배를 쥐고 구르는 사이 바지 뒷주머니에서 지갑을 꺼내 현찰만 빼내갔다.

사내가 성큼성큼 빗살무늬 망토를 출렁거리며 산 아래로 걸어가는 게 보였다. 머리가 어지러웠다. 고개를 들자 밤꽃들이 잎 사이사이로 나를 내려다보고 있었다. 바람이 불자 밤꽃

들이 흔들렸다. 줄줄이 매달려 흔들리는 꽃들이 꼬물거리는 애벌레처럼 보였다. 잎을 다 갉아 먹고도 남을 만큼 많은 애벌레들이 매달려 있었다. 그러고는 기억이 없었다. 술을 더 마셨는지, 집으로 어떻게 돌아왔는지 아무런 기억이 나지 않았다.

여전히 머리가 어지러웠다. 약은 아무것도 잊게 해주지 않았다. 아니, 오히려 더 또렷하게 기억나게 하는 것도 같았다. 그때, 어떻게 해야 했을까? 아내를 경찰서에서 조사를 받게 하고 차가운 감옥 안으로 보내야 했을까. 나 역시 무서웠던 것이다. 순식간에 들이닥친 사고 앞에서 이성적 판단은 존재하지 않았다.

애벌레는 그사이에 더 많이 늘어났다. 똥은 검은빛으로 말라갔고, 애벌레들은 짓무른 애벌레를 타 넘으며 꼬물거렸다. 조금만 더 기운이 있었다면 저것들을 모조리 쓸어버리고 약을 뿌렸을 거란 생각이 들었다. 하지만 당장에는 모든 게 귀찮았다. 한숨 더 자고 싶었지만 속이 쓰려 잠을 잘 수도 없었다. 애벌레만이 내 시야에서 꼬물거릴 뿐이었다. 방 안의 애벌레가 나비가 되어 날아오를 수 있을까. 나는 쓸데없는 감상을 밀어내듯 휠체어 바퀴로 애벌레를 깔아버렸다. 푸른 하늘로 오르려던 애벌레는 떨어져 창틀에서 말라 죽어 있었다. 이마에서 땀방울이 솟았다. 알 수 없이 몸이 무거워 끝 모를 바닥으로 가라앉는 것 같았다. 배 속이 뒤틀렸다. 조금 전 먹은 삼각김밥이 상한 것일까.

아내가 올 시간이었다. 나는 얼른 휠체어에 주저앉았다. 언제고 휠체어에서 일어나야 하는데 그 기회를 놓쳤다. 아니, 일부러 기회를 흘려보내는 것인지도 몰랐다. 이런 행동으로 사죄할 수는 없다는 것을 잘 알고 있었다. 하지만 어쩐 일인지 선뜻 일어서게 되질 않았다.

문을 열고 들어온 아내의 얼굴은 붉게 상기되어 있었다. 갑자기 멀미처럼 속이 울렁거렸다. 이마에 식은땀이 돋았다. 삼각김밥을 먹을 때는 아무렇지도 않았는데. 배탈이 난 게 분명했다. 바짝 긴장이 된다. 항문에 최대한 힘을 주었다. 하지만 힘은 얼마 들어가지 않았다. 배 속은 순식간에 요동을 쳤다.

"얼굴색이 왜 그래? 무슨 일이야?"

나는 고개를 들지 않았다.

"왜 그래?"

방으로 들어오던 그녀의 발밑으로 애벌레가 깔린다. 조인 항문 사이로 삐질삐질 물똥이 새어 나왔다.

"너 벌레 밟았어."

"무슨 엉뚱한 소리야? 근데 이게 무슨 냄새지?"

발바닥에 짓뭉개진 벌레를 보고도 그녀는 딴청을 피웠다. 그녀가 코를 틀어쥐고 내 엉덩이에 눈길을 주었다. 역한 냄새가 퍼졌다. 속이 뒤틀리듯 쓰렸다. 물똥은 엉덩이를 적시고 바지를 따라 흘러내렸다. 먹은 거라고는 겨우 김밥 한 개인데 속을 다 비워내기라도 하려는 듯 조금씩 계속해서 흘러나왔다. 아아아아아아. 나는 머리를 감싸 쥐고 이를 악물었다. 이 모욕을 참을 수가 없었다.

"애벌레를 밟았다고!"

나는 낮게 그러나 으르렁거리듯이 내뱉었다. 그녀는 발밑을 내려다볼 생각도 않았다. 그사이 불어난 애벌레들은 기다렸다는 듯이 그녀의 종아리를 타고 오르기 시작했다. 어찌 된 일인지 그래도 아내는 질겁하거나 애벌레를 털어낼 생각을 하지 않았다.

"벌레가 당신 몸을 기어오르고 있다고!"

어느새 내 몸에도 애벌레들이 기어올라 꾸물거렸다. 나는 그것들을 빠르게 손으로 쓸어버렸다. 그래도 그것들은 순식간에 팔뚝이며 가슴이며 온몸을 뒤덮었다. 벌레, 벌레, 벌레, 벌레…… 나는 내 몸의 벌레들을 털어내면서 아내 몸에 달라붙은 벌레들도 쓸어내렸다.

"대체 왜 이래, 왜 이러냐고. 그러잖아도 미치겠는데 당신까지 왜 이러는 거냐고!"

그녀는 내 뒤로 다가와 휠체어를 밀고 화장실로 향했다. 나는 끝내 일어서지 않았다. 샤워기의 물줄기가 허벅지 사이로 쏟아졌다. 누런 물과 흐물거리는 덩어리. 구린 냄새. 나는 거칠게 샤워기를 빼앗아 그녀에게 물을 뿌렸다.

"발을 닦아. 빨리 벌레들을 털어내라고."

"미쳤어? 도대체 왜 이래? 날 말려 죽일 셈이야? 그 여자 앤 이미 죽었어. 우리가 자수한다고 해도 그 애가 다시 살아 오진 않아. 어차피 마찬가지라고."

"그럼 이 벌레들은 어떡하고?"

아아아아아. 아내가 무릎을 꿇고 바닥에 주저앉았다. 웬만 해서는 성대를 보호하기 위해 소리를 지르지 않는 아내였다. 이미 아내의 목소리는 귀에 들어오지 않았다. 꼬물거리며 아 내의 몸을 뒤덮는 노란 애벌레들만 보였다. 나는 쏟아지는 물 줄기를 아내와 내게 번갈아 마구 뿌려댔다. 아내가 물줄기를 피해 거세게 도리질을 쳤다.

오늘 모든 묘지에 꽃이 피고 향이 퍼진다.

한 해의 하루, 죽은 영혼이 해방되는 날.

내 가슴으로 오라, 내가 다시 당신을 안을 수 있도록.

마치 예전의 그 오월처럼.

아내가 불렀던 노랫소리가 귀로 흘러들었다. 영구차의 국 화꽃 무더기가 나를 덮쳤듯 애벌레들이 온통 고물고물 내 살 을 파고든다. 입속으로 기어 들어가고 눈알을 파먹는다.

오늘 모든 묘지에 꽃이 피고 향이 퍼진다.

한 해의 하루, 죽은 영혼이 해방되는 날.

나스카 라인

상자 안으로 들어간다. 상자는 가로 52센티미터, 세로 48센티미터, 높이 40센티미터의 6호 택배 상자 두 개를 위아래로 이어 붙인 것이다. 조금 비좁은 듯하지만 그리 불편하지는 않다. 천천히 숨을 고른다. 상자 안에서 열려 있는 윗부분을 누런 비닐 테이프로 단단히 봉한다. 우체국 안을 희미하게 비춰주던 가로등 불빛마저 완전히 사라졌다. 상자 안은 생각보다 아늑하다. 미열이 있긴 하지만 견딜 만하다. 눈을 감는다. 상자 안에 붙인 그림처럼 나도 무생물이 된 느낌이다. 상자 위에는 국제특급우편 용지가 붙어 있다.

비닐봉지를 잔뜩 든 사내가 들어온다. 불룩한 비닐봉지가 사내의 양손에서 부채꼴 모양을 만든다. 갈색 피부, 뚜렷한 이목구비, 단단한 근육에서 태양의 냄새가 풍긴다. 숯불에 구운 감자를 쪼갰을 때 나는 냄새거나, 불에 오래 달구어진 차돌에서 나는 싸한 냄새 같은. 사내는 대형 소포 상자를 두 개 사서 비닐봉지 안에 든 물건들을 꺼내 상자 안에 차곡차곡 담는다. 옷이다. 레이스가 달린 아동복부터 원피스로 된 부인복, 남성복까지 골고루다. 옷 위에 마지막으로 카세트테이프를 올려놓고 박스 테이프를 두른다. 공단 지역이 멀지 않은 이 우체국에는 자국으로 택배를 보내는 외국인 노동자들을 어렵지 않게 만날 수 있다.

볼펜을 쥔 사내의 손톱 밑이 까맣다. 사내가 내민 국제특급 우편물 주소 기표지 신청서에 수취인 주소를 적어 넣는다. 우즈베키스탄의 한 도시. 나는 도착 국가명 약호에 UZ라고 쓴다. 컴퓨터의 국제우편 발송 조건표 비고란에 '서신 불가'라는 글자가 뜬다. 나는 사내가 옷가지 위에 테이프를 올려놓던 것을 기억한다. 사내는 편지 대신 자신의 목소리를 녹음한 테이프를 넣었을 것이다. 편지를 보내지 못하는 사내는 이국의 어두운 밤에 카세트 앞에 바짝 얼굴을 들이밀고 떨리는 목소리로 가족의 이름을 부르거나, 밤새워 쓴 편지를 읽었을 것이다. 간 사 한 니 다. 창문으로 들어오는 햇살이 고개를 숙여 인사하는 사내의 검은 얼굴에서 미끄러진다.

조금 전에 넘긴 탁상 달력에는 페루의 마추픽추 전경이 있다. 달력의 그림을 자세히 들여다본다. 숲의 어디쯤을 가로질러 달리는 인디오 아이가 숨을 헐떡이는 것 같다. 나는 그 아이를 안다. 아이의 이름은 굿바이 보이. 몇 년간 부은 적금으로 그와 내가 유일하게 호사를 부려 다녀온 여행에서 만난 소년이었다. 마추픽추를 떠나는 버스가 구비 돌 때마다 만나던 아이는 결국 버스보다 먼저 도착해 관광객들의 감탄을 자아냈다. 나와 그도 세상에, 하고 외쳤던 것 같다. 아이는 버스가 출발하려 할 때 깡충깡충 뛰며 관광객들을 향해 손을 흔들어대던 바로 그 아이였다. 버스보다 더 빨리 숲을 헤치고 마추픽추를 내려오던 아이. 아이는 여행자들에게서 박수와 돈을 받았다. 나는 아이의 여린 발목을 보면서 신발 밑창보다 더 단단해졌을 발바닥을 떠올렸다. 아이는 잉카제국의 통신을 담당한 파발꾼 차스키의 후예였다. 고립된 마추픽추에서 유일한 연락 수단이었던 차스키. 어쩌면 이제 우체국은 굿바이 보이다. 무선통신에 의해 쇠락한 파발꾼이다. 나는 이틀 전에 푼 로직 퍼즐의 그림이 나스카의 어떤 문양과 닮아 있을지도 모른다고 생각한다. 마추픽추, 나스카, 페루, 하고 나지막하게 불러본다.

밤마다 로직 퍼즐을 푼다. 로직 퍼즐은 내 유일한 취미나 마찬가지다. 로직 퍼즐은 제시된 숫자를 칠해가며 숫자들의 조합을 보고 모눈종이에 숨겨져 있는 그림을 알아내는 퍼즐이다. 나는 연필을 들고 윗줄과 왼쪽에 제시된 숫자만큼 모눈종이에 검게 칠해나간다. 세로 행에 쓰여 있는 숫자 배열과 가로 행에 쓰여 있는 숫자 배열이 맞아야 하기 때문에 무작정 한쪽의 숫자대로 칠하면 다시 지워야 하는 경우가 많다. 나는 로직 실력이 뛰어난 편이다. 쉬운 로직은 가로세로 각각 열 칸짜리지만 나는 주로 가로세로 70칸씩인 로직 퍼즐을 공략한다. 수많은 모눈종이의 칸을 칠하다 보면 서너 시간은 쉽게 흘러갔다. 제시된 숫자를 조합하고 칸을 전부 메우면 어느 순간 떠오르는 전체 그림. 풀기 위해 집중하기만 하면 되는 로직 퍼즐이 나는 편하다.

며칠 전에는 가로 70, 세로 70칸의 로직 퍼즐을 풀었다. 4천 9백 칸의 모눈종이에 숨어 있는 그림을 풀려면, 먼저 큰 수부터 찾아 연필로 칠해야 한다. 가로와 세로의 숫자들이 칸마다 맞아떨어져야 숨어 있는 그림을 알 수 있기 때문에 집중해서 칸을 찾아나가야 한다. 7이라는 숫자는 일곱 칸을 차지하지만 제각각 위치가 다르다. 나는 로직을 푸는 중간에 가끔씩 고개를 젖혀 뻣뻣해진 목을 이리저리 움직여주기도 하고, 마주 비벼 열이 나는 두 손을 눈두덩에 대고 가볍게 눌러주기도 한다. 밤이 농도를 더하듯 모눈종이 칸이 검게 변하는 새벽쯤이 되면 웬만한 로직은 다 풀 수 있었다. 숨어 있는 그림은 원숭이였다. 4천 9백 칸 속에 들어 있는 검은 원숭이는 백이나 2백 칸짜리 로직에 비해 훨씬 정교했다. 긴 꼬리를 추켜올리고 있는 원숭이는 무리를 이끄는 대장 원숭이 같았다. 나는 스프링 노트를 펼쳐 그 원숭이를 옮겨 그렸다. 노트를 언제나처럼 가방에 넣었다. 나는 노트 크기보다 작은 가방을 산 적이 없었다. 그림은 어떤 위안보다 따뜻했다.

며칠 사이 갑작스럽게 영하로 내려간 기온 탓에 방 안은 썰렁한 기운이 돌았다. 이불을 돌돌 말고 눈을 감았다. 코끝에 창문 틈으로 들어오는 찬 기운이 느껴졌다. 보일러 통에 석유를 채워 넣어야겠다고 생각했다. 뒤척일 때마다 낡은 침대의 스프링이 찌걱거렸다. 적막 속에서 스프링의 탄성이 녹슬어갔다. 이불깃으로 얼굴을 여미듯 덮었다.

"그 펜던트 특이하네, 무슨 문양 같다?"

뭐든 색다른 것에 호기심을 참지 못하는 미스 신이 얼굴을 바짝 갖다 대며 묻는다.

"벌새."

"벌새? 어디서 들어본, 아! 옛날 과학 시간에 배운 기억난다. 1초에 수십 번 날갯짓을 한다는 그 새, 맞지? 그 새가 이렇게 생겼구나, 처음 보네."

미스 신은 내 목걸이 줄에 걸린 펜던트를 신기한 듯 들여다본다. 내가 아는 벌새는 날갯짓과 상관없는, 페루의 나스카 대평원에 그려져 있던 무늬였다. 로직 퍼즐을 풀다 보면 7이라는 숫자도 제각각 위치가 달라 무조건 일곱 칸을 채우면 제대로 풀지 못해 결국 지워야 한다. 말도 로직 퍼즐의 숫자 같았다. 나는 사람들의 말을 이해하기 어려웠고, 자주 그 갈피에 숨은 의미를 해독하지 못했다. 다른 사람들도 마찬가지였다. 내 말을 이해했다고 하면서도 실상은 이해 못 하고 있는 경우가 더 많았다. 그럴 때마다 입을 다물었다. 나는 가끔 옹알이할 때가 제일 행복했을지도 모른다는 생각을 했다. 몽돌 같은 그 옹알거림을 곁에 있는 사람들은 모두 알아들었을 테니까. 말 대신, 옹알거림으로, 눈빛으로 얘기할 순 없는 건가? 세상은 너무 시끄러워. 나는 말이 어긋날 때마다 속으로 중얼거렸다.

　손님에게서 소포를 받아들고 도착지를 확인한다. 뉴질랜드로 보내는 소포다. 나는 슬쩍 소포에 코를 대고 킁킁거린다. 내용물과 상관없이 캐나다나 뉴질랜드 쪽으로 가는 소포에서는 나무 냄새가 난다. 소포 냄새를 맡는 것은 내 오랜 습관이다. 국제우편 요금 및 발송 조건표에 눈을 주고 검지로 나라명을 훑어 뉴질랜드를 찾는다.
　"저기……"
　퍼뜩 고개를 든다. 키가 껑충 큰 남자가 내려다보고 있다.
　"편지를 보냈는데 답장이 없어서요."
　"주소를 정확하게 썼나요?"
　"편지 안에…… 그 편지가 어떻게 됐는지 알아볼 방법이 없나요?"

"지금으로선 없어요. 혹시 반송되는 편지가 있을지 모르니까 연락처를 적어놓고 가세요."

남자는 실망하는 기색을 숨기지 않고 뭔가 더 할 얘기가 있는 것처럼 우물거린다. 나는 남자를 무시하고 다른 손님의 우편물을 받아 든다. 남자가 주춤 옆으로 물러선다.

분실물로 들어온 휴대전화를 본다. 휴대전화 한 대의 뒷면에는 연인이 다정하게 얼굴을 맞댄 스티커 사진이 붙어 있다. 배터리가 다 된 휴대전화는 먹통이다. 휴대전화를 귀에 갖다 대지만 아무 소리도 들리지 않는다. 일일 분실 휴대전화 송부서를 작성한다. 이 전화기들은 모두 휴대전화 찾기 콜센터로 보내질 것이다.

우체국 안에 있는 사람들을 둘러본다. 몇 사람은 문자메시지를 보내는지 계속해서 휴대전화 버튼을 눌러대고 몇은 통화를 하고 있다. 그 잠깐 사이에도 참지 못하고 휴대전화 벨이 울린다. 어디를 가도 전화를 걸고 받고 통화하는 사람들이다. 휴대전화를 통해 끊임없이 누군가를 붙들고 이야기한다. 누군가를 향해 주파수를 맞추지 않으면 불안한 모양이다. 어쩌면 사람들은 교신하기 위해 스스로 중독됐는지도 모른다.

누군가에게 끊임없이 타전을 하는 사람들을 보자 문득 네로가 돌아오지 않을지도 모른다는 생각이 든다. 내가 숫자대로 로직 판을 검게 칠할 동안 네로는 침대 위로 올라와 옆에 웅크리고 앉아 있곤 했다. 나는 로직 퍼즐을 펼쳐놓고 네로의 목덜미부터 온몸을 부드럽게 긁어주었다. 이건 거미야. 어때, 굉장하지? 넌 내 말을 다 알아들을 거야, 그치? 야옹. 기분이 좋아진 네로는 꼬리를 빳빳하게 세웠다. 어느 날 네로가 현관 앞에 웅크리고 있었다. 내 앞에서 꼬리를 보이기는커녕, 오히려 가만히 신발 등에 앞발을 올려놓았다. 검은색과 흰색이 섞인 새끼 고양이로 눈동자가 크고 맑았다. 현관문을 열자 네로는 나를 따라, 제 집에 들어가듯 자연스럽게 안으로 들어왔다. 네로가 캔 안에 든 참치를 먹기 시작하자, 나는 네로 엄마라도 된 듯한 기분에 가슴이 따뜻해졌다. 새끼 고양이에게 특별한 이름을 붙여주고 싶었지만 떠오르는 이름이 없었다. 내가 알고 있는 고양이 이름은 네로밖에 없었다. 검은 고양이 네로.

퇴근해서 현관문을 열면 네로는 기다렸다는 듯이 다가와 내 바지를 슬쩍 잡았다. 그럴 때마다 누군가의 손길이 닿는 듯해 네로를 새삼스레 바라보곤 했다. 한동안 네로는 부쩍 발에 몸을 비벼대고 달라붙었다. 등뼈를 둥글게 하고 꼬리를 바깥쪽으로 감거나 아기 우는 소리를 내기도 했고, 식욕도 왕성해서 무엇이든 먹으려 했다. 야옹. 네로가 느리게 창턱에 올라앉아 움직이지 않은 채 나를 바라볼 때마다 나는 멋진 그림이라고 생각했다. 네로와는 어디서부터 어긋난 것일까.

"우표 열 장만 주시오."

일주일에 편지를 두 통씩 붙이는 할아버지다. 우체국 안 누구도 할아버지와 얘기를 나눠보지 않았지만 할아버지가 사랑에 빠져 있다는 것을 직원들은 다 알고 있었다. 할아버지는 밖의 우체통을 두고 꼭 안으로 들어와 우편 바구니 안에 편지를 담는다. 우체국 안으로 들어왔다가 나가는 잠깐 동안, 할아버지의 발걸음은 지팡이가 무색할 만큼 가벼워 보인다. 환한 얼굴에는 엷은 미소가 얹혀 있다. 편지를 놓는 손길이나, 우표를 받아 드는 손의 떨림이 할아버지의 마음을 그대로 드러낸다. 역시 사랑하는 사람은 얼굴만 봐도 알 수 있다니까. 봐, 얼굴에서 광채가 나잖아. 자기는 사랑하는 사람 없지? 언젠가 점심을 같이 먹고 나오던 동료가 말했다. 걷는 뒷모습만 봐도 알 수 있어. 사랑에 빠진 사람은 그렇게 바쁜 걸음을 걷지 않지. 그 말을 들은 뒤부터 일부러 천천히 걸으려고 애썼다. 그 직원이 다시 말했다. 사랑에 빠진 사람은 천천히 걸어도 가볍지. 발이 땅에 닿는지도 모르거든.

우표 열 장을 건네주며 할아버지 얼굴을 바라본다. 고맙소. 소중하게 우표를 받아드는 할아버지의 얼굴이 막 세수를 하고 나온 사람처럼 맑다. 하루에도 수백 통의 우편물과 소포를 취급하지만 정작 나는 한 번도 소포나 편지를 보낸 적이 없다. 할아버지는 우표를 지갑 사이에 구겨지지 않게 넣고는 지팡이를 고쳐 쥔다.

지팡이를 보는 순간 마음이 흔들린다. 어릴 적 내 옆에는 할머니가 있었다. 그리고 할머니 손에는 언제나 지팡이가 들려 있었다. 할머니하고만 살아온 나는 할머니처럼 얘기하고 행동했다. 집에 텔레비전이 없었기 때문에, 아이들이 신이 나서 떠드는「들장미 소녀 캔디」나「개구리 왕눈이」같은 만화 영화 얘기에도 끼지 못했고, 아이들만의 은어를 쓸 줄도 몰랐다. 자연스레 아이들의 놀이에서 밀려났다. 나는 입을 다물고 조용히 아이들을 구경했다. 그러다가 내가 한마디라도 할라치면 아이들은 까르르 웃으면서 망구망구 할망구, 하고 놀렸다. 아이들이 놀릴 때면 할머니는 지팡이를 휘두르며 달려 나왔다. 할머니가 지팡이로 땅을 땅땅 두드리면 아이들이 후다닥 도망을 갔다. 지팡이가 있으면 왠지 내 마음도 안심이 되었다.

할머니는 가는귀가 먹었다. 할머니 귀에 대고 큰 소리로 말하던 나는 점점 귀찮아졌다. 할머니와 얘기하는 횟수가 줄어들었다. 그래도 할머니와 나는 아무런 불편이 없었다. 할머니는 나보다 먼저 내 마음을 알았다.

할머니가 돌아가시고 나자, 그나마 이야기할 사람이 없었다. 할머니 묘비 옆에 지팡이를 꽂아두듯, 내 말도 할머니 묘에 같이 묻혔다. 나는 늘 운동장 한 귀퉁이에서 땅바닥에 그림을 그리고 놀았다. 어느 날은 운동장 끝에서 끝까지 이어지는 긴 뱀을 그리기도 하고, 커다란 날개를 펼치며 하늘을 나는 독수리를 그림의 주인공으로 삼기도 하고, 목을 길게 뽑고 있는 꽃을 그리기도 했다. 마지막에는 그림들에게 이름을 붙여주고 애기도 나누었다. 저녁노을이 붉은색을 덧칠해 검게 변할 때까지. 고아원 원장의 냉대도, 툭하면 건물 뒤로 끌고 가 무릎 꿇려놓고 이유도 없이 패는 언니나 오빠들도, 차가운 방바닥도, 그림을 그리는 동안은 다 잊을 수 있었다. 커서도 그림 그리는 걸 좋아했다. 그림의 형태나 종류도 세밀하고 다 양해졌다.

자꾸 하품이 나온다. 지독한 몸살감기 때문에 출근 전 약국에서 산 해열제와 편도선 약과 코감기 약을 한꺼번에 복용한 탓이다. 하루 종일 몽롱하다. 나는 기계적으로 소포 상자를 받아 들고, 우표를 뜯으며 스탬프를 눌러댄다.

어제저녁 퇴근해서 지하방 문을 열었을 때 네로는 다른 날과 다름없이 내 발등을 핥았다. 나는 오다가 일부러 정육점에 들러 네로가 좋아하는 신선하고 연한 쇠고기를 샀다. 요즘 부쩍 식욕이 좋아져 무엇이든 먹고 싶어 하는 네로를 기쁘게 해주고 싶었기 때문이다. 봉투를 문 앞에 내려놓고 네로를 번쩍 안자, 네로가 게으르게 내 목덜미를 핥으려 했다. 평화로웠다. 하지만 어두운 벽을 더듬어 형광등 스위치를 올리고 네로를 바라보는 순간, 나는 질겁하고 네로를 내동댕이쳤다. 네로는 자지러지듯 날카로운 울음소리를 내며 순간적으로 손등을 할퀴고 문이 열려 있는 화장실로 달아나버렸다. 네로의 입 주변에 시뻘건 피가 묻어 있었다. 네로의 움직임이 눈에 띄게

둔했다. 달아나는 네로의 배가 불룩하게 늘어져 있었다. 가지 마! 창턱에 올라선 네로가 돌아보았다. 하지만 나는 이제껏 한 번도 본적이 없는 네로의 날카로운 눈빛과 부딪쳐야 했다. 순간적으로 일어난 일이었다. 창문 앞에 가서 네로를 불렀지만 돌아오지 않았다. 검은 스웨터 앞가슴에 묻은 흙을 내려다보았다. 언제부터인지 네로가 밖으로 돌기 시작했다. 화장실 좁은 창문으로 보이는 밖이 네로를 불러냈던 것일까. 나는 네로가 곁에 있는 것만으로 충분했지만 네로는 아니었는지도 모른다. 사랑을 하고 싶었던 것인지도. 손등에 맺히는 핏방울에 혀를 대보았다. 따뜻했다. 물 흐르는 소리가 들렸다.

화장실로 들어갔다. 샴푸의 거품으로 머릿속을 비워내고 싶었다. 미지근한 물이 나오던 샤워기에서 갑자기 찬물이 쏟아졌다. 머리를 움켜쥐었다. 대충 머리를 감고 수건을 터번처럼 두르고 나왔다. 걸음을 옮길 때마다 수건 밖으로 나온 머리카락에서 물이 뚝뚝 떨어졌다.

머리카락에서 떨어진 물방울들이 방울방울 점을 이루었다. 나는 쭈그려 앉아 그림을 그리기 시작했다. 물방울과 물방울을 연결해나갔다. 일부러 머리를 흔들어 물방울을 바닥에 뿌리기도 했다. 격자무늬 장판 위에 새 한 마리가 날개를 폈다. 기하학적이고 단순한 선으로 그려진 새. 하지만 새는 금세 사라져버리고 말았다. 방이 건조해 바닥의 물기는 오래가지 않았다. 별생각 없이 그린 그림이 완전히 말랐을 때 나는 보고 말았다. 은행나무 옆의 벤치에 앉아 울던 나를.

　도대체 너를 모르겠어. 그가 남긴 마지막 말이었다. 나는 공원 벤치에 어둠이 내려앉도록 앉아 있었다. 도대체 모르겠다니. 다 보여주었는데. 할머니가 돌아가시고 난 뒤, 유일하게 나를 이해한다고 믿었던 그가 떠나려 할 때에도 나는 아무 말도 할 수 없었다. 무슨 말을 해야 내 마음이 고스란히 전달될 수 있는지 알지 못했다. 어떤 단어도 떠오르지 않았다. 나도 모르게 볼펜을 꺼내 벤치를 긁어대고 있었다. 등 뒤에서 누군가가 그러지 말라고, 그만하라고 나를 끌어안았다. 그 가슴은 넓고 단단했다. 나는 등 뒤로 안긴 채 울음을 삼켰다. 고개를 돌리려 할 때 들큰한 술 냄새가 확 끼쳐왔다. 얼굴을 쳐다보기도 전에 입술이 뭉개졌다. 놀라 뜬 눈에 낯선 남자의 얼굴이 들어왔다. 그때까지 힘주어 잡고 있던 볼펜으로 남자의 손등을 내리찍고는 도망쳤다. 뒤따라오던 낙엽 부서지는 소리. 어떻게 집으로 돌아왔는지 모른다. 까무러치듯 쓰러졌다. 그 후로 공원 쪽으로는 눈길도 주지 않았다. 헤어짐이 마음속에서 무심히 비껴가기를 바랐다. 하지만 기억이란 단단한 세월 속에서 느닷없이 톡, 하고 씨앗이 사방으로 터져버리는 봉숭아 씨방 같은 거라는 걸 나는 몰랐다.

　수건으로 물기를 닦으며 실내온도 조절기의 확인 램프를 보았다. 붉은 등이 깜박였다. 단지 석유가 떨어졌음을 알리는 신호를 보고 있었을 뿐인데 머리에서부터 시작된 냉기가 결국 가슴을 훑었다. 붉은 등의 점멸이 우주 한끝에서 내게 보내는 모스부호처럼 느껴졌다. 그 작은 불빛은 점점 크고 깊게 보였다. 누군가와 이야기하고 싶었다. 옹알이를 알아들을 수 있는 사람을 만나고 싶었다. 모스부호를 해독이라도 한 듯 그에게 전화를 걸기 위해 지갑을 들고 공중전화를 찾아 나섰다.

그는 내게 근사한 저녁 식사를 사주고 싶어 했다. 빌딩들이 밀집해 있는 거리에서 적당한 음식점을 찾기가 쉽지 않았다. 그는 일식집으로 나를 데리고 들어갔다. 만개한 벚꽃이 그려진 기모노를 입은 종업원이 무릎을 꿇고 주문을 받는 그런 곳이었다. 벚꽃이 그녀의 어깨를 타고 등까지 피어나고 있었다. 나는 두툼하게 썰린 회를 앞에 두고 조금 쓸쓸해졌다. 그가 내 앞으로 접시를 밀어놓았다. 많이 먹어.

살이 오른 그의 얼굴은 기름졌다. 식사를 하는 동안 그는 몇 번이고 이마에 맺힌 땀을 닦았다. 그 미묘한 차이가 나를 불편하게 했다. 한 끼에 8만 원씩이나 하는 식사를 앞에 두고 있는 만큼의 거리가 느껴졌다. 한 번도 그런 음식을 먹어본 적 없는 나는 어떻게 먹어야 할지 몰라 젓가락을 들었다 놓곤 했다.

"페루의 나스카 라인, 기억나니?"

매실차를 마시다 말고 그에게 물었다.

"그래. 쿠스코의 태양제도 생각난다. 잉카제국의 태양제를 재현한다던 의식이었던가? 장관이었지. 라마인가 하는 동물 배를 갈라 꺼내 들던 그 시뻘겋고 뜨거운 심장은 우우, 대단했어. 멀리 떨어져 있었어도 그 심장의 펄떡대던 기운이 느껴지는 것 같았다니까."

나는 더욱 쓸쓸해졌다. 같이 여행을 했지만 나는 나스카의 거대한 그림들을 먼저 추억하고 그는 쿠스코에서 보았던 태양제를 기억했다. 쿠스코에서부터 지루하게 끝없이 펼쳐지는 사막을 달려 나스카에 도착한 뒤, 프로펠러가 달린 경비행기에 올라탔다. 비행기가 높이 떠오를 때에야 전체가 보인다던 거대한 그림들. 나는 긴장과 떨림으로 신음을 삼켰다. 아침에 식당에서 엉덩이에 몽고반점이 있는 음식점 주인의 아기를 보았을 때 나는 그 그림을 보게 되리란 확신을 했다. 이 먼 나라에서 우리 민족과 같은 몽골계 인종에게만 있다는 몽고반점을 발견하고는 가볍게 흥분한 것이다. 그림을 직접 보면 분명 무언가를 알게 될 거라는 확신도 들었다. 하지만 비행기는 낡을 대로 낡았고, 삐걱거리며 심하게 흔들렸다. 속이 울렁거렸다. 왼쪽 라인을 돌고 다시 접듯이 반대쪽으로 돌며 그림을 보여줬지만 비행기가 당장이라도 추락할 것 같아 안전벨트를 움켜잡아야 했다. 아찔했다. 그토록 보고 싶어 하던 벌새, 콘도르, 거미, 나무. 그 그림을 정확하게 볼 수가 없었다. 몇 년 동안 모은 적금을 타고 여행을 준비할 때의 설레던 마음이 사라졌다.

세계의 미스터리를 소개하는 책에서 나스카 라인을 처음 보았을 때, 나는 깜짝 놀라고 말았다. 그 그림들은 내가 혼자일 때마다 그려왔던 그림과 많이 닮아 있었다. 눈을 뗄 수 없었다. 어떻게든 확인하고 싶었다. 그 그림 속에서 누군가 나를 부르는 것 같았다. 혼자라고 생각할 때에도 누군가는 나에게 교신을 보내고 있었던 것 같은 생각이 들었다. 그는 가끔 농담처럼 말했다. 너 혹시, 외계인 아니니? 외계인인데 네 기억이 지워져서 네가 외계인인 줄 모르는 그런 거 말이야. 나는 나스카 라인을 보면서 그의 말이 진짜일지도 모른다는 생각을 했다. 그러나 정작 나스카에서 본 것은 거대하지만 희미한 그림뿐이었다.

그는 나에게 은으로 된 나스카 라인의 펜던트를 선물했다. 펜던트에는 벌새가 그려져 있었다. 그는 말했다. 꼭 다시 오자고. 하지만 그는 나스카 라인을 다시 보여주겠다던 약속을 기억해내지 못했다. 다음 달이면 3년 만기 정기적금을 타게 된다. 나는 다시 페루로 여행을 갈지 마음을 정하지 못했다. 또다시 나스카 라인을 제대로 볼 수 없다면 아예 입을 닫아야 할지도 모른다는 생각이 여행을 주저하게 했다.

지하철을 타기 위해 계단을 내려가려 할 때, 그가 슬쩍 손을 잡았다. 축축하게 땀이 밴 그의 손을 뿌리치지 않았다. 그는 여관에 들어서자마자 성급하게 나를 끌어안고 입안으로 혀를 밀어 넣으며 벨트를 풀었다. 내 몸을 더듬는 그 손길은 그대로였다. 도대체 너를 알 수가 없다고 말하던 예전의 그. 그러나 벽면의 대형 거울을 통해 비치는, 담배를 피우고 있는 그의 완강해 보이는 등은 내가 알고 있던 모습이 아니었다. 담배를 연달아 피워대던 그가 옷을 꿰입으며 휴대전화를 꺼내 들었다.

"번호 불러줘."

"……없어."

"왜, 싫어?"

"아니, 정말 없어."

순간 그의 얼굴이 굳어졌다. 휴대전화가 없었으므로 달리 설명할 도리가 없었다. 휴대전화가 없으니 나는 이 세계에서 다시 외계인 취급을 당할지도 모른다는 생각이 들었다. 사람들이 쓰는 이모티콘, 은어, 기호 들을 전혀 몰랐다. 그런 것들이 어떻게 말이 되고 의미를 갖는지도.

긴장이 풀렸는지 지하철에 올라타 자리에 앉자마자 졸음이 쏟아졌다. 어쩌지 못하고 잠에 취해 있는 동안 지하철은 달렸다. 그를 만나는 내내 긴장했는지 어깨가 뻑뻑하게 굳어 아팠다. 다음 정거장을 알리는 안내 방송을 들으며 설핏 잠이 깼을 때는 내릴 역을 지나치고 있었다. 나는 다시 잠이 들었다. 눈꺼풀을 들어 올릴 수 없을 정도로 피곤했다. 여기저기서 휴대전화 벨 소리가 울리고, 그때마다 나는 순환선 밖으로 밀려나 까무러치듯 잠 속으로 침몰할 수밖에 없었다.

겨우 잠에서 깨어 집에 도착한 시각은 한 시였다. 어두운 거실에는 여전히 보일러의 실내온도 조절기 확인등이 깜박였다. 네로. 어둠 속에서 네로의 이름을 불러보았지만 아무 기척도 나지 않았다. 몇 번 네로를 불러보다 찾기를 포기했다. 피곤해서 씻지도 못하고 그냥 침대 위에 쓰러졌다. 낡은 침대 스프링이 출렁였다.

배가 축축해왔다. 잠결에 옷 속으로 손을 집어넣었다. 까칠한 감촉이 느껴졌다. 끈적이는 무언가가 스웨터로 스미고 있었다. 순식간에 잠이 달아나고 오싹 소름이 돋았다. 형광등 스위치를 켰다. 이불에 죽은 쥐가 내장을 드러낸 채 헤쳐져 있었다. 쥐의 검은 눈동자가 까맣게 빛을 내며 나를 바라보고 있었다. 스웨터에도 쥐의 내장이 너덜너덜하게 붙었다. 차마 손을 보지 못하고 화장실로 달려갔다. 수돗물을 틀기도 전에 구토가 밀려왔다. 변기를 붙들고 저녁에 먹은 부드러운 생선살을 와락와락 게워냈다. 머리가 어지러웠다. 그때까지 씻지 못한 손에 샤워기를 갖다 대고 스웨터를 벗었다. 몇 번씩 비누칠을 해가며 온몸을 닦고 나왔을 때, 오소소 한기가 몰려왔다. 샤워를 할 때는 물이 차다는 사실조차 미처 몰랐다. 옷을 가지러 방에 들어갈 엄두가 나지 않았다. 덜덜 이를 부딪히며 건조대에 널려 있는 채 마르지 않은 옷을 걷어 입을 수밖에 없었다. 드라이기로 머리와 몸을 대충 말렸다. 거실 겸 부엌으로 된 좁은 공간, 싱크대와 냉장고 사이에 무릎을 세우고 팔짱을 끼고 쭈그려 앉았다. 몸이 떨려 누울 수가 없었다. 헤어드라이어의 온풍으로 머리와 몸을 데웠다. 잠깐은 괜찮았지만 추위를 쫓기에는 어림도 없었다. 둥그렇게 몸을 말고 냉장고 옆에 기댔다. 냉장고 모터 돌아가는 소리가 등으로 전해오는 것에 위안을 느꼈다. 모터 소리가 끊기면 다시 그 소리가 울릴 때까지 귀를 기울였다. 중간중간 드라이기를 켰다.

싱크대 밑, 패스트푸드 점에서 주는 감자튀김용 일회용 케첩이 눈에 들어왔다. 케첩은 비닐이 뜯겨진 채 피처럼 짓이겨져 눌어붙어 있었다. 네로의 입에 묻어 있던 검붉은 피가 떠올랐다.

행복을 파는 우체국? 아이가 고개를 갸우뚱한다. 우체국 문을 열고 들어오면 왼쪽 벽 액자에는 유치환 시인의 「행복」이라는 시가 적혀 있다. 행복을 파는 우체국이라고 쓴 글귀는 시 제목 위에 있다. 아이 엄마는 번호표를 뽑고 금융 업무를 보는 코너에서 공과금을 낸다. 아이는 소파 위에 올라서서 띄엄띄엄 시를 읽는다. 오늘도, 나는, 에메, 랄드, 빛, 하늘이, 환히, 내다, 뵈는, 우체국, 창문, 앞에, 와서…… 주연아, 뭐하니? 공과금을 낸 엄마가 아이 손을 잡아끈다. 빨리 와! 엄마, 우체국에서 행복을 판대. 어떻게 행복을 팔아? 아이 엄마는 서둘러 아이를 데리고 유리문을 연다. 그건 말이야, 아이 엄마의 목소리가 유리문에 잘려나간다. 아이가 서 있던 자리에 어느새 보험설계사가 앉아 있다. 그녀는 편지를 수십 통 쌓아놓고 수첩에 적힌 주소를 편지 봉투에 옮겨 적고 있다. 우편물 중에는 행복이나 사랑을 속삭이는 편지보다는 카드 요금이나 공과금 고지서 같은 공공성을 띤 우편물이 훨씬 많다.

집배원 아저씨가 몇 통의 우편물을 꺼내놓는다. 우편물을 확인하는 동안 아저씨가 주머니에서 20원을 꺼내 준다.

"이 편지 좀 다시 부쳐줘."

아저씨가 내민 반송된 편지에는 250원짜리 우표가 붙어 있다. 25그램이 초과하는 편지는 270원짜리 우표를 붙여야 한다. 편지는 42그램이었다. 받는 사람은 포천 군부대의 김정석 이병이다.

"아들 군대에 보내놓고 얼마나 구구절절이 썼겠어. 목 빠져라 답장을 기다릴 텐데 집으로 반송하지 말고 20원 보태서 다시 보내줘."

아저씨가 슬쩍 웃는다. 나는 20원짜리 우표를 250원짜리 우표 옆에 붙인다.

"저기……"

어제 왔던 그 키 큰 남자다.

"누가 그러는데 마감 시간에 오면 되돌아온 편지를 확인할 수 있을지도 모른다고 해서요."

"이름이 뭔데요?"

집배원 아저씨가 남자에게 묻는다.

"가만있어보자."

아저씨는 주소가 부정확해 되돌아온 편지들을 살핀다.

"그런 이름은 없는데요."

남자의 어깨가 처져 돌아선다. 문으로 걸어가던 남자가 다시 돌아온다.

"저, 며칠만 여기 나와서 편지를 확인해봐도 될까요?"

"이름을 적어놓고 가시면 연락드린다니까요. 좋으실 대로 하세요."

남자는 고개를 숙여 인사를 하고 돌아선다.

2차 편별 마감을 한다. 국제우편과 자국 편으로 보낼 것, 집중국으로 보낼 우편물을 분류해 커다란 자루에 넣고 송달증을 첨부한다. 집배원이 놓고 간 반송된 편지 가운데 주소가 불확실한 편지들을 쓰레기통에 버린다. 수취인 불명이거나, 주소가 부정확한 편지들이 하루에도 몇 통씩 되돌아온다. 보낸 사람의 주소가 없는 경우에는 어쩔 수 없이 버릴 수밖에 없다.

"슬슬 퇴근 준비들 하라고."

국장이 기지개를 켜며 코트를 집어 든다.

오늘 나간 450장의 우표와 입금액을 확인한다. 일반 우표 말고도 별납 처리된 편지만도 2천여 통이 된다. 몽롱한 약 기운 탓에 여러 번 다시 계산해야 했다. 나는 팔린 만큼의 우표를 주문하고 입금액을 맞춘 다음 자리를 정리한다. 내 눈길이 어둠이 내려앉는 우체국 안에 잠시 머문다. 국장 자리에 있는 CCTV가 희미하게 몰려드는 어둠 속으로 푸른빛을 흘린다. 여섯 군데 설치된 카메라는 어둠을 응시하며 저 혼자 밤새 눈을 뜨고 있을 것이다. 아무런 감흥도 없이 시간이 흘러간다.

약을 털어 넣는다. 국장이 퇴근하고 직원들이 옷을 갈아입는다. 옷을 갈아입기 위해 탈의실로 들어간다. 스팀이 들어오는 탈의실은 따뜻하다. 나는 냉기로 가득 찬 방을 떠올린다. 이불에서 말라붙었을 쥐의 잔해를 다시 볼 용기가 나지 않는다. 스팀에 등을 대고 두 손을 등 뒤로 넣는다. 할머니의 온기처럼 따뜻하다. 아니, 엄마의 자궁 속처럼 평화롭다. 쭈그려 앉자, 저절로 눈꺼풀이 내려앉는다. 다 나갔지? 또각또각 구두 발소리가 멀어진다. 철컥. 멀리서 쇠가 맞물리는 소리가 들린다.

탈의실 문을 열자 가로등 불빛이 버티컬 사이로 희미하게 흘러들었다. 약에 취해 탈의실에서 깜빡 잠이 들었다 깨었다. 실내는 CCTV만이 눈을 빛내고 있었다. 낮 동안의 분주함이 사라지고 청록으로 빛나는 밤의 우체국은 낯설다. 문은 밖에서 잠겨 있다. 문을 밀어본다. 꿈쩍도 안 한다. 나는 불을 켤까 잠시 망설이다 그대로 둔다. 국장의 자리로 다가가, CCTV 모니터를 본다. 여섯 개로 분할된 화면 중에 위쪽 가운데가 내자리다. 나는 낮 동안 앉았던 자리로 돌아간다. 모니터의 여섯 칸 중 한 칸에 유령처럼 서 있는 내 모습이 나타날 것이다.

서랍에서 국제특급우편 용지를 꺼낸다. 펜을 들고 꼭꼭 눌러가며 보내는 사람의 칸을 채우다가, 받는 사람의 주소지를 써야 할 때 나는 잠시 망설인다. 뉴질랜드나 캐나다, 어디든 괜찮다고 생각한다. 하지만 정작 쓴 나라는 페루다. Nazca, Peru. 볼펜을 잡은 손에 힘을 주고 한 자 한 자 꾹꾹 눌러 쓴다. 여행을 떠나는 사람처럼 마음이 설렌다.

마음이 들뜬 나는 6호 택배 상자 두 개를 위아래로 튼 다음 박스 포장용 누런 테이프로 여러 번 단단하게 두른다. 그리고 상자 윗면에는 국제특급우편 용지를 붙인다. 손이 가볍게 떨린다. 하루에도 수백 통의 우편물과 소포를 취급하지만 정작 나는 한 번도 소포나 편지를 보낸 적이 없었다는 사실에 새삼 쓸쓸해진다. 가방 안에서 스프링 노트를 꺼낸다. 그동안 그려왔던 그림들을 한 장씩 뜯어 뒷면에 풀칠을 하고, 상자 안쪽에 붙인다. 작은 방 안을 그림으로 도배한 것 같다. 마지막으로 상자 윗면이 벌어지지 않도록 테이프를 여러 겹 겹친다.

나는 소포 안에서 잠이 들고, 소포는 페루의 나스카로 배달된다. 어려서부터 홀로 그려왔던 그림들과 똑같은 그림이 나스카 대평원에 펼쳐져 있다. 내가 그려왔던 그림들이 상자 안에서 나온다. 나스카인들이 천 년 동안 그렸던 지상 최대의 그림 위에서 내 그림들이 움직이기 시작한다. 그림들은 끝을 알 수 없는 크기로 늘어난다. 그러고는 어느 순간 2천 년 전의 그림과 포개져 합일을 이룬다. 가슴이 터질 것처럼 부풀어 옹알이 같은 울음을 터뜨린다. 한반도의 작은 땅덩이에서 페루의 소도시까지, 시공을 뛰어넘어 하나가 되는 광경을 가슴 벅차게 목도하는 중이다.

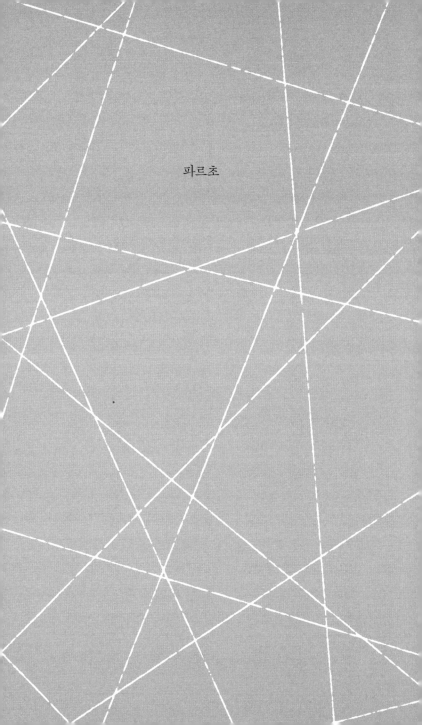

파르초

그는 벚잎 사이로 쏟아져 내리는 햇빛이 부신 듯 눈가에 주름을 잡았다. 기름지던 얼굴은 바짝 말라 물기라고는 없어 보였다. 입술은 갈라져 거스러미가 일었다. 3년 만에 본 얼굴이었다. 남들보다 힘들게 살아왔다는 걸 굳이 말하지 않아도 얼굴이 보여주고 있었다. 그는 3년이 아니라 30년을 산 얼굴을 하고 있었다. 그가 낯설어 얼굴을 바로 볼 수가 없었다. 그를 따라 자잘하게 흔들리는 잎사귀들을 보았다. 쿠스코의 코카잎이 떠올랐다. 그에게 쿠스코에 갔었다는 얘기는 꺼내지 않았다.

그가 보낸 문자메시지를 받았을 때, 막 코카잎 점을 보고 일어서려던 참이었다. 사과 궤짝만 한 좌판 앞에 손님이 앉으면 노인은 부대자루에서 코카잎을 몇 장 꺼내 펼쳐놓고 그 잎들을 살핀 뒤 무어라 말을 해주었다. 아마도 나뭇잎으로 보는 점 같았다.

노인 옆에는 예닐곱 살쯤 되어 보이는 아이가 붙어 앉아 있었다. 아이와 눈이 마주쳤다. 저 아이의 엉덩이에도 예전의 그 아이처럼 몽고반점이 있을까 궁금했다. 오래전 그와 함께 나스카 라인을 보러 왔을 때, 식당 주인의 아이 엉덩이에서 몽고반점을 발견하고는 신기해했던 기억을 잊을 수가 없다. 낯선 이국땅에서 발견한 친숙한 그것. 내가 그린 그림들과 닮아 있는 나스카 라인이 낯설지 않았던 것과 같았다.

아이의 눈길에 이끌려 가이드의 소매를 붙들고 좌판 앞에 앉았다. 한 번도 점 같은 것을 본 적이 없었다. 나뭇잎으로 어떻게 점을 본다는 것인지도 알 수 없었다. 무엇보다 노인의 말을 믿을 수 없었다. 그래서 오히려 가벼이 그 자리에 앉을 수 있었다.

가이드가 재미있다는 듯이 건네받은 카메라로 사진을 몇 장 찍었다. 노인은 내 얼굴을 한 번 쳐다보더니 자루에서 나뭇잎 몇 장을 꺼내 펼쳤다. 노인은 나름 신중한 자세로 잎의 그물들을 찬찬히 살폈다. 고개를 갸웃하기도 했다. 잎 하나하나의 맥을 보는 것인지, 잎 모양을 보는 것인지, 흩어놓은 잎들의 전체 모양을 보는 것인지 알 수 없었다. 노인은 고개를 흔들며 혀를 찼다. 내 눈을 뚫어지게 들여다보며 뭐라 중얼거렸다. 알로네 엔 라 비다, 알로네 엔 라 비다.

"어쩌죠. 외로운 인생이라네요. 이제까지 점 본 사람 중에
서 이렇게 고독한 점은 처음 봤다면서. 신경 쓰지 마세요. 혼
자 여행 온 줄 알고 하는 말이겠죠. 가끔 관광객들이 재미 삼
아 코카잎 점을 보긴 하는데, 말이 점이지 자루 속에 담긴 나
뭇잎을 펼쳐보는 건데 얼마나 맞겠어요."

가이드가 노인의 말을 통역하며 덧붙였다. 노인은 일어서려
는 내게 말리지 않은 코카잎을 한 줌 쥐여주었다. 손을 입에
가져다 대며 먹으라는 시늉을 했다. 그라시아스. 코카잎을 두
손으로 받고 고맙다고 인사를 했다. 10솔을 건네고 아이에게
도 잔돈을 주었다. 아이는 치아가 다 드러나도록 활짝 웃었다.

"잎을 씹어보세요."

코카잎을 들고 망설이는 내게 가이드가 말했다.

"여기서는 코카잎을 씹으면 근심이 사라지고 마음에 평화
를 가져다준다고들 해요. 고산병에 좋아요. 내일 마추픽추를
올라가다가 힘들면 몇 장 씹으세요. 삼키진 말구요. 사실 이
거 마약 성분이 있는 잎이에요."

코카잎을 수첩에 끼워 넣으려고 가방을 열었을 때 휴대전
화에 문자메시지가 들어왔다. 한 번 볼 수 있을까. 재형.

재형. 그 이름이 한없이 낯설었다. 그와 다시 연락이 닿으
리라고는 생각지 못했다. 그와 헤어질 때만 해도 내게는 휴대
전화가 없었다. 번호를 어떻게 알았는지 궁금했다. 우체국에

전화를 해서 물었을까. 쿠스코에서 그의 문자메시지를 받다니. 그것도 코카잎 점을 보자마자. 갑자기 모든 것이 뒤죽박죽된 기분이었다. 나는 수첩 속에 넣어둔 코카잎 한 장을 씹었다. 마음에 평화를 가져다주는 잎이라고 했던 말이 떠올랐다. 코카잎을 씹으면 외로움이 달래지나. 녹차와 감잎차를 섞어놓은 듯한 맛이 입안을 감돌았다. 민트향이 나는 듯도 했다. 이가 붉어지도록 코카잎을 씹었다. 그날 가이드가 찍은 사진에는 노인에게서 코카잎을 건네받던 장면도 있었다. 코카잎을 사이에 두고 노인의 손과 내 손이 맞닿았다. 언뜻 손과 손이 잎을 보호하는 것처럼 보이기도 했다.

노인의 말이 맞다면 그를 만나는 동안이 유일하게 코카잎 점에서 비껴나 있던 시절이었다. 그를 만나는 동안 나는 따뜻했다. 그에게 내 마음을 보여주는 게 서툴렀지만 그가 떠나리라고는 생각하지 못했다. 물론 이렇게 병원에서 얼굴을 마주하게 되리라고는 더욱이 예상하지 못했다.

찡그린 채 햇빛을 받고 있는 그를 보았다. 나도 고개를 들어 햇빛을 받았다. 쿠스코 축제에서 보았던 라마의 뜨거운 심장을 아직도 잊지 않았을까 궁금했다. 묻지 않았다. 많은 것이 궁금했지만 묻지 않았다. 어디가 얼마나 아픈 것인지, 이제 와서 나를 찾은 이유가 무엇인지.

그와 헤어진 뒤 1년쯤 지나, 나는 어쩔 수 없이 휴대전화를 갖게 되었다. 로직 퍼즐을 맞추는 대신 컴퓨터를 구입하여 떠도는 온갖 기사들을 별 흥미도 없이 클릭했다. 내가 변함없이 우체국을 오가는 동안 세상에는 믿지 못할 많은 일들이 매일같이 터졌다. 아주 가끔 그가 떠오르긴 했지만 그 끝은 어김없이 순환선을 타고 졸음에서 깨어나지 못하는 내 모습이었다. 순환선을 타고 어디에서 내려야 할지 모른 채 끊임없이 돌고 있었다.

우체국과 집을 오가다가, 화원 앞에 내놓은 자잘한 화분에서 환하게 핀 꽃들이 대견해 사려고 했던 적도 있고, 애견센터 유리 방 안에 있는 새끼 시추를 보고 며칠을 살까 말까 망설인 적도 있었지만 결국은 아무것도 집 안으로 들이지 않았다. 도무지 그것들을 꽃피우고 돌볼 자신이 없었다.

적금이 만기되어 꽤 많은 돈을 갖게 되었을 때 나스카 라인을 떠올린 건 그나마 거기가 유일하게 가본 곳이라는 점 때문이었다. 그와의 추억을 되살리고 싶어서가 아니라 돈을 통장에 다시 넣어두기 싫어서였다. 매일 똑같은 길을 다니고 우표를 붙이고 스탬프를 찍고 요금을 계산하고, 다시 집으로 돌아오는 무미건조한 일상이 고맙다가도 문득 한숨이 나왔다.

아마 그날도 그렇게 무료한 날이었을 것이다. 소포를 받아들려고 고개를 들었을 때, 우체국 맞은편 횡단보도에 서 있던 사람이 눈앞에서 사라졌다. 주변 사람들은 그대로인데 한 사람만이 땅으로 꺼지듯 쑤욱 사라진 것이다. 순간적으로 잘못 본 줄 알았다. 사람이 사라진 자리로 사람들이 몰려들었다.

나는 소포만 처리하고 옆자리 동료에게 일을 맡긴 뒤 밖으로 나갔다.

정말 땅이 꺼져 있었다. 지름 1.5미터 정도의 싱크홀이 길이 3미터도 넘는 땅 아래로 푹 패어 있었다. 그 아래에 떨어진 사람이 어쩔 줄을 모르고 우리가 서 있는 위를 바라보았다. 다행히 크게 다치진 않은 모양이었다. 늘 차들이 다니던 멀쩡한 도로가 한순간에 블랙홀처럼 꺼져버린 일이 내게는 충격이었다. 평소 주변 상점조차도 바뀌지 않는, 그저 계절의 변화가 전부인 길이었다. 그런데 순식간에 땅이 꺼져버렸다. 다음 날 직원들은 유니폼을 갈아입기 전, 어제 뉴스까지 나왔던 싱크홀에 대해 얘기했다. 그 부분만 유독 지반이 약해져 꺼져버린 것 같다는 것이다. 꺼진 땅에 흙이 채워지고 길은 복구되었다. 며칠 동안 일을 하다가도 고개만 들면 길 건너편에 서 있는 누군가가 땅으로 꺼져 들어갈 것만 같았다. 점심 먹고 돌아올 때 횡단보도를 건너려다가 유독 검은빛 콜타르가 선명하게 원을 그리고 있는 그 길을 보았다. 조심스럽게 한 발을 내디뎠다. 다른 발도 내려놓았다. 당장이라도 꺼져버릴 것 같은 길 위에서 숨조차 제대로 쉴 수가 없었다. 신호가 바뀌기도 전에 멈춰 섰던 차 엉덩이가 들썩였다. 인도로 올라섰다. 여행사를 찾아 두리번거렸다.

나스카 라인을 다시 보러 가려고 마음먹었을 때 오랜 망설임 끝에 우체국을 그만두었다. 쉬운 일이 아니었다. 길을 잃을까 두려웠지만 이제 그만 순환선에서 내려 어디로든 가보고 싶었다. 우체국을 그만두고도 눈을 뜨면 출근을 생각했다. 허겁지겁 옷을 입고 가방을 챙겨 들고 현관문을 나선 적도 있었다. 우체국에 앉아 소포와 등기를 보내고, 내용증명을 떼는 일을 하는 꿈을 자주 꾸었다. 그보다 더 빈번하게 택배 상자 안에서 잠이 드는 꿈을 꾸었다. 어디론가 떠나고 싶었지만 휴일에도 집 안에 있었다. 대신 컴퓨터로 이곳저곳을 탐색했다. 오지 탐험이나 세계 풍물 기행, 세계 문화 여행 등을 다룬 프로그램도 빠지지 않고 다운 받아 보았다. 몇 번씩 본 것도 많았다. 여행을 다녀온 사람보다 더 생생하게 그곳의 풍물을 전할 수 있었다. 하지만 누구에게도 여행 얘기를 꺼낸 적은 없었다. 메일조차 내가 나에게 쓰는 편지가 전부였다. 스팸 메일도 오지 않았다. 휴대전화에 문자메시지를 쓰고 내 번호를 입력했다. 메시지가 왔다. 문자메시지 도착을 알리는 소리가 낯설면서도 반가웠다. 나는 내가 보낸 메일이나 문자메시지를 보고 또 보고는 했다. 그렇다고 외로운 것은 아니었다. 다만, 내 마음을 종잡을 수가 없었다.

리마에 도착하는 순간부터, 보물찾기라도 하듯 그와 함께했던 작은 기억이라도 찾으려고 애쓰는 나를 발견했다. 나와 눈이 마주쳤던 아이를 핑계 삼아 코카잎 점을 보려 했던 것도 내 안에서 끊임없이 부는 바람을 잠재우고 싶었기 때문인지도 모른다. 한쪽 볼이 불룩하도록 코카잎을 씹는 현지인처럼 나도 코카잎을 씹었다. 코카잎에 좀더 강력한 마약 성분이 들어 있어 제정신이 아니었으면 싶었다.

마추픽추 정상에서 고산증은 심하지 않았다. 가이드는 코카잎 덕분이라고 했다. 휴대전화를 만지작거리다가 문자메시지를 다시 확인했다. 한번 볼 수 있을까. 재형. 재형이 문자메시지를 보냈다는 것이 믿기지 않았다. 우체국만을 오가던 내가 나스카 라인을 보려고 홀로 페루에 와 있는 것만큼이나 낯선 일이었다. 얼른 여행을 끝내고 싶었다.

그는 좀 추운지 두 손을 모아 가랑이 사이에 끼우고 몸을 양옆으로 왔다 갔다 했다. 기력이 쇠한 노인 같았다. 살이 빠지면서 얼굴 근육을 조금만 움직여도 주름이 졌다.

"햇살 참 좋다, 그치?"

나는 대답 대신 그를 정면으로 바라보았다. 그는 내 시선을 피해 고개를 들어 햇빛을 보다가 다시 나를 바라보았다.

"미안."

"뭐가? 뭐가 미안해?"

울컥 눈물이 솟았다. 정말 알고 싶었다. 무엇이 미안한지. 아니, 그게 아니더라도 쉬지 않고 무슨 말이든 해줬으면 싶었다. 문자메시지를 받았을 때, 무슨 마음으로 보낸 것일까 궁금했다. 세월이 흐르면서 그냥 한번 보고 싶었던 것인지, 무슨 일이 있는 것인지. 시간이 지날수록 무슨 일이 있을 것만 같다는 데 무게가 실렸다. 그 무슨 일이 알아보지도 못할 만큼 야윈 얼굴로 환자복을 입고 있는 모습일 거라고는 상상하지 못했다.

"아니, 그냥. 춥다. 오래 나와 있었어. 들어가자."

그는 대답을 피해 자리에서 일어섰다. 천천히 그와 보조를 맞춰 걸었다. 그가 자꾸 힐끗거렸다.

"왜?"

"아니, 지금도 화살표를 따라 걷나 하고."

무슨 소리인지 얼른 알아듣지 못했다. 목적지 방향을 가리키는 화살표를 따라 걷지 않는 사람도 있나 싶은 생각이 들었다. 그는 아니, 그냥 해본 말이야, 하고 얼버무렸다. 예전의 그는 아니, 라거나 그냥, 이라는 애매한 말은 하지 않았다. 그가 기운 없는 목소리로 아무것도 아니라는 듯이 그냥, 이라고 말할 때, 부정의 뜻이 아니라 말을 꺼내기 위한 서두처럼 아니, 를 꺼낼 때마다 그의 얼굴을 똑바로 바라보지 못할 때처럼 가슴이 아팠다.

2인실이었지만 옆 침대는 비어 있었다.

"거기 걸터앉아. 내일 낮에나 환자가 들어온대. 6인실은 너무 시끄럽고 정신없어. 다른 사람들이 아파서 신음하면 나까지 아파지는 것 같아. 혼자서 아프면 좀 쓸쓸할 거 같고. 그래서 그냥 여기로 들어왔어. 안 바쁘지? 피곤하면 거기서 한숨 자도 돼."

한숨 자라던 그도 피곤했는지 이내 가늘게 코를 골았다. 나도 옆 침대에 비스듬히 누웠다. 다시 잠이 깬 건 신음 소리 때문이었다.

그는 입에 이불을 쑤셔 넣고 머리를 침대에 박은 채 침대보를 움켜잡고 있었다. 언제부터 고통을 참았던 것일까. 놀라 침대에서 내려서려 할 때 문이 열리고 의사와 간호사가 들어왔다. 간호사 둘이 그의 사지를 붙잡았고 그는 빨갛게 충혈된 눈으로 나를 바라보았다. 꼼짝할 수가 없었다. 진통제가 투여되고 가슴에 패치가 붙었다. 얼마간의 시간이 지날 때까지 그 고통을 온전히 감내하는 수밖에 없어 보였다. 그의 고통이 뼛속까지 스며드는 듯했다. 바라보는 나조차도 온몸에 힘이 들어가 탈진할 지경이었다. 이렇게 다시 보게 되리라고는 단 한 번도 생각하지 않았다.

"창문 좀 열어줄래?"

기운을 차린 그가 헛웃음을 치며 말했다.

창문을 열자 바람이 밀려들었다. 옅은 하늘빛 커튼 끝자락이 바람에 펄럭였다. 커튼을 붙잡아 매려 하자 그가 말렸다.

"바람에 날리는 저 천 자락, 유치환의 「깃발」에 나오는 시구처럼 소리 없이 아우성치는 것 같지 않아? 살고 싶다고 말이야."

나는 피식 웃어넘기려 했지만 입꼬리가 굳어졌다. 잠깐 동안 문을 열어놓아도 괜찮을 것 같았다.

"파르초라고 아니?"

"......?"

"깃발 말이야. 티베트어로 파르초라고 해. 오래전인데 법성포엘 간 적이 있어. 영광 법성포 알지? 굴비 많이 나는 곳말이야. 법성포구에 정착해 있는 배들을 보니까 긴 대나무 막대에 붉고 노란 깃발을 여러 개 매달아놓은 거야. 같이 갔던사람 말이 그렇게 매단 깃발을 티베트어로 파르초라고 하는데 신이 보호한다는 뜻이라나. 그러면서 그 사람 하는 말이, 무당이 집 대문에 깃발을 걸어놓는 것과 같은 이치라는 거야. 신의 가피를 받는 거. 불교가 처음으로 들어왔다는 법성포구와도 무관하지 않다고 하네. 배에 파르초라는 깃발을 매단 것은 아마도 풍어를 기원하는 뜻이 크겠지? 그 사람 말이 정확한 건지 어떤지 모르지만 저 커튼 자락 휘날리는 거 보니까나도 문득 그 파르초 하나 꽂아놓고 싶다는 생각이 드는데. 그럼 신이 나를 긍휼히 여겨 6개월 남은 인생을 감쪽같이 바꿔놓을지도 모르는 거잖아."

6개월이라니. 그가 시한부 인생이 되었다는 것인가. 가슴이 덜컥 내려앉았다. 그는 목소리에 힘이 없었지만 언제 아팠냐는 듯이 웃었다. 마른 웃음이었다. 커튼 자락이 바람을 안고 부풀었다가 휘어지곤 했다. 포구에 정박한 배들 위로 만장처럼 펄럭거릴 깃발을 떠올렸다. 6개월이라니. 혼자 얼마나 무서웠을까. 깃발이 만들어낸 바람이 내 가슴을 할퀴었다. 바람 따라 제멋대로 펄럭이는 커튼 자락을 잡으며 물었다.

"말 좀 해봐. 파르초니 그런 거 말고, 네 얘기를 해봐."

나는 창문에 기대선 채 말했다. 가까이에서는 차마 묻기가
어려웠다. 왜 나를 떠났는지, 이제 와 왜 나를 찾았는지, 얼
마나 아픈 것인지, 가족들은 어떻게 된 것인지. 내가 여기 계
속 있어도 되는 것인지.

"그냥, ……이혼했어. 2년 됐어. 딸아이는 아내가 키워. 병
원비를 감당할 만큼의 돈은 있고, 진통은 수시로 예고도 없이
오고, 지금 네가 곁에 있어서 고맙고, 좋고. 아무한테도 안 알
렸거든. 이대로 죽기는 좀 억울한데 부모님한테도 그렇고, 아
내나 딸에게도 그렇고 아직 못 알렸어. 이 마음이 어떻게 바
뀔지 모르겠지만 지금은 안 알리고 못 알리고 그런 상태야. 그
런데 너한테는 알리고 싶더라. 이게 무슨 못된 심보인지 모르
겠다. 이제 죽는다 생각하니까, 더 꼴 이상해지기 전에 너 한
번 보자 싶어지더라고. 내가 갑자기 연락해서 놀랐니?"

나는 고개를 끄덕였다. 내 마음을 종잡을 수가 없었다. 정
작 알고 싶은 건 그의 마음이 아니라 내 마음인지도 모른다는
생각이 들었다. 비행기가 인천 공항에 착륙하자마자 휴대전
화 전원을 켰다. 진동이 울리고 검은 액정에 통신사의 로고가
뜨자 나도 모르게 안도의 한숨이 나왔다. 고장이 날 리도 없
었는데 전원이 안 들어올 것만 같았다. 여행 가방을 찾으러
수화물 수취소에 가서도 마찬가지였다. 가방들이 벨트를 타

고 하나둘씩 나오기 시작할 때, 내 가방만 나올 것 같지 않아 초조하게 입술을 깨물었다. 휴대전화를 쥔 손에 땀이 찼다. 익숙한 여행 가방과 가방 손잡이에 묶인 체크무늬 손수건을 보았을 때에야 안심이 되었다. 사람들을 따라 출국장을 빠져나왔다. 서울과 경기 지역으로 가는 버스들이 제각각 정류장에 섰다가 출발했다.

정작 전화를 걸기까지는 시간이 걸렸다. 몇 번이고 망설이다 휴대전화 버튼을 눌렀다. 그 망설임은 전화를 걸까 말까의 망설임이 아니었다. 두려웠다. 우체국을 그만두는 일도 힘겨웠고, 어렵게 용기를 내어 나스카 라인을 보기 위해 나선 일도 내게는 모험에 가까운 일이었다. 늘 변화에 대한 두려움이 앞섰다. 그에게 다시 연락하는 일은 더 큰 변화를 감당해야 하는 일이었다. 마음이 어떻게 흔들릴지 몰랐다. 그와 헤어지던 날, 일식집 종업원이 입었던, 검은 기모노에 피어나던 벚꽃처럼 아슬아슬한 느낌이었다.

그의 번호를 누르고 신호가 가는 동안, 채 1분도 되지 않는 짧은 시간 동안, 벨이 울리기를 반복하는 동안, 내 심장은 몽우리진 꽃이 터질 때처럼 쿵쾅거렸다. 그의 목소리를 듣고, 그가 병원 이름을 댔을 때는 가슴이 서늘해졌다. 택시를 타고 집으로 가서 현관에 여행 가방을 두고 바로 나와, 다시 택시를 타고 병원으로 향했다. 길을 잃지 않으려면, 아니 길을 잘 찾으려면 택시를 타고 가는 게 제일 확실했다.

커튼 자락이 잡은 손을 빠져나가 다시 파도처럼 출렁였다. 창문을 닫았다.

"이리 와, 거기 서 있지 말고. 내 옆으로 와. 미안해. 미안한데 그냥 오늘 하루만 내 곁에 있어주라. 원래 병실 규정상 안 되는 거긴 한데 빈 침대가 있으니 꼭 안 될 것도 없잖아. 내가 전염병에 걸린 것도 아니고 말이야."

그가 다가와 내 손을 잡았다. 혈관이 다 드러난, 뼈밖에 남지 않은 차가운 손이었다. 앙상한 손으로 내 손가락을 마디마디 훑었다. 아주 천천히. 맹인이 손으로 더듬어 그 형상을 파악하듯이. 손을 만지고 팔과 어깨, 얼굴을 만졌다. 이마와 콧등과 인중과 입술도.

"인중이 깊은 걸 보니 넌 오래 살겠다. 내 몫까지 잘 살아."

눈에 힘을 주어 쏟아지려는 눈물을 붙잡았다.

"너를 안고 자고 싶어."

나는 바보같이 그가 나와 살았더라면 어땠을까를 생각했다. 어쩌면 병에 걸리지 않았을지도 모른다고 가지 않은 길을 바라보았다. 한때는 같이 커피를 마시고 텔레비전을 보고 잠들었다가 눈을 뜨고 싶었다. 같이 마트에서 카트를 끌며 장을 보고 싶었고, 자동차 안에서 영화도 보고 싶었다. 그가 옆에만 있어준다면 무엇이든 다 할 수 있을 것 같았다. 그가 떠나가기 직전의, 지금도 도대체 널 모르겠다던 그 목소리가 생생했다. 날 모르겠다던 그가 3년 만에 6개월 시한부 선고를 받고서야 나를 찾았다.

곁에 누웠다. 그가 팔베개를 해주었지만 살며시 뺐다. 가슴에 붙은 패치가 보였다. 패치용 진통제에는 마약 성분이 있다는 글을 인터넷에서 읽은 기억이 났다. 수첩 사이에서 말라가고 있을 코카잎 몇 장이 생각났다. 마음에 평화를 가져다준다고 했던가. 할 수만 있다면 코카잎 즙을 내서 그의 혀에 적셔주고 싶었다. 그는 앞으로 항암제를 맞고 방사선 치료도 할 것이다. 아까와 같은 끔찍한 광경을 보고 싶지 않았다.

다시 페루를 찾았을 때 내가 정말 보고 싶어 했던 것이 무엇인지 궁금했다. 태양신을 모시는 신전인 코리칸차에서도, 지그재그로 흘러내리는 액체의 흐름으로 길흉을 점쳤다는 바위인 켄코를 바라볼 때도, 산에 판자촌처럼 즐비하게 늘어선 염전인 살리나스를 보았을 때도, 말을 타고 푸카푸카라를 갈 때에도 나는 경이로움도 감탄도 실망도 아닌 애매한 표정을 짓고 있었다. 가이드 아르만도가 자꾸 나를 힐끗거리더니 어디 아프냐고 물었다. 나는 아프지 않다고 했다. 표정이 좋지 않다고 했을 때에야 나는 그런 내 심사가 고스란히 얼굴에 드러나 가이드를 불편하게 하고 있다는 것을 깨달았다. 괜찮다고, 신경 쓰지 않아도 된다고 했지만 얼굴은 펴지지 않았다.

그 어느 것에도 별다른 감흥이 일지 않았다. 그렇다고 여행이 재미없던 것은 아니었다. 모두 처음 보는 것처럼 생각되기도 했고, 오래전부터 봐온 것처럼 익숙하기도 했다. 도무지 알 수 없는 마음이었다.

나스카 라인을 보기 위해 다시 경비행기에 올랐을 때는 비행기 안에 있던 다른 관광객과 마찬가지로 가벼운 흥분이 일기도 했다. 비가 오지 않아 2천 년이라는 시간을 견딜 수 있었지만, 땅에서는 온전한 모습을 가늠할 수 없는 데다가 세월이 지나면서 점점 희미해지고 있는 상태라고 했다. 언제까지 나스카 라인이 원상태로 보존될 수 있을지 미지수라고 했다.

사람들은 바람이 없고 날이 좋아 나스카 라인을 볼 수 있을 거라고 기대가 컸다. 경비행기가 열두 명의 관광객을 싣고 높이 올라 천천히 비행을 시작했을 때 누군가 창밖을 가리키며 감탄에 차서 소리쳤다. 그레이트! 책에서, 인터넷에서 보았던 그림만큼 선명하진 않았지만 분명 나스카 라인이었다. 그토록 보고 싶던 나스카 라인이 눈앞에 펼쳐져 있었다. 벌새와 콘도르, 뱀, 또 무엇. 심장이 터져버릴 것만 같았다. 목이 뻣뻣해졌다. 나스카 라인을 하나도 놓치지 않고 눈에 새겨 넣으려고 보고 또 보았다. 비행기에서 내리지 않고 내내 떠 있고 싶었다. 그가 곁에 있었더라면 어땠을까 생각했다. 그가 보낸 문자메시지 때문인지도 몰랐다. 비행기에 탄 사람들이 저마다 탄성을 지르며 사진 찍기에 바빴다. 그가 보고 싶었다. 비행기에서 내려 먼지 이는 길을 걷는 동안 어느새 아스팔트 위의 커다란 싱크홀처럼 검고 깊은 구멍이 가슴 속에 생겨난 느낌이었다.

그의 겨드랑이 쪽으로 머리를 기댔다.

"요즘도 길을 못 찾니?"

그가 팔을 감아 나를 끌어당겼다.

"약속 시간에 번번이 늦으면서 매번 길을 잘못 들었다고 말하던 거 생각나? 처음에 그 얘길 들었을 땐 내가 옆에 있어주면 아무 문제가 없을 거라고 생각했어. 내가 같이 다니면 길을 잃어버릴 염려는 없을 테니까."

그랬다. 나도 그렇게 생각했다. 그를 만나면서 따뜻하다고 느꼈던 것은 길을 잃을 염려가 없기 때문이기도 했다. 집을 나서는 순간부터 길은 미로와 같았고 매번 낯설었다. 우체국을 오가는 길 말고는 몇 번 가본 길조차 생소했다. 어딘가를 가야 할 때마다 가슴이 쿵쾅거렸다. 두려웠다. 길은 어디에나 있었지만 내가 찾는 길은 보이지 않았다. 어김없이 길을 잃었고 손에 기분 나쁜 땀이 뱄다. 축축한 손바닥을 바지에 문지르며 두리번거릴 때마다 어디로도 나가고 싶지 않았다. 집이 제일 편했다. 집 안에서 길을 잃을 염려는 없었다. 그는 집처럼 편한 존재였다. 그와 손을 잡고 걸어갈 때 내 손바닥에는 땀이 배지 않았고 어떤 두려움도 없었다. 그가 길을 안내했으니까. 평생 그렇게 내 옆에서 길을 찾아주리라 생각했다.

"왜 떠났니? 내가 길을 잃어버리지 않도록 내 손을 좀 잡아주지."

"우연히 길을 헤매는 너를 본 적이 있어. 어떻게 처음 오는 길도 아닌데 못 찾아오는지 궁금해서 네 뒤를 쫓았어. 네 말대로 코앞에 약속 장소를 두고도 너는 주위를 헤매고 있었지. 길가의 이정표까지 살펴보는 것 같았는데 길을 못 찾는 거야. 몇 번을 같은 곳을 돌다가 지친 네가 꼬박꼬박 이정표를 보고 손짓하며 고개를 갸우뚱할 때에야 난 알아챈 거야. 넌 분명 이정표를 봤지만 네가 본 이정표는 글이 아니라 그림이었어. 장소를 알려주는 글은 지나친 채 거기 그려진 화살표만 쫓아가고 있었던 거지. 오른쪽으로 구부러진 화살표, 직진 화살표, 유턴 화살표…… 수많은 이정표가 각각 제 장소를 화살표로 나타내고 있었는데 넌 무작정 네 눈에 들어오는 화살표 그림만 따라가고 있었던 거야. 그때야 네가 매번 이정표를 잘 따라왔는데도 약속 장소가 안 보이더라고 했던 말뜻을 알겠더라고. 어떻게 그럴 수가 있지? 도대체 널 모르겠는 거야. 너랑 같이 있으면 나까지 길을 잃어버릴 것 같았어. 가끔씩 네가 던지는 앞뒤도 맞지 않는 말처럼 말이야. 사실 어떻게 보면 별것도 아니고 사소한 문제일 수 있는데 그땐 그게 왜 그렇게 크게 보였는지. 널 볼 때마다 나까지 길을 잃고 헤매는 것 같아 참을 수가 없었어."

많은 말을 해서 힘이 드는지 그는 가쁜 호흡을 가다듬느라 천천히 숨을 내쉬었다. 그랬던가. 나는 내가 지독한 길치인 줄 알았다. 내려야 할 역을 지나치고, 분명히 가본 곳인데도 찾지 못하는 것은 쓸데없는 생각이 많아서라고 생각했다. 길을 걷다 다른 생각에 빠져 가야 할 길을 놓친다고. 그래서 길을 잘 찾기 위해 이정표를 따라갔다. 그림이었다니. 그걸 한 번도 인식하지 못했다는 게 어이가 없었다.

이상하다, 애는 글자를 그림으로 이해하네? 고등학교 때 미술 선생이 했던 말이 떠올랐다. 아마도 숫자나 글자를 디자인해서 그리는 시간이었는데 그 말을 무심코 넘겼던 것 같다. 글자를 디자인하는데 당연히 그림으로 이해하지 글로 이해하나 생각했다. 아이들이 다 돌아간 텅 빈 운동장에서 그림을 그릴 때나 로직 퍼즐을 풀 때, 퍼즐을 풀고 드러난 그림을 옮겨 그릴 때, 나스카 라인을 보는 순간 전율하던 그 모든 것에 그림이 있었다. 어쩌면 화살표뿐만 아니라 늘 그림을 먼저 봐왔던 것은 아닐까. 그래서 다른 사람과 말을 섞고 사는 일이 힘들었던 것일까. 모르겠다. 나는 길을 잃지 않기 위해 안간힘을 썼고 길을 잃지 않는 가장 확실한 방법으로 화살표가 지시하는 방향대로 푯대 끝을 바라보며 걸어갔다. 그러나 길은 늘 내게 미로였다. 코카잎의 그물맥처럼 뒤엉킨 길에서 길을 잃었다.

그는 새벽녘에 한 번 더 고통에 시달려야 했다. 조용한 병실을 울리는 그의 처절한 울음 섞인 신음 소리는 내가 그동안 들어본 어떤 소리보다 끔찍했다. 신음 소리가 온몸을 예리하게 베었다. 병실을 뛰쳐나가고 싶었지만 그럴 수 없었다. 어떻게든 고통을 참아보려고 얼굴은 일그러지고, 손가락 마디마다 힘이 들어가고 발끝은 잔뜩 오므려져 있었다. 나를 향하던 절망에 가까운 눈동자. 옆에서 보기에도 참을 수 있는 고통이 아니었다. 의사와 간호사가 달려오고 진통제가 투여되고 약 기운이 퍼지자 그는 땀이 범벅이 된 몸으로 널브러졌다. 옆에 있던 나도 힘이 빠져 서 있기도 힘들었다.

머리에 쓰고 있던 비니가 벗겨져 그의 머리가 드러났다. 머리카락은 다 빠지고 없었다. 그를 다시 만났을 때 쓰고 있던 비니를 보고 짐작하기는 했지만 직접 보니 많이 낯설었다. 앙상한 몸뚱이에 민머리의 그는, 내가 알고 있는 재형이 아닌 것 같았다. 오래전 일식집에서 기름진 얼굴로 땀을 닦던 그는 어디에도 없었다. 아직 시차에 적응하지 못해서일까. 지금 이 모든 상황이 낯설고 고통스러웠다. 그를 바라보았다. 그가 가깝게도 느껴졌고 아주 멀게도 생각되었다. 페루에서 유물들을 볼 때와 비슷한 감정이었다. 재형은 그 와중에도 비니가 벗겨진 것을 알자 머리맡을 더듬어 비니를 뒤집어썼다. 나는 못 본 척 고개를 돌렸다. 환자복을 새것으로 가져왔고, 땀을 닦아주었다. 진통제가 투여되어 그런지 고통이 잦아드는 듯했다. 이마와 얼굴, 콧등을 닦아주다 그의 인중을 바라보았다. 내 인중을 보고 오래 살겠다고 했던가. 그의 인중도 선명하지 않은 것은 아니었다.

"괜찮을 거야, 재형 씨도 인중이 진한 걸 보니 오래 살겠는걸."

그의 감은 눈에 눈물이 고였다. 그는 땀을 닦아주던 내 손을 힘없이 잡았다. 입을 맞췄다. 내 입술에 닿은 그의 입술은 거칠고 말라 있었다. 거스러미가 내 입술을 찔렀다. 혀로 그의 입술을 적셔주었다. 그의 혀를 찾아 어루만졌다. 혀뿌리까지 더듬었다. 혀로 이 하나하나를 만져보았다. 아주 천천히. 혀와 혀가 서로를 찾아 부딪치기도 했고, 감싸기도 했고, 끌어들이기도 했다. 그의 혀는 부드럽지도 단단하지도 않았다.

그가 잠든 뒤에도 나는 쉽사리 잠들지 못했다. 이불을 어깨까지 덮어주고 조용히 잠든 그를 바라보았다. 아주 잘 아는 것도 같고 낯설기도 한 얼굴이 잠들어 있었다. 이불 밖으로 나온 손을 밀어 넣어주려다 주삿바늘 자국이 멍으로 남아 있는 손등을 만졌다. 푸르게 돋은 정맥을 따라 팔뚝까지 올라갔다.

어둠에 묻힌 창밖을 바라보았다. 어둡긴 해도 중간중간 가로등이 설치되어 있어 완전히 어두운 곳은 없어 보였다. 창문 밖 가로등 곁에 낮에 보았던 벚나무가 보였다. 바람이 부는지 나뭇잎이 흔들렸다. 창문을 절반쯤 열었다. 어디선가 아카시꽃 향이 바람을 타고 날아왔다. 나는 긴 호흡으로 새벽 공기를 들이마실 수 있는 데까지 길게 들이마시고 천천히 숨을 토막내 뱉었다.

그와 함께 걸을 때, 그는 늘 차도 쪽에서 걸었다. 나는 나를 보호하고 안전하게 길을 가게 하려는 그가 늘 고마웠다. 다른 남자들도 그렇게 한다는 걸 안 뒤에도 마찬가지였다. 보호받는다는 기분이 들어 행복했다. 내가 나를 지킬 능력도 없으면서 애써 지켜야 하는 삶은 곤궁했다. 남을 배려하는 일에 서툴렀다. 그렇게 나를 챙기며 걷는 그를 볼 때마다 어디든 가고 싶었다. 아무런 걱정 없이 길을 잃어버릴까 염려도 없이 당당하게 길을 갈 수 있었다.

새벽 공기를 가르고 멀리서부터 다급하게 울려대던 사이렌 소리가 금방 가까워졌다. 요란한 사이렌 소리가 그에게 들릴까 봐 얼른 창문을 닫으려 할 때 소리가 뚝 끊겼다. 다행히 그는 잠에서 깨지 않았다. 어쩌면 영원히 깨지 않을 잠을 자고 싶어 하는지도 모른다는 생각이 들었다. 깨어나는 순간 더 지독한 악몽을 꾸어야 한다는 것을 아는 그에게 눈을 뜬다는 것은 어떤 느낌일까.

6개월이 얼마만큼 되는 시간인지 모르겠다. 하루가 지옥 같은 사람에게 시간은 어떤 의미일까. 빛나던 육체는 몇 년 만에 뼈만 앙상하게 남았다. 6개월이나 6년이나 60년이나 시간이 어떻게, 무엇이 다른지도 모르겠다. 여전히 벚나무 잎들은 은은한 가로등 아래에서 흔들리고 있다.

한순간 바람이 몰려들어 커튼 자락을 휘저었다. 파르초라 했던가. 신의 가피를 바라는 깃발. 그 깃발을 가슴에 품고 싶다고 했던가. 커튼 자락을 오므리는 대신 바람에 더 펄럭이도록 놔두었다. 커튼 자락은 바람결 따라 날리고 나는 다시 고요하게 묻힌 어둠을 바라보았다. 조금 전 구급차를 타고 응급실로 들어간 환자는 어떻게 되었을까.

나뭇잎은 흔들린다. 나는 흔들리는 벚잎들이 문득 코카잎처럼 느껴진다. 잎을 따다가 입안 가득 민트 향이 찰 때까지 씹고 싶다. 아니, 즙을 내서 잠든 그의 입안에 흘려 넣어주고 싶다. 더 이상 고통스럽지 않도록, 마음의 안정과 평화를 얻도록.

가이드가 헤어질 때 말했다. 그때 코카잎으로 점을 보던 노인이 그러더라고. 코카잎 차를 많이 마시라고. 마음이 평화로워야 고독해도 견딜 수 있다고. 코카잎을 가지고 들어올 수 없어서 코카잎 차를 샀다. 아직 뜯지도 않은 차는 집 현관에 둔 여행 가방 안에 들어 있을 것이다. 문득 노인이 씹으라고 주었던, 수첩 사이에서 넣어두었던 코카잎이 떠올랐다. 가방을 뒤졌다.

복도로 나와 코카잎을 씹었다. 새벽, 병원 복도는 깊은 물속처럼 고요하고 차가웠다. 입안으로 코카잎의 단 것 같으면서도 싸한 향이 들어찼다. 마음에 평화를. 나는 팔을 엇갈려 팔뚝에 돋은 소름을 쓰다듬었다.

병실을 알리는 화살표가 보였다. 화살표 끝을 따라 다음 화살표가 나올 때까지 걸었다. 복도를 걸었고 계단을 내려갔다.

화살표 끝만 바라보았다. 어느 순간 병원 로비에 닿았다. 밖으로 나가 낮에 그가 앉았던 벚나무 아래 의자에 앉았다. 햇빛 대신 어둠이 켜켜이 쌓여 있었다. 군데군데 서 있는 가로등 불빛이, 단단한 새벽의 어둠에 맞서 힘겹게 싸우고 있었다. 눈을 감자 바람에 흔들리는 나뭇잎 소리가 들려왔다. 잎들이 몸을 비비는 소리였다. 어쩌면 나뭇잎들이 경을 읽고 있는지도 모른다는 생각이 들었다. 간절히 신의 가피를 바라며 읽는 경.

　오래도록 밤하늘과 나뭇잎의 흔들림을 본다. 흔들림, 흔들림, 흔들림. 점을 치던 노인이 내게 코카잎을 건네줄 때 찍었던 사진이 떠오른다. 주는 손과 받는 손이 코카잎을 감싸던 순간에 찍힌 사진. 나는 가지마다 깃발을 매다는 심정이 된다. 바람에 흔들리는 붉고 노랗고 푸른 깃발, 파르초. 신의 가호를 바라는 간절한 기도. 깃발 끝에는 푯대가 세워져 있다. 내가 가야 할 길, 그가 인도할 길을 향해 있다. 나는 흔들리는 잎을 바라보고, 파르초를 보고, 그 푯대 끝이 가리키는 길을 본다. 그 푯대가 가리키는 어둠 속 요원한 길을 본다.

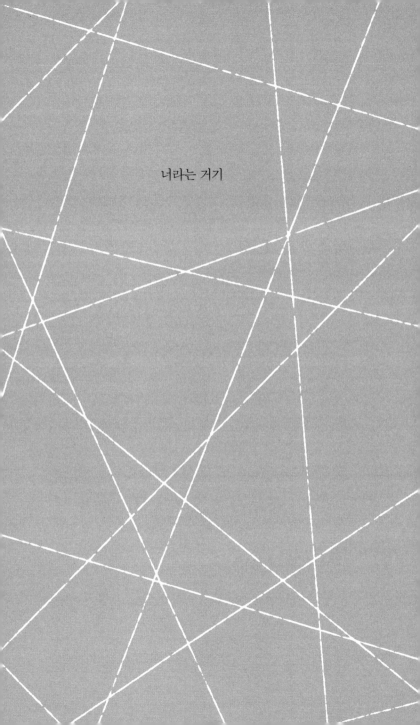

너라는 거기

그가 전화를 걸어 2백만 원만 빌려달라고 했을 때, 나는 사다리 끝 바스켓 안에서 버즘나무 가지치기를 하는 사내를 보고 있었다. 등판에 한국전력이라 쓰인 작업복을 입고 있었다. 사내는 전지칼을 휘둘러 나뭇가지를 잘랐다. 나뭇가지 사이로 굵은 전선 여러 겹이 지나갔다. 사내가 몇 번 팔을 휘두를 때마다 잎을 무성히 매단 가지가 힘없이 떨어졌다. 사다리차 아래로 가지가 수북이 쌓였다.

내 말 듣고 있는 거야? 그가 물었다. 나는 미안하지만 돈이 없다고 했다. 한 달만 쓰고 돌려주겠다고 했다. 다음 달이면 들어올 돈이 있으니 꼭 갚겠다고. 나는 그 말을 믿지 않았다.

가르치는 아이들은 몇 명 되지 않았다. 나도 돈이 좀 넉넉하게 있었으면 좋겠다고 생각했다. 아이들이 왜 선생님은 맨날 똑같은 옷만 입냐고 묻는 소리가 듣기 싫었다. 아파트를 오르내릴 때마다 닳은 굽에서 나는 징 소리 때문에 신경이 곤두서면서도 구두 사는 걸 망설이며 날을 죽이는 내가 한심했다. 몇 번 굽을 갈았고, 이젠 더 이상 갈 수 없을 만큼 헌 구두였다. 우울한 날에 지하상가를 지나다 마음에 드는 원피스를 보았을 때, 한 번이라도 주춤거리지 않고 지갑을 연 적이 없었다. 지금처럼 전화를 받았을 때 이 정도 돈이면 못 받을 줄 알면서도 빌려줄 수 있는 그런 정도가 되지 못해 화가 났다.

그는 잠깐 주춤하더니 다시 조바심이 나는 목소리로 오죽하면 너한테까지 전화했겠냐고 했다. '오죽하면'이라는 말을 듣는 순간 통화가 지겨워졌다. 미간에 굵은 주름을 새기며 내뱉던 엄마의 입버릇이 떠올랐다. 그 말은 늘 엄마 입에 매달려 위태롭게 대롱거리다가 불쑥불쑥 떨어지곤 했다. 오죽하면,이라는 말을 쓸 만큼 도저히 어찌해볼 수 없는 상황은 쉽게 일어나지 않는다. '오죽'의 상황이란 그 말을 쓴 사람의 지극히 주관적인 자기 위안, 자기방어적인 말은 아닌가 하는 생각까지 했다. 전화를 끊고 싶어도 틈을 주지 않았다. 결국 몇 군데 알아보긴 하겠지만 기대하지는 말라고 하고서야 겨우 전화를 끊을 수 있었다.

휴대전화 액정 화면에 배터리 표시 막대가 하나밖에 남아 있지 않았다. 전화를 하는 동안에도 바스켓 안의 전력공사 직원은 연신 팔을 휘둘러 가지를 치며 옆으로 이동하고 있었다. 제멋대로 창창하게 뻗던 가지가 잘리자 나무는 입을 꾹 다물고 열중쉬어 자세로 멀뚱하게 서 있었다.

테이블 위를 새끼손톱보다 작은, 투명에 가까운 거미가 뻗정다리로 기어가고 있었다. 거미를 집어 들었다. 검지로 거미 주변을 저어보았다. 거미줄이 손가락에 걸렸다. 보이지 않을 만큼 가늘었다. 이제 막 태어난 새끼 거미 같았다. 검지를 까딱거릴 때마다 거미도 따라 움직였다. 실은 보이지 않았다. 손가락에도 특별한 감각은 없었다. 손가락을 움직일 때마다 거미도 움직이는 걸로 봐서 거미줄이 있다고 짐작할 뿐이었다. 이게 무슨 거미일까 생각하다가, 그가 붉은등거미를 그려 준 적이 있었다는 게 떠올랐다. 등에 눈사람 모양의 주황빛 무늬가 선명한 거미였다.

중학교 3학년 시절, 뒤늦게 시작한 생리는 양이 많았다. 쉬는 시간마다 화장실로 달려가도 팬티에 묻었다. 교복 치마에도 얼룩져 생리 기간에는 체육복 바지를 입고 하교하는 날도 많았다. 그때의 나는 생리통에 갇혀 살았다. 배를 쥐어뜯는 듯한 생리통은 모든 신경을 갉아먹었다. 진통제는 그때뿐이었다. 28일마다 같은 일이 반복되었다. 중간고사나 기말고사 기간이 번번이 생리 기간과 겹쳤다. 시험문제에 집중할 수가 없었다. 실수로 틀리는 문제가 많아졌다. 담임은 실수도 실력이라고 말했다. 28일 중 3일은 도무지 얼굴이 펴지질 않았다. 아이들은 신경질적인 나를 싫어했다. 뒤통수를 툭툭 치거나 골목으로 끌고 가 주머니를 뒤졌다. 필통 안에 든 하이테크 펜 따위가 없어지는 건 차라리 애교였다. 용돈을 아껴 펜을 사던 걸 그만둘 수밖에 없었다.

엄마는 연안부두에서 생선을 팔았다. 배가 들어오면 붉은 함지박 가득 생선을 받아 선착장 한귀퉁이에서 팔았다. 식탁엔 생선탕이 자주 올라왔다. 상품 가치가 없는 잡어들로 끓인 탕이었다. 조기, 병어, 갈치를 찜하거나 조리기도 했다. 작지만 제철에 나는, 바다에서 잡아 온 지 하루도 안 된 생선들은 싱싱했다. 냄비에 무를 썰어 넣고 생새우 한 숟가락과 다진 마늘, 어슷 썬 대파를 넣고 고춧가루를 한 숟가락 넣은 다음 간만 맞추면 그만이었다. 생선탕은 질리지 않았다. 생리 때는 더 먹고 싶었다. 다른 애들은 생리 때 냄새에 예민해진다는데 나는 통증만 심할 뿐 비린내 때문에 식탁에 앉지 못하는 일은 없었다. 탕을 따로 덜어 허겁지겁 생선을 골라 먹었고 국물을 마셨다. 탕 안에는 생선 머리와 내장, 뼈가 제 모양대로 붙어 있었다. 뒤집지 않고도 살만 발라 먹는 데는 도가 텄다. 그렇게 저녁밥을 먹는 동안엔 배 아픈 것도 몰랐다.

"호호호, 기집애, 생선이라면 아주 환장을 한다니까."

그 환장할 생선 때문에 엄마는 오빠와 내가 어떻게 사는지 제대로 살필 겨를이 없어 보였다. 매일 배 들어오는 시간에 맞춰 부두로 가기 위해 제 몸뚱이만 한 스테인리스 통을 눈치껏 버스 안으로 밀어 넣고 올라타는 일만이 중요했다. 나 역시 엄마 목소리가 점점 더 굵어지고, 눕자마자 코를 곤다는 것도 몰랐다. 엄마는 함지박 무게에 짓눌려 살았다.

어느 날 터덜터덜 계단을 오르는데 그가 옥탑방에서 내려왔다. 그날도 체육복 바지를 입고 있었다. 그는 나보다 두 계단 위에서 멈춰 섰다. 키가 작은 그는 키 높이 깔창을 깐 운동화를 신었다. 나는 그가 신발 벗기를 싫어한다는 것도 알고 있었다. 가끔 우리 집에서 밥을 먹을 때에도 먹고 나면 바로 자기 방으로 올라가는 이유이기도 했다. 나는 다른 때보다 훨씬 커 보이는 그를 올려다보았다. 키도 키지만 바짝 올려 깎은 짧은 머리며 뭉툭한 코, 여드름투성이 얼굴, 엉덩이가 닳아 반들거리고 무릎이 나온 추리닝 바지 등은 도무지 창의성이 없어 보였다. 그의 외모와는 어울리지 않는 긴 손가락들만이 유별났다. 손가락만 긴 게 아니라 끝이 마디보다 더 둥글고 납작해 오빠와 나는 그 손가락을 ET 손가락이라고 불렀다. 영화가 나온 한참 뒤 케이블 방송을 통해 보긴 했지만 「ET」라는 영화에서 외계인 ET의 손가락은 아이들과 교감을 나누는 중요한 구실을 했다. 자전거 바구니에 외계인을 싣고 둥근 달이 떠 있는 하늘로 아이들이 올라가던 장면은 오래도록 기억에 남았다.

그가 돌돌 말린 도화지를 내밀었다.

"펼쳐봐도 돼?"

나는 귀찮았지만 그가 내게 무언가를 준 게 처음이라 예의상 물어봤다. 그가 고개를 끄덕였다. 등에 붉은 눈사람 무늬가 있는 거미였다. 붉은등거미라고 했다.

"이왕이면 타란툴라를 그려주지."

내셔널 지오그래픽에서 본 타란툴라는 다른 거미보다 몇 배는 크고 다리에 털도 많고 균형이 잘 잡힌, 보기에도 무서운 독거미였다. 갖는다면 작고 예쁜 거미가 아니라 그런 독거미를 가지고 싶었다.

"큰 동물에겐 독이 없어. 있어도 허접스럽지. 큰 동물은 자신의 덩치만으로도 얼마든지 자신을 지킬 수 있거든. 자기 몸을 지킬 수 없는 작은 것들이 독을 갖지."

생각해보니 그의 말이 맞는 것도 같았다. 코끼리나 기린, 상어나 고래 등은 독을 가질 필요가 없었다.

"이 붉은등거미는 보기엔 작고 예뻐도 타란툴라보다 몇 배는 강한 독을 가지고 있어. 붉은등거미에게 물리면 해독제를 먹을 시간도 없이 몇 분 안에 독이 퍼져 죽지. 붉은등거미한테 물려 죽은 뱀도 있는걸. 물론 작은 뱀이지만."

붉은등거미를 다시 바라보았다. 이렇게 예쁜 거미가 치명적인 독을 가지고 있다니. 붉은등거미의 이중성이 마음에 들었다.

그가 계단을 올라가다 말고 뒤통수를 긁적이며 말했다.

"사실 타란툴라를 그리기엔 내 실력이 좀 딸려. 다음에 타란툴라도 멋지게 그려줄게."

나는 붉은등거미면 충분하다고 말했다. 계단에 서서 그의 옥탑방 새시문이 열리고 닫히는 소리를 들었다.

그는 부모가 이혼을 하고 재결합하기까지 1년 동안 우리집 옥탑방에서 학교를 다녔다. 아침은 굶었고 점심 저녁은 학교에서 해결했다. 토요일이나 일요일에 같이 생선탕으로 저녁을 먹기도 했다. 그는 조용히 밥만 먹고 다시 옥탑방으로 올라갔다. 엄마 친구였던 그의 엄마는 오죽하면 너한테 이런 부탁을 하겠니, 하면서 그를 부탁했는지도 모른다. 이혼은 했고, 아이를 데리고 있을 상황은 안 되고, 아이가 탈선을 할까봐 겁은 나고, 그래서 엄마에게 부탁을 하게 되었을 것이다. 엄마는 전세 사는 신세에 주인집에 어떻게 말했는지 그를 옥탑방에서 살게 했다.

그의 책상 앞에도 붉은등거미 그림이 붙어 있는 걸 본 적이 있었다. 왜 옥탑방 문을 열게 되었는지 기억나진 않지만 그는 책상에 엎드려 자고 있었다. 스탠드 불빛 때문이었는지 책상 앞에 붙어 있던 붉은등거미가 마치 그의 등짝에 올라타고 있는 것처럼 보였다. 아니 그가 바로 앉아 있었다면 등과 머리가 보였을 꼭 그 자리를 차지하고 있는 붉은등거미는 마치 그인 것도 같았다. 그렇지만 붉은등거미가 가졌다는 치명적인 독 따위는 어디에도 없어 보였다.

새끼 거미가 바둥거렸다. 나는 거미를 놓아주었다. 검지에 걸고 있던 줄도 보이진 않지만 비벼 털어냈다. 초인종 소리가 들렸다. 아이들이 온 모양이었다. 학교 선배가 아이들에게 글쓰기를 가르쳐보지 않겠느냐고 제안했다. 뭐든지 아파트 단지를 끼고 해야 돈을 벌 수 있다며, 선배 아파트의 방 하나를 빌려주겠다고 했다. 선배가 출근해 있는 동안 선배의 아이를 가르치고 공부를 봐주는 조건이었다. 제 방에서 게임을 하던 선배 아이도 그제야 문을 열고 나왔다. 벌써 15분이 지나 있었다. 아이들이 오는 시간은 점점 늦어졌다. 읽어 오라는 책을 읽지 않은 아이도 둘이나 되었다. 할 수 없이 줄거리를 얘기해주었다. 오늘은 책 속의 주인공이 되어 글을 써보는 시간이었다. 발을 다친 아이가 주인공이었다. 어떤 아이는 일부러 더 절룩거리고 넘어져 엄마 마음을 아프게 한 다음 동정심을 유발하여 게임을 많이 하고 싶다고 썼다. 솔직하게 자기 마음을 표현한 좋은 글이라고 평을 해주었다. 배가 살살 아파왔다. 생리통의 전조였다. 문자메시지가 왔다. 그였다.

미안하다. 네가 안 되면 다른 데라도 좀 알아봐주라. 꼭 부탁한다. 너만 믿는다.

문자메시지를 보고 있자니 심란했다. 무시하기도, 그렇다고 들어주기도 어려웠다.

선배는 다른 날보다 일찍 퇴근했다. 선배는 커피를 타주면서 심드렁한 척 물었다.

"할 만해?"

나는, 그렇죠 뭐, 하고 얼버무렸다. 선배에게 2백만 원을 빌려볼까 잠깐 생각했다. 말이 나오지 않았다. 그가 돈을 돌려주지 않으면, 나누어 갚는다고 해도 꽤 오래 걸릴 것이다. 그때까지 지출을 최대한 줄이는 피곤한 생활을 각오해야 한다.

"아이들 가르치는 일이 생각보다 어렵지?"

코앞에서 내 얼굴을 빤히 쳐다보면서도 책상 밑에서는 부지런히 손가락을 움직여 휴대전화 문자질을 하는 아이들에게 질렸다. 아이 엄마들에게는 어떻게든 글짓기 대회에 나가 상장을 안겨주어야 했다. 선배가 커피를 홀짝였다.

"요즘 애들, 그렇지 뭐."

"얼굴 좀 펴라. 그렇잖아도 우울한 얼굴인데 그렇게 축 처져 있으면 어디 공부하는 애들이 신이 나겠니?"

선배는 무슨 말인가 더 하고 싶어 입술을 달싹였지만 별 말하지 않았다. 나는 선배가 하려는 말을 짐작할 수 있었지만 모르는 척했다.

선배 아파트를 나오는데 엄마가 전화를 했다. 엄마네는 선배 아파트에서 버스로 다섯 정거장이면 갈 수 있는 거리였지만 과외를 한 뒤에 집에 들른 적은 없었다. 오빠네 가족과 엄마가 함께 사는 아파트는 스무 평 남짓이었다. 들어가도 마땅히 앉을 곳이 없었다. 전화를 끊고 나서 보니 화면에 배터리

부족 표시가 깜빡였다. 여분의 배터리가 없었다. 특별히 전화 올 데도 없었다.

　바닥에 수북하게 쌓여 있던 나뭇가지들은 깨끗하게 치워져 있었다. 전지된 나무가 늘어선 길을 따라 걸으니 뭔가 서늘한 기분이었다. 사내가 들어가 있던 바스켓이 떠올랐다. 사다리차 위의 바스켓은 꼭 한 사람이 들어갈 만한 공간이었다. 깊이가 제법 깊어 허리 높이쯤 되어 보였다. 가지를 치다가 불상사가 일어나는 일은 없을 것 같았다.

　대학 때였다. MT에 갔다가 돌아오는 길에 사람들이 하늘을 바라보며 웅성거리는 게 보였다. 저거 위험하지 않나. 설마 안전장치는 했겠지. 그래도 저 사람 대단한데. 뭐 이런 얘기를 하며 누군가를 구경하는 중이었다. 올려다보니 높은 전선 위에 한 사내가 있었다. 사내는 전신주 위에 서 있는 게 아니라 전신주와 전신주 사이의 굵은 전선 가닥에 몸을 걸고 거꾸로 매달려 있었다. 아슬아슬했다. 전신주끼리의 간격이 넓었고 일반 전신주보다 훨씬 높아서 사다리차의 사다리로도 올라갈 수 없는 곳이었다. 나는 거의 숨이 멎을 지경이었다. 사내가 떨어져 머리통이 박살나는 참혹한 광경이 눈앞에 그려졌다. 물론 그런 일은 일어나지 않았지만 말이다. 그때의 그 사내에 비하면 바스켓 안에서 나뭇가지를 치는 일은 훨씬 쉬워 보였고 안전해 보였다.

현관에서 엄마가 테니스채를 휘두르고 있었다.

"뭐하는 거예요?"

"모기 잡는다."

엄마는 테니스채로 방 안을 휘저었다.

"이게 모기 잡는 덴 그만이다. 갖다 대기만 하면 죽거든. 1층이라 그런지 벌써부터 모기가 더 극성이야."

휘두를 때마다 찌릭 찌릭 찌릭 소리가 들렸다. 테니스채처럼 생긴 전기채였다. 망에 모기가 닿기만 하면 감전사했다. 피를 빨아 먹은 모기는 단백질 타는 냄새까지 풍겼다. 찌릭.

"잘 잡지?"

엄마는 웃으며 전기채를 흔들었다. 언제 삼겹살을 구웠는지 반찬으로 올려졌다. 삼겹살은 기름이 번들거렸고 질겼다. 상추나 깻잎도 없었다. 엄마가 삼겹살 좀 먹으라고 할 때에만 마지못해 한 점씩 집어 먹었다. 대신 멸치볶음과 콩자반에다 밥을 먹었다. 잘 조려진 콩자반은 단단하고 고소했다. 엄마는 조카에게 밥을 먹였다. 으깬 감자에 치즈를 버무린 반찬이었다. 아이는 밥을 곧잘 받아먹다가 혀로 밀어내기 시작했다. 엄마는 두 숟가락쯤 남은 조카 밥과 반찬을 먹어버렸다.

"애가 남긴 밥을 먹어치우는 게 젤 싫어."

"그까짓 거 버리면 되지, 뭐하러 먹으면서 그런 소릴 해요."

"그래도 버리긴 아깝잖냐."

"뭐가 아까워요?"

"오죽하면 이런 걸 못 버리고 먹겠냐!"

엄마는 버럭 화를 내며 일어나 빈 밥그릇을 싱크대에 던졌다. 두 그릇도 아니고 겨우 두 숟가락쯤 남긴 밥을 버리는데도 '오죽'이라니. 오빠네 눈치를 보며 스스로를 비하시키면서까지 자리를 인정받으려는 엄마에게 오히려 화가 났다.

"애 보는 게 어디 쉬운 일인가. 엄마가 고생이 많네요."

마음에 없는 소리를 했다. 애 봐준 공은 없다는데 엔간히 힘들어야 말이지.

내가 설거지를 하는 동안 엄마는 다시 전기채를 휘둘렀다. 배드민턴 치는 것 같기도 했다. 엄마와 저녁 무렵부터 배드민턴을 치다가 공을 주고받는 재미가 들려 가로등 아래로 자리를 옮겨가며 늦게까지 배드민턴을 치던 여름날이 떠올랐다. 그땐 몇 살쯤이었을까. 찌릭. 잡았다. 어느새 엄마 목소리가 들떠 있었다. 졸졸 따라다니며 전기채를 달라고 조르던 조카가 끝내 발을 버둥거리며 울었다. 가짜로 우는 것 같았는데 눈물이 주욱 흘러내렸다. 미운 일곱 살이 아니라 미운 네 살이다. 엄마는 할 수 없이 전기채 전원을 끄고 조카 손에 들려주었다. 조카는 들기도 무거운 전기채를 질질 끌면서 휘두르려다 되레 넘어져 다시 울었다. 조카를 업었다. 아이는 순순히 업혔다. 졸음에 겨운 아이 머리가 등에 닿았다. 덥기는 했지만 그 무게가 왠지 뿌듯했다.

문자메시지 알림음이 울렸다. 그였다.

제발 꼭 부탁한다. 2백만 원만 해주라. 다신 이런 부탁 안할게.

나더러 어떻게 하라는 말인지 답답했다. 2백만 원의 무게가 내 어깨에 올라타고 있는 듯 어깨가 아팠다. 엄마한테라도 빌려야 하나. 돈이 있을 리 없었다. 왜 내게 자꾸 이런 부탁을 하는지, 나는 또 왜 그걸 딱 잘라 거절을 못하는지, 이 상황이 한심했다.

"엄마, 그 오빠는 요즘 어떻게 지내? 옛날에 우리 옥탑방에 살던 엄마 친구 아들."

일부러 그의 이름을 말하지 않았다. 엄마 친구 아들, 그렇게 말하자 그가 훨씬 멀어진 느낌이었다.

"그 애 인생도 어쩜 그리 안 풀리는지. 공연히 허파에 바람이 들어설랑 그림 그린답시고 허송세월할 때부터 알조였지만."

"그건 다 아는 얘기고, 요즘 뭐하냐고."

"난들 아냐. 이리저리 일 벌였다가 빚은 감 열리듯 주렁주렁 열리고, 제 어미도 이젠 걔 말은 아예 꺼내지도 않는다. 왜? 걔가 니한테도 돈 빌려달라고 전화했디? 절대 돈 빌려주면 안 된다."

"내가 뭐 빌려줄 돈이 있기나 한가, 뭐."

허파에 바람 들게 한 그의 손가락을 떠올렸다. 그 손가락이 그의 인생을 바꿔놓을 수 있지 않을까 하는 생각을 한 적도 있었다. ET와 아이의 검지가 서로 맞닿을 때 불이 들어오던 그 둥근 손끝. 그의 손끝에 불이 들어오게 할 수 있는 것은 무엇일까.

"허리 아프겠다, 애 뉘어놔라."

어깨 뒤로 아이 머리를 받치고 요 위에 조심스럽게 눕혔다. 묵직한 무언가가 빠져나간 듯했다. 등이 금세 허전했다. 잠든 아이 얼굴이 야무진 게 꼭 콩자반 같았다. 무언가를 손에 쥐고 있는 듯 반쯤 오므려진 손을 펴보았다. 작고 통통했다. 손가락은 길지도 짧지도 않았다. 아직은 아이 인생이 어떻게 흘러갈지 정해지지 않았겠지. 누군가도 어린 나를 눕혀놓고 찬찬히 얼굴을 바라보고 손을 펴보았을 것 같았다. 화장실에 갔다가 거울을 바라보았다. 선배가 말하던 우울한 얼굴이 나를 보고 있었다. 굳이 우울하다고 생각하지 않았는데 그 말을 떠올리고 보니 우울한 것뿐만 아니라 도대체 열정이라고는 없이 지루하면서도 지겨운, 가까이 하고 싶지 않은 얼굴이라는 생각이 들었다.

찌릭 찌릭. 엄마가 다시 전기채를 휘둘렀다. 모기 잡는 소리가 귀에 거슬렸다. 아니, 거슬리는 것 같기도 하고 듣고 싶은 것 같기도 했다. 찌릭, 하고 나는 소리는 짜릿한 것 같기도 하고, 잔인한 것 같기도 했다. 찌릭, 찌릭, 찌릭, 찌릭. 전기채에 나방이 걸렸다. 나방은 한 번에 죽지 않았다. 다리와 날개가 타고 몸통은 여러 번 감전된 뒤에야 죽었다. 가느다란 연기 속에서 단백질 타는 냄새가 났다. 나방 몸통만 남아 망에 붙어 있는 꼴이 거미줄에 걸린 먹이 같았다.

현관문 열리는 소리가 들렸다. 잠들어 있던 조카가 벌떡 일어나 묵직한 기저귀를 엉덩이에 달고 뒤뚱거리며 현관으로 달려갔다.

"문 여는 소리는 귀신같이 알아듣는다니까."

오빠와 올케 언니가 같이 들어왔다. 아이를 안던 올케 언니가 인상을 쓰며 기저귀부터 벗겨냈다. 찌릭, 찌릭. 모기 들어온다, 얼른 문 닫아라. 엄마가 전기채를 허공에 휘둘렀다. 세수를 하고 나온 언니 얼굴에 기미가 자글거렸다. 언니가 서있는 쪽 벽에는 결혼식 때 찍은 대형 사진이 걸려 있었다. 언니는 날씬했고, 예뻤다. 사진과 그 옆에 서 있는 언니가 같은 사람 같지 않았다.

"에이, 화장발에 뽀샵 처리하면 다 저렇게 돼."

언니는 내숭을 떨지 않았다. 그래도 결혼 전에는 지금보다는 훨씬 피부도 깨끗했고 젊어 보였다. 결혼이 언니의 세월을 빠르게 끌고 갔다. 이 좁은 아파트에서 엄마와 함께 사는 언니가 고마웠다. 착착착착착. 언니가 화장품을 바르면서 손바닥으로 볼을 세게 두드렸다. 기미가 잔뜩 낀 언니는 미백 기능 있는 화장품만 썼다. 누렇게 말라버린 양파 껍질이 반쯤 벗겨진, 그 속에 투명하고 여린 속살이 숨어 있는 양파 그림을 커다랗게 박아 넣은 피부과 전단지가 전화기 옆에 놓여 있었다.

일일드라마를 보았다. 모기가 날아다녔다. 엄마는 어느새 잠들어 있었다.

"엄마는 저 드라마 할 시간만 내내 기다리다가 선전하는 동안 잠들어버린다니까."

오빠가 말했다. 엄마 손에서 놓여난 전기채를 집어 들고 모기를 찾았다. 모기는 잘 보이지 않았다. 대충 허공에 대고 채를 휘둘렀다. 찌릭. 잡혔다! 나도 모르게 소리쳤다. 엄마 눈이 게슴츠레 뜨였다가는 다시 감겼다.

"엄마, 방에 들어가서 주무셔요."

"아니다. 연속극 보고 자련다."

엄마는 졸음을 감당하지 못하는 눈꺼풀을 들어 올리며 말했다.

"벌써 끝났어요."

"그래? 보지도 못했는데 언제 끝났냐?"

엄마가 눈곱 낀 말간 얼굴로 물었다.

가방을 메고 일어서는데 문자메시지 알림음이 울렸다. 이 시간에 연락 올 데가 없었다. 짐작대로 그였다.

정말 이번 꼭 한 번만 부탁한다. 그 돈 안 되면 난 죽을지도 몰라.

오빠가 담배와 라이터를 들고 따라 나왔다. 담배 한 대 피우고 올게. 슬리퍼를 꿰신으며 언니에게 말했다. 휴대전화 배터리가 다 되어가는 모양이었다. 충전해야 한다는 알림음이 가냘픈 소리로 배고파, 하고 울었다. 차라리 전원이 나가버리면 좋겠다는 생각이 들었다. 더 이상 그의 문자메시지를 안 봐도 될 테니까. 문득 배가 고팠다.

"너는 좀, 어때?"

담배에 불을 붙이며 오빠가 물었다.

"엄마가 보는 드라마 같애. 기대하고, 바라고, 보고 싶은 것들은 두 눈 바짝 뜨고 기다려도 어느새 끝나버려."

"잠깐 앉았다 갈래?"

아파트 7동과 8동 사이에 아이들 놀이터가 있었다. 낮은 미끄럼틀과 그네, 시소, 철봉이 전부였다. 나무 색깔을 낸 벤치에는 모래가 다글거렸다. 오빠가 슬리퍼 한 짝을 벗어 벤치의 모래를 털어냈다. 오빠는 담배를 입에 물고 철봉에 올라 앞뒤로 반동을 주더니 두 팔 사이로 다리를 넣어 대롱대롱 매달렸다.

"오빠, 2백만 원만 빌려줄 수 있어?"

담배꽁초가 모래 속에 박혔다.

"내가 돈이 어딨냐. 어디다 쓰려고?"

"그냥 좀 필요해서."

내가 필요한 것도 아닌데 왜 자꾸 2백만 원을 이 사람 저 사람에게 빌려볼 생각을 하는지 알 수 없었다. 돈이 있냐고 묻는 내게 화가 나면서도 나도 모르게 그 말이 튀어나왔다.

굳이 엄마네 들른 것에도 돈을 빌릴 수 있지 않을까 하는 생각이 없지 않았을 것이다. 배를 철봉에 걸치고 몸을 접혀보려던 오빠가 철봉에서 내려왔다.

"배 나오니까 이것도 잘 안 되네. 혹시나 해서 하는 말인데 기범이가 너한테 돈 빌려달란 건 아니지?"

"무슨. 연락 안 한 지 오래됐어."

정색을 하고 말했다.

"절대 빌려주지 마라. 못 받는다. 나도 결혼 전부터 조금씩 물린 게 5백이 넘어. 그 자식은 도대체 왜 그러고 사는지 몰라."

오빠가 가래침을 멀리 찍 뱉었다. 그가 오빠에게까지 손을 내밀었을 줄은 몰랐다.

"우리라고 잘사는 건 아니지만 걔 인생은 정말 안 풀려. 생각하면 안타깝기도 하고 화가 나기도 하고. 그러면서도 그놈 만나면 또 기분 더러워지고. 빚진 돈 좀 갚아줬으면 싶고, 또 돈 빌려달라는 소리 하는 건 아닐까 가슴 덜컹하기도 하고."

"그만 들어가, 오빠. 언니가 찾겠어. 애 목욕도 시켜줘야 하잖아."

더 듣고 싶지 않았다. 오빠가 걸어가다 힐끗 돌아보았다. 기운 내. 어둠 속에서 오빠가 오른쪽 입꼬리를 올리며 슬쩍 웃었다. 오빠가 들어간 뒤에도 쉽사리 일어나지지 않았다. 닳아서 징 소리가 나는 구두 굽이 모래에 박혔다. 무릎 아래 어둠을 바라보았다. 발을, 한 번도 본 적이 없는 흉측한 검은 짐승이 아가리를 벌려 물고 있는 것 같았다. 어둠 속을 휘저어 보았다. 이빨 같은 건 없었다. 나는 조금 전 오빠가 했던 것처럼 철봉에 매달려보았다. 대롱대롱, 대롱대롱. 이마에 피가 몰리는 기분이었다. 얼굴이 벌겋게 되도록, 참을 수 있는 데까지 참아보았다. 아무 의미 없는 짓이었다. 그래도 매달려서 몸이 앞뒤로 조금씩 흔들리는 동안 뭔가 나를 붙들어주고 있다는 생각이 들었다. 내가 내 몸을 철봉에 의지해 안간힘을 쓰며 매달려 있는 것뿐이었는데 그래도 무언가 붙들 게 있다는 게 좋았다. 실상 남에게 돈을 빌리지 않았달 뿐, 그보다 조금 더 운이 나쁘지 않은 정도의 삶을 나도 살고 있지 않는가. 붉은등거미처럼 독기를 지니고 살기란 애당초 불가능한 인간인 것이다.

그와 단 한 번 섹스를 한 적이 있었다. 그 일은 지금 생각해봐도 꿈에서 일어난 일처럼 도무지 현실감이 느껴지지 않는다. 어떻게 그와 그럴 수 있었는지, 술 취한 탓으로만 돌리기에는 마음 한구석이 찜찜했다. 그즈음 나는 거의 매일 술을 마셨다. 거리는 밤인데도 후덥지근했고 오물 냄새들이 뒤섞여 구역질이 나왔다. 택시는 좀처럼 잡히지 않았다. 도로에까지 내려섰지만 택시는 대부분 손님을 태우고 있거나, 그냥 지나쳤다. 화가 나서 택시 잡기를 포기하고 편의점에 음료수를 사러 들어갔다가 그와 맞닥뜨렸다.

　그는 물도 아니고 술도 아니고 음료수도 아닌 요거트를, 컵라면을 먹는 간이 테이블에서 떠먹고 있었다. 제 손아귀에 들어오는 작은 요거트를 새끼손가락보다 작은 스푼으로 떠서 입에 넣고 있었다. 중심을 잡지 못하는 몸을 건들대면서. 그는 요거트를 떠 넣으려다 말고 검지로 나를 가리켰다. 어, 너? 기범이 오빠! 간이 테이블에는 *그가* 먹은 것으로 보이는 요거트 껍데기 두 개가 포개져 있었다. 그는 붉은등거미 그림을 붙여놓고 책상 앞에 엎드려 있던 때에서 한 발도 더 못 나아간 것 같았다. 그도 늦은 밤 술 취해 편의점에 들어선 내게서 무릎 나온 체육복 바지를 입고 온갖 인상을 쓰며 계단을 올라오던 옛날 모습을 떠올렸는지도 모른다. 서로를 보는 순간 맹렬하게 배가 고파졌다. 급기야 우리는 그때의 생선탕 얘기를 꺼냈고 의기투합하듯 편의점 문을 나섰다. 그는 이미 계산한 맥주 두 캔과 요거트를 비닐봉지에 담아 들었다. 어차피 택시를 타긴 글렀다. 술집 골목을 뒤져 흰 아크릴 간판에 생태탕이라고 쓰여 있는 음식점으로 들어갔다. 직원이 메뉴판을 놓기도 전에 동시에 생태탕을 호기롭게 외치고는 깔깔거렸다. 우리 친한 사이도 아니잖아요? 그게 뭐가 중요해? 그래도 너 수능 칠 때 내가 엿 사줬잖아. 나도 사준 걸 잊은 건 아니겠죠? 이런 영양가 없는, 아침이면 아무것도 기억에 남지 않을 말들만 주고받았다.

"술 취하면 자꾸 우울해져. 쪽팔리게 운 적도 있어. 근데 말이야, 이 요거트를 먹으면 그런 기분이 달아나. 달콤새콤한 맛이 제법 괜찮아."

그가 자리를 옮겼을 때 왜 요거트를 먹고 있었냐는 내 물음에 그렇게 대답했다. 차라리 음료를 마시는 편이 한결 개운할 것 같은데 그는 절대 그렇지 않다고 했다. 꼭 요거트여야 해. 생태탕은 우리가 먹던 옛날의 그 맛보다는 못했지만 그럭저럭 괜찮았다. 아무리 싱싱한 생선탕을 끓여온대도 그때 그 맛을 따라오지 못할 거라는 걸 이미 알고 있었다. 그때는 생선탕에라도 허겁지겁 숟가락을 담그지 않으면 안 될 그런 날들이었다. 이미 취할 대로 취해서 미각이 둔해진 것인지도 몰랐다. 소주 두 병을 비울 때쯤 나는 엉망으로 취해 질질 짜고야 말았다. 급기야 며칠 전 실연당했던 사연을 토해냈고 내가 그렇게 매력 없냐고 오빠한테 따져 물었다. 그도 이미 만취 상태였기 때문에 내 얘기가 제대로 들릴 리 없었다. 내가 그 새끼 죽여줄게. 어떤 새끼야. 내 앞에 끌고만 와. 그런 허세를 부렸던 것 같다.

그는 술 취한 와중에도 편의점 봉투까지 알뜰히 챙겨 술집을 나왔다. 그가 잡아끌었는지 내가 먼저 끌었는지 기억나지 않았다. 하지만 모텔에 들어섰을 때는 폭발하기 일보 직전이었다. 우리는 미친 듯이 깔깔거렸고 벗고 벗기며 뒤엉켰다. 우리는 맥주 캔을 흔들어 딴 뒤 서로에게 뿌렸고, 요거트를 가슴에 바르고 핥아먹었다. 사랑하던 사람에게는 감히 해보지 못한 일이었다. 도망치듯 방 안을 기어 다녔다. 그 와중에도 새끼손가락보다 작은 스푼으로 요거트를 떠먹던 그의 긴 손가락을 빨며 ET, ET 손가락 하고 놀렸다. 검지를 맞대보기도 했다. ET의 손을 닮은 손이었지만 불이 켜지지는 않았다.

내가 두 번씩이나 절정으로 치달았을 때까지도 그는 배 위에서 내려오지 않았다. 그는 콧숨을 내쉬며 씩씩대고 있었다. 이마의 땀방울이 내 가슴으로 떨어지기도 했고, 등으로 떨어지기도 했다. 잔뜩 힘이 들어간 그는 막무가내로 반동운동을 하고 있었다. 내 몸속으로 들어가버리려고 작정이라도 한 것처럼 버둥거렸다. 그때도 나는 붉은등거미를 떠올렸다.

책상 서랍을 정리하다가 오래전 그에게서 받은 붉은등거미 그림을 발견했을 때, 새삼 그 작고 예쁜 거미가 치명적인 독을 가지고 있다는 게 믿기지 않아 인터넷으로 검색을 해본 적이 있었다. 그의 말이 맞았다. 독은 해독제를 먹기도 전에 신경을 마비시켜 죽인다고 했다. 더 놀라운 것은 그런 무서운 붉은등거미가 사마귀처럼 교미 중에 암컷에게 잡아먹힌다는 것이다. 그런데 모든 수컷이 아니라 암컷과 오랜 시간 교미를 하며 정자를 더 많이 암컷의 몸속에 밀어 넣은 수컷만이 잡아먹힌다고 한다. 왜 그 글이 떠올랐는지 모르겠지만 빠르게 몸이 식었다.

그는 이제 내 기분 따위는 안중에도 없었다. 그는 여전히 처절하게 앞뒤로 움직이고 있었다. 멈추지 않았다. 아니, 멈출 수 없는 것처럼 보였다. 나는 점점 그가 무서워졌다. 그렇게까지 집요하게 그를 몰아세우고 있는 것이 무엇인지 두려웠다. 나는 더 이상 참지 못하고 있는 힘껏 그를 밀쳐냈다. 그가 침대 아래로 나동그라지듯 떨어졌다. 눈물 콧물 범벅이었다. 어느새 술에서 깨어 있었다. 술이 깨고 나자 맥주로 흥건한 바닥과 맥주에 젖은 채 제멋대로 널브러진 옷가지들, 나뒹구는 맥주 캔과 빈 요거트 갑이 눈에 들어왔다. 방 안은 온통 맥주와 요거트에서 나는 들큼한 냄새로 가득했다.

목에서부터 허벅지까지 붉고 푸른 멍이 군데군데 나 있었다. 제정신으로는 도저히 눈 뜨고 봐줄 수 없는 처참한 몰골이었다. 그는 침대 모서리에 얼굴을 박고 있었다. 어깨가 들썩거렸다. 그때, 문득 전선에 매달려 있던 사내가 떠올랐다. 전선에 의지해 조금씩 앞으로 나아가면서 사내 뒤의 전선이 길어질 때, 엉덩이에서 줄이 뽑아져 나오는 것 같았던. 그도 무언가에 위태롭게 매달려 겨우겨우 힘겹게 줄을 뽑아내며 살고 있을 거라는 생각이 들었다. 그에게서 도망쳐 나왔다.

그 뒤로도 가끔 연락을 주고받기는 했다. 밥을 먹기도 하고 영화를 보기도 했다. 그날처럼 엉망으로 취하지는 않았다. 둘 다 그때 애기를 꺼내지도 않았다. 그렇게 한 달에 한두 번쯤 만났다. 그와 더 가까워지지도, 그렇다고 멀어지지도 않았다. 그의 검지와 내 검지가 맞닿아도 불 같은 건 들어오지 않았다. 그에게는 사다리차의 바스켓 같은, 그의 몸을 안전하게 보호해줄 무언가가 없어 보였다. 붉은등거미 같은 독은 더더구나 있을 리 없었다. 나 역시 그에게 술 취하면 떠먹던 요거트처럼 새콤달콤한 존재는 되지 못했다. 그를 볼 때마다 전선에 대롱대롱 매달려 있던 사내를 떠올렸던 것처럼 그 역시 나를 그와 비슷한 그 무엇으로 생각하고 있었다는 것을 나중에 알았다.

아파트를 걸어 나왔다. 모래가 버석거렸다. 가다 말고 구두를 벗어 털었다. 팔뚝이 따끔거렸다. 어느새 모기가 문 모양이었다. 찌릭거리던 전기채가 있었다면 얼른 잡아버렸을 텐데. 찌릭. 전기채 하나 갖고 싶었다. 지겹거나 지루할 때 휘두르면 좋을 것이다. 걸을 때마다 구두 굽의 징 때문에 소리가 어둠 속으로 더 깊게 퍼지는 것 같았다. 아파트 입구에 ATM기기가 보였다. 문득 깨달았다. 오늘 내내 2백만 원에 묶여 있었다. 내가 왜 2백만 원에 묶여 있는지는 달리 설명할 도리가 없었다. 연인도 아니면서 그렇다고 남도 아닌, 그러나 연민조차 버리지는 못하는 관계를 어떻게 설명할 수 있을까.

어쩔 수 없이 카드로 얼마간 현금 서비스를 받는 수밖에 없을 것이다. 서비스를 받고 나면 어떻게 갚을지 별 대책도 없었다. 휴대전화를 꺼냈다. 계좌 번호를 문자메시지로 보내라고 할 참이었다. 배고프다고 울던 휴대전화는 어느새 전원이 완전히 나가 먹통이었다. 나는 환하게 불이 들어와 있는 ATM 기기 앞에서 선뜻 한 발을 들여놓지 못하고 서 있었다.

푸른 유리 심장

어떤 식으로든 코끼리를 만나게 되리라 짐작했다. 그가 걸어간 길을 더듬어갈수록 짐작은 확신에 가까워졌다. 그렇긴 해도 사진사에게서 코끼리라는 말을 듣게 될 줄은 몰랐다. 더구나 내가 코끼리라니. 사진사는 나를 가리키며 '싱'이라고 말했다. 싱? 고개를 갸웃했다. 탑을 돌 때부터 내게 뷰포인트 운운하며 즉석 사진기를 들이대던 사진사였다. 사진사는 몇 발짝 거리를 두고 내 뒤를 따라오다 나와 눈이 마주치면 흰 이를 드러내고 씨익 웃었다. 송곳니가 치열에서 밀려나와 입을 다물어도 윗입술 양쪽 끝이 들려 절로 웃고 있는 것처럼 보였다. 사진을 찍고 싶지 않았지만 금방 물러설 것 같지 않았다. 무시하려 해도 어느새 신경 한끝이 사진사에게 가 있었다.

사진사는 주머니에서 작고 누런 책자를 꺼내고는 생년월일을 물어보았다. 몇 마디쯤 영어를 할 줄 알고, 관광객의 관심을 끄는 법도 알고 있었다. 이 나라 사람들에겐 자기가 태어난 요일의 짐승이 있어. 그의 말이 떠올랐다. 나는 상술인 줄 뻔히 알면서도 손바닥에 생년월일을 적어 보여주었다. 책자를 이리저리 뒤적이던 사진사가 나를 가리키며 '싱'이라고 말했다. 그러고는 코를 길게 뽑는 시늉을 했다. 내가 코끼리라니. 코끼리를 닮은 건 그인데.

그가 다큐멘터리 제작팀과 취재를 마치고 돌아와 내게 내민 것은 나무로 된 코끼리상이었다. 백화점 개점 한 시간 전이었다. 그는 벌써 제복으로 갈아입고 무전기까지 들고 있었다.

"은근히 둘이 닮았어."

나는 그와 코끼리를 번갈아 가리켰다. 살이 좀 빠진 듯했지만 그는 여전히 한덩치 했다. 몸에 맞는 제복이 있다는 게 다행스러울 정도였다. 그가 코끼리 코를 만들어 그 코로 내 머리를 쥐어박는 시늉을 했다. 사실 그의 코끼리 코는 살찐 가슴과 팔뚝 때문에 턱없이 짧았다. 그도 갑갑했던지 금세 팔을 풀었다. 코끼리를 손바닥에 올려놓았다. 코끼리는 긴 코를 높이 치켜들고 오른쪽 앞발을 들고 있었다. 어딘가로 향하는, 육중하지만 힘찬 발걸음이었다.

아, 피곤하다. 그는 옆 보조 의자에 털퍼덕 주저앉더니 등받이 뒤로 고개를 떨어뜨렸다. 조금 전 코끼리 코를 해가며 장난을 치던 모습은 보이지 않았다. 그는 눈을 감고 등받이에 기대 의자를 좌우로 움직였다. 끼릭끼릭. 무게를 못 견딘 의자가 신음을 흘렸지만 그는 멈추지 않았다. 얼굴은 햇볕에 타서 그런지 붉은 기가 돌았고, 이마의 주름도 가늘게 잡혀 있었다. 자외선 차단제는 내가 가방에 넣어준 그대로 꺼내지도 않은 게 분명했다. 문득 내가 알고 있던 그가 아닌 것 같았다. 그때는 다만 여독 탓이려니 했다.

목각 코끼리를 방송실 마이크 옆에 놓아두었다. 나는 안내방송을 하다 말고 문득 그것에 눈길을 주곤 했다. 코끼리는 먼 나라에서 이 조그만 백화점 방송실까지 묵묵히 오랫동안 걸어온 것 같았다. 아니 코끼리의 들린 앞발은 아직도 어딘가를 향해 걸어가려는 듯 보였다. 가끔씩 목각 코끼리의 반질한 등을 쓰다듬어주었다.

처음 그를 만났을 때, 그는 게워낸 토사물 앞에 쭈그려 앉아 있었다. 그리 늦은 시간도 아니었다. 집으로 가는 길이었고, 골목으로 들어가기 전의 큰길에서였다. 유흥가는 아니지만 가끔 술 취한 사람들을 볼 수 있는 거리이기도 했다. 나는 힐끗 곁눈질로 그를 보고는 그 옆을 종종걸음으로 지나쳤다. 그러다 골목으로 접어들기 전에 걸음을 멈추었다. 그가 낯설지 않았다. 아는 남자라고는 없는데 그는 꼭 내가 알고 있던 사람 같았다. 뒤를 돌아보았다. 그는 그대로 있었다. 나는 그가 익숙한 것이 아니라 그의 모습이 익숙하다는 걸 알았다.

그에게 일러주고 싶었다. 그렇게 쭈그려 앉아 있으면 금방 다리가 저려요. 아예 바닥에 주저앉아요. 발을 가슴께로 당기고 발목을 두 손으로 깍지 껴 안아봐요. 그럼 편해질 거예요. 그건 어릴 적 내가 항아리에 들어가 앉을 때 늘 취하던 자세이기도 했다.

뒷마당에는 한동안 내가 잘 숨던 항아리가 있었다. 입구부터 옆구리에 길게 금이 가 여러 번 때운 흔적이 남아 있는 항아리였다. 깨질까 봐 그랬는지 허리춤에는 철사까지 얽어 테를 둘러놓았다. 아마 주인집에서 장 담그던 항아리였을 것이다. 항아리 안에 간신히 몸을 집어넣고 쭈그려 앉으면 다리가 저렸다. 나는 천천히 항아리에 몸을 맞추었다. 먼저 엉덩이를 바닥에 대고 무릎을 당기고 두 다리를 깍지 껴 안았다. 항아리에 조심조심 몸을 맞추고 나면 안은 의외로 넓었다. 무릎에 얼굴을 묻고 있으면 아늑했다. 엄마가 집을 나가면서 매몰차게 내치던 손의 느낌, 뒤쫓던 나를 한 번도 돌아보지 않은 채 차에 올라 고개도 돌리지 않던 모습, 버스 뒤꽁무니를 쫓다가 밤늦도록 그 길이 그 길인 듯한 곳을 헤매던 기억을 밀어낼 수 있었다.

편의점에서 물을 사 그에게 건넸다. 그가 고개를 들었을 때, 눈에 눈물이 맺혔다. 왜 눈물이 난 것인지 알 수 없었다. 누구나 항아리 속에 숨고픈 시절이 있다는 걸 안다. 그것이 다락이든, 옷장 안이든, 가전제품을 포장했던 상자 안이든,

내 몸에 꼭 맞는 비밀을 간직하고 싶은 나이. 고독이라는 말도 모르면서 괜히 마음이 가라앉고 눈물이 날 것 같은 순간들. 내 몸을 깨지지 않게 철사에 조이고 싶은 날들이었다. 나는 그의 금 간 항아리를 보았던가.

직원 식당에서 그가 알은체를 했을 때, 나는 그가 누구인지 몰랐다. 술 취한 와중에도 용케 내 얼굴을 기억하고 있다는 게 놀라웠다. 나는 그가 백화점 직원이라는 사실도 몰랐다. 거의 방송실에서만 지내니 어쩌면 당연한 것이었다. 아, 네. 짧게 고개를 끄덕였다. 쭈그려 앉아 있던 그와 미소를 짓고 있는 그는 다른 사람 같았다.

"어떻게 저를 알아보셨어요?"

"사람 얼굴 기억하는 게 내 일 중의 하나죠."

그는 내 옆에 물을 떠다 놓아주며 말했다.

"뭐 더 필요하신 건 없으세요?"

그가 입가를 당겨 올리며 물었다. 그는 하루 종일 미소를 짓고 있었다. 그건 내가 방송에서 말한 고객 서비스의 일종이기도 했다. 다른 직원들도 자기처럼 친절한 미소로 손님을 맞고 있는지 살피는 일이 그의 일이기도 했다.

그는 일이 끝나면 입술을 오리처럼 내밀었다가 입가를 당기는 동작을 얼마간 해주었다. 하루 종일 미소를 짓다 보면 입가에서 경련이 일어, 부르르르. 아침에도 입가가 뻐근한 걸 보면 아마 잘 때도 웃고 잘 거야. 그는 웃고 있었지만 속으론 바짝 긴장하고 손님들을 유심히 살펴야 했다. 진상은 없는지, 비싼 옷을 사고 반품하는 상습범은 없는지, 또 물건을 훔치는 인간은 없는지. 그게 미소 속에 감추어진 그의 또 다른 일이었다.

사진사가 따라오라고 손짓했다. 라잇멀라, 라잇멀라. 내가 알아듣지 못하자 사진사는 팔을 휘어 탑 저편을 가리켰다. 그러고는 내가 따라오나 뒤를 힐끗 돌아보면서 앞서 걸었다. 차르차르르 챙챙. 신도들이 보시한 목걸이, 귀고리, 팔찌 등 금붙이들이 탑 꼭대기에 매달려 바람을 따라 얇은 금속성 소리를 내며 흔들렸다.

탑은 그 도시를 금빛으로 장악하고 있는 것만 같았다. 어마어마하게 큰 탑이었다. 둘레만 4백 미터가 넘고, 높이도 백 미터 가까이 된다고 했다. 기단에는 또 크고 작은 불탑들이, 그 안에는 불상들이 안치되어 있었다. 동물상도 보였다. 향이 타는 냄새 사이로 달큰하고 진한 향내가 났다. 헌화한 꽃에서 나는 냄새였다.

사진사가 코끼리상 앞에서 걸음을 멈추었다. 그러고는 나를 가리키며 말했다. 싱. 나는 코끼리를 보며 고개를 끄덕였다. 사진사가 내게 조그만 바가지를 내밀었다. 코끼리 조각상에 물을 부어주라는 시늉을 했다. 자신이 태어난 요일의 동물에 물을 부어주는 행위도 아기부처의 몸에 물을 부어줄 때처럼 탐욕의 때를 씻거나 성불하기 위한 것일까. 나는 흰 코끼리상에 물을 부어주며 그를 떠올렸다. 카메라 셔터 눌리는 소리가 들렸다. 사진사는 형체를 드러내며 미끈하게 빠져나온 사진을 뽑아 몇 번 흔들더니 내게 내밀며 웃었다. 기념엽서도 한 장 주었다. 나는 검게 그을린 피부 때문에 더 하얗게 보이는 사진사의 이를 바라보았다. 웃을 때마다 윗니 양쪽으로 송곳니가 삐죽 나와 보였다. 어쩐지 내가 그를 찾아 먼 길을 돌아가고 있다는 것을 알고 있는 듯했다. 사진사라기보다는 그에게 가까이 다가갈 수 있도록 도와주는 현자(賢者) 같다는 느낌이 들었다. 탈속한 듯 한없이 선해 보이는 미소 탓인 것 같았다. 합장하는 사람들, 향내, 도시를 압도하는 탑 때문에 더 그렇게 보였는지도 모르겠다. 사진 속 어설프게 웃고 있는 내 얼굴은 확연한데 웬일인지 코끼리는 흐릿했다.

목 안이 따끔거렸다. 턱 밑을 엄지와 검지로 지그시 눌러보았다. 아무것도 만져지지 않았다. 괜찮아질 줄 알았는데 잊을 만하면 목이 아팠다. 백화점 세일 기간처럼 안내 방송이 많은 때에는 더러 목이 아프기도 했지만 이번에는 좀 오래갈 것 같았다. 목을 쉬게 하는 수밖에 없었다. 목에 힘이 들어가지 않도록 턱을 조금 들어주고 침도 흘러 넘겼다. 몸이 지치자 시간은 더디 흘러 한 시간이 한나절처럼 길었다. 반대로 마음은 한없이 늙어버린 기분이었다.

그의 귀는 민감했다. 방송만 듣고도 내 목의 상태를 정확하게 알았다. 목이 붓거나 쓰린 날이면 그는 식품 매장에서 유자차를 사 들고 방송실로 들어왔다. 차를 한 잔 타주고는 전화기 단자와 컴퓨터, 마이크가 전부인 방송 시설에 대해 불만을 터뜨리곤 했다. 사람의 귀는 말이야, 반무지향성인데 말이야, 이 마이크는 단일지향성이야. 그러니 음이 제대로 나올 리가 없지. 나는 반무지향성이니 단일지향성이니 하는 말뜻을 제대로 몰랐다. 그래도 묻지 않았다. 내가 한 일은 고작 이루지 못한 꿈에 따르는 불안과 좌절을 다독여주는 게 전부였다. 그가 타준 유자차는 진했고, 마시고 나면 목이 한결 가라앉았다.

　취재를 다녀온 뒤로 그는 좀 달라졌다. 괜히 취재에 합류했다는 말을 자주 했다. 방송실로 내려와 잠깐 앉았다가 갈 때에 뒤에서 그를 바라보면 그의 덩치는 여전히 코끼리처럼 보였다. 하지만 왠지 내게는 예전과 달리 허기져 보여서 자꾸 그를 붙잡고 무엇이든 먹이고 싶었다. 그는 음향을 전공했지만 워낙 바닥이 좁고, 자리도 없었다. 백화점에서 일하면서 학교 선배의 연줄로 프로덕션의 일을 가끔 하는 게 전부였다. 이번에 그는 사라져가는 아시아코끼리를 밀착 취재하는 다큐멘터리 프로에 음향을 맡았다. 그는 며칠 동안 백화점 일이 끝나면 녹취를 풀어 믹싱 작업을 했다.

　회식이 있던 날 그는 1차에서부터 술이 과했다. 웬만해선

술 취하는 법이 없던 그가 노래방으로 갈 때에는 발까지 꼬였다. 숨이 가쁜 듯 내쉬는 콧숨 소리가 옆에까지 들렸다. 먼저 집으로 가라고 했지만 비틀거리면서도 굳이 노래방까지 따라왔다.

누군가는 탬버린을 흔들어대고, 다른 누군가는 계속 마이크를 잡고 입반주를 넣어주었다. 소파에 쓰러져 있던 그가 갑자기 마이크를 들고 반주도 없이 노래를 불렀다. ……코가 길던 독수리가 날개 달린 코끼리를 찾아와서 부탁하는 말이 날고 싶은데 나는 날개가 없어 멋진 그 날개를 딱 하루만 나에게 빌려주렴 오오 맘 착한 코끼린 날개 빌려주고 매일 매일 기다렸어 하지만 해가 다가도록 독수린 나타나질 않아 불쌍한 우리의 슬픈 코끼리는 그날 이후로 그랬어 독수리가 주고 갔던 그 코가 손이래……

꾸우우우, 꾸우우우. 코끼리, 날개 달린 코끼리, 꾸우우우, 꾸우우우. 그는 술에 취해서 계속 코끼리 울음소리까지 흉내 내며 머릴 쥐어뜯었다. 노래가 아니라 절규였다. 노래방은 코끼리 울음소리로 가득 찼다. 처음엔 코끼리 울음소리를 따라 하며 깔깔거리던 직원들이 모두 귀를 틀어막았다. 끔찍한 소리였다. 숨이 막히는 소리였다.

"왜 이래? 분위기 깨게."

"어? 뭐야? 피 아냐?"

마이크를 뺏으려던 김과 엉켜 넘어졌던 그를 일으켜 세우던 정 주임이 소리쳤다. 같이 일으키려던 내 손바닥에도 무언가 불쾌하게 끈적였다. 물렁한 백도를 만진 것처럼 끈적끈적한 무엇이 묻어 있었다. 그의 몸을 살폈다. 딱히 상처는 없어 보였다. 내가 그의 몸 어디에 손을 대었던가 되짚었다. 그의 헝클어진 머리를 헤집었다. 아. 나도 모르게 신음을 내뱉었다. 머리카락에 가려져 미처 보지 못한 것일까. 정수리 부근에 피가 엉겨 붙어 끈적였다. 여직원들이 짧은 신음을 뱉었다. 그가 힘겹게 눈꺼풀을 밀어 올리고는 피식 바람 빠지는 소리를 냈다. 일어선 그가 제 머리를 마구 벽에 짓찧었다. 벽이 쿵쿵 울렸다.

"우리에 가둬놓고, 여기를 마구 찔러, 사정없이 마구 찔러. 이렇게 말이야. 송곳보다 더 날카로운 갈고리 창 같은 걸로 여길 마구 찔러. 날개 달린 코끼리, 피가 줄줄 흐르는데도 찌르고 또 찔러."

벽에 머리를 부딪힐 때마다 피가 묻어 나왔다.

"도대체 왜 이러는 거야?"

말려도 소용없었다. 아무 말도 들리지 않는 것 같았다. 아무도 그의 큰 덩치를 감당할 수 없었다. 왼쪽 관자놀이로 피가 흘러내렸다.

"꾸우우우, 꾸우우우 아무리 소리 질러도 소용없어. 그러고 나면 나중에는 완전히 바보가 되는 거야. 길들여진다는 게 얼마나 끔찍한 줄 알아? 씨발 자기를 찌른 그 인간들 앞에서 더러운 침을 질질 흘리고, 구걸하고 재롱을 피워. 크흐흐, 웃기지? 좆같이, 밀림을 휘젓던 야성은 어디로 가고 공이나 던져 넣고 있느냐 말이야. 꾸우우우."

그는 코끼리처럼 구부정하게 엎드려 고개를 들고 코끼리 울음소리를 내며 더러운 노래방 바닥을 휘젓고 다녔다.

"아이, 이 새끼 정말. 완전 분위기 깨고 있네."

못 볼 꼴을 본 듯 여직원들이 가방을 챙겨 들고 서둘러 가버렸다. 땀과 피가 바닥에 뚝뚝 떨어졌다. 그가 갑자기 비틀거리며 일어서더니 허리를 굽혀 90도로 인사를 했다.

"네네, 죄송합니다. 곧 처리해드리겠습니다. 불편한 점이 있으시면 언제든지 말씀만, 말씀만 하시면…… 씨발, 개두 아니고 하루 종일 꼬리 치며 헤헤거려."

그는 휘청이는가 싶더니 푹 쓰러져 더 이상 눈도 뜨지 못했다. 물수건으로 정수리 부근을 닦아주었다. 그럴 때마다 괴로운지 신음을 내뱉었다. 다행히 피는 멈춘 것 같았다. 남아 있던 남자 직원 둘이 그의 양팔을 어깨에 두르다시피 해 질질 끌고 밖으로 나왔다. 택시를 잡고 구겨 넣듯 뒷자리에 그를 밀어 넣고 직원 한 사람이 앞자리에 탔다. 나는 멀어진 택시 뒤꽁무니만 쫓았다. 그의 항아리가 깨지지 않게 조여주는 철사가 되고 싶었다.

그는 계속 출근하지 않았다. 나는 울리지 않는 휴대전화를 만지작거리며 고장이 아닌지 확인하고 또 확인했다. 어디를 가나 진동음이나 벨 소리가 환청처럼 들렸고, 그때마다 깜짝 깜짝 놀랐다. 그를 찾아다니는 동안 나는 항아리를 떠올렸다. 도저히 찾지 못하던 항아리 안으로 그가 숨어들어간 것만 같았다.

맨발에 닿는 대리석 감촉 때문인지 발가락이 자꾸 근질댔다. 사원에 들어설 때부터 그 자리에 주저앉아 발바닥을 박박 긁고 싶었다. 햇빛에 달아오른 대리석 바닥을 꾹꾹 누르듯 힘을 주어 걸었다. 고행길 같았다. 편도선이 부어오르면서 열도 나는 것 같았다. 한 달 만에 전화를 걸어온 그는 다짜고짜 받아 적으라고 했다. 치앙마이 북쪽 107번 도로를 따라 50킬로미터 정도 가면 있는 매땡 트래킹 지역을 지나 3킬로미터쯤 곧장 직진해서 와. 보고 싶다. 전화가 끊겼다. 그의 목소리에서 열대 과일 냄새가 났다. 그 전화를 받고도 나는 쉽사리 그에게 가지 못했다. 그토록 그를 찾았건만 막상 엄두가 나지 않았다.

3층 의류매장 직원이 네 살쯤 돼 보이는 아이의 손을 잡고 들어왔을 때, 나는 손에 막대사탕을 쥐여주면서도 아이의 두려움을 애써 외면했다. 잃어버린 것이 길이든, 손을 잡아준 누구든, 또 소중한 그 무엇이든, 잃어버린다는 것 그 자체가 무서운 것이 아님을 알고 있었다. 정작 참을 수 없는 고통은 잃어버린 상황 이전의 상태로 되돌릴 수 없다는 두려움, 그

공포가 자신도 모르게 뇌리에 박혀 뽑히지 않는다는 데 있었다. 아이는 제 엄마 이름도 자기 이름도 대지 못했다. 겨우네 손가락을 펴 보일 뿐이었다. 아이의 부모는 폐장 시간까지도 나타나지 않았다. 아이가 의자에 앉아 움직일 때마다 의자가 삐걱거렸다. 여름 정기 세일 기간이었다. 안내방송이 많은 날이기도 해서 목이 더 따갑고 쓰렸다. 아이는 사탕이 녹아 끈적끈적해진 손으로 내 손을 잡고 놓지 않았다. 나는 청원경찰과 같이 경찰서로 가는 중에도 아이와 눈을 마주치지 않으려고 애썼다. 그럴 땐 차라리 세월의 더께가 없힌 눈빛이 더 편할 거라는 생각이 들었다. 그날, 아이가 돌아 나오려는 내 손을 다시 잡지 않았더라면 나는 배 속의 아이를 지웠을 것이다. 사탕이 묻어 끈적거리는 여리고 작은 손은 돌아선 내 손을 다시 잡고 놓지 않았다. 눈물을 가득 담고 있는 눈 속에서, 차갑게 내 손을 쳐내던 엄마를 좇아 카바이드 불빛만이 드문드문 거리를 밝히던 길을 헤매던 나를 보았다. 아이의 손은 여린 배냇손 같았다. 나는 병원을 가는 대신, 그를 찾아 나섰다.

자다가 벌떡 일어났다. 발바닥이 화끈거려 잠을 잘 수가 없었다. 어느새 목은 꼭 잠겨 소리조차 제대로 나오지 않았다. 화장실로 달려가는데 도마뱀 한 마리가 소리 없이 벽을 타고 올랐다. 욕조에 물을 틀고 발을 담갔다. 발은 좀처럼 식지 않았다. 열이 내리지 않고 있었다. 발가락을 주물렀다. 손가락으로 누르는 곳마다 저릿저릿했다. 적막한 밤이었다. 나는 왜 그에게 곧바로 가지 않고 에둘러 가는 길을 택했을까. 그의 변화와 맞닥뜨릴 자신이 없었다. 그에게 곧바로 찾아가는 대신 그가 작업하기 위해 들렀던 나라를 코끼리라는 단서 하나만 들고 따라 밟았다.

남자들은 모두 한 번씩은 수도승 생활을 한다는 이 나라의 사원을 찾았을 때, 늘어선 줄은 끝이 보이지 않았다. 하루에 한 끼 식사만 한다는 스님들의 식사 시간이었다. 드럼통보다 넓은 대신 높이는 그 절반만 한 밥통이 여러 개나 있었는데 밥은 줄어들 줄을 몰랐다. 밥을 퍼주는 스님들의 이마에 땀이 맺혀 있었다. 아직도 절반의 밥이 남아 있었다. 한 아주머니가 주걱을 달라고 했다. 스님이 웃으면서 주걱을 내밀었다. 발우를 내미는 스님들에게 밥을 퍼주었다. 얼마 지나지 않아 아주머니 얼굴에도 땀이 흘렀다. 그래도 주걱을 놓지 않았다.

나도 밥을 퍼주고 싶었다. 누구에겐가 한 번도 따뜻한 밥을 담아주지 못했다는 생각이 들었다. 나에게조차 밥을 퍼주지 않았다. 아침을 먹지 않은 지 오래되었다. 점심과 저녁은 백화점 직원 식당에서 해결했다. 갓 지어 따뜻한 김이 오르는 밥을 그와 마주 앉아 먹고 싶었다. 된장찌개에 같이 숟가락을 넣기도 하면서. 식탁을 마련하고, 천장에는 밝은 조명을 달아야겠다. 밥을 해서 먹는다는 사실이 마치 경을 외는 일처럼 경건하게 생각되었다. 붉은 가사를 입은 수도승들이 한꺼번에 식사를 하고 있었다. 경을 외는 소리가 들릴 것 같았다.

비행기로 몇 시간 만에 그가 있는 나라로 건너갔을 때, 나는 에메랄드와 황금으로 빛나는 사원과 맞닥뜨렸다. 짙푸른 에메랄드를 보는 순간 홀리듯 넘겨버렸던 그의 말이 떠올랐다. 불타고 난 자리에 남는다는, 푸른 유리처럼 맑은 가루다의 심장을.

얼마간 삐걱거리는 의자를 흔들던 그는 나에게 요일에 해당하는 짐승을 알려주었다. 목요일엔 쥐, 금요일은 두더지, 토요일과 일요일은 용과 가루다였다. 내가 태어난 요일의 동물은 두더지일 거라고 생각했다. 땅속에서 사는 두더지나, 지하에서만 사는 나나. 내가 가루다에 대해 물었을 때 그는 대답했다.

"가루다는 무한 공간을 오가는 새야. 하늘을 뜻하기도 해서 인도네시아에는 가루다 항공도 있어. 발리를 갈 때 그 비행기를 타봤지. 비행기 옆구리에 보면 가루다 인도네시아 Garuda Indonesia란 영문 표기 옆에 독수리 얼굴이 그려져 있어. 깃발처럼 펄럭이는 푸른빛의 다섯 가닥 날개가 날렵하고, 눈빛과 부리가 살아 있는 독수리지. 가루다가 그렇게 생겼대."

범천(梵天), 대자재천(大自在天)이 중생을 구제하기 위해 가루다의 모습을 빌려 나타난 거라고 여행에서 만난 노교수가 설명해주었다고 했다. 그는 그런 어려운 말보다 용을 잡아먹는 가루다가 훨씬 흥미로웠다고 말했다.

"용 중에서도 독이 있는 용을 잡아먹고 산대. 그러다 몸속에 독이 쌓이면 마지막엔 그 독기로 자신의 몸을 불태워버리지. 가루다가 불타고 난 자리에 뭐가 남는 줄 알아?"

그 말에 나는 불타는 가루다를 떠올려보았다. 불꽃도 날개처럼 펄럭일까. 독이 타면서 내는 불꽃은 어린 날 어두운 거리에서 보았던 카바이드 불빛처럼 푸른빛과 알싸한 냄새를 풍길 것 같았다. 다 타고 나면 푸른 유리처럼 맑은 심장만이 남는다고 했다. 나는 그에게 가루다가 제 몸에 독이 쌓이는 걸 모르고 있었을까 물었다. 그래 놓고는 정작 내가 물어보고 싶은 질문과 달라 놀랐다. 나는 그의 말을 흘려버릴 뻔했다. 그가 도대체 무슨 말을 하는 것일까. 푸른 유리, 맑은 심장이라는 말만 내게 다가왔다.

"알았겠지. 알면서도 어쩌지 못한 게 아니라 일부러 맹독이 있는 용만 잡아먹었는지도 몰라. 어쩌면 절정의 순간에 자신의 몸을 불태우기 위해서. 푸른 유리 심장만을 남기기 위해서 말이야."

코끼리를 닮은 그였지만 그때의 그는 은근히 가루다를 동경하는 것 같았다. 독수리를 닮은 가루다. 그가 방송실을 나가기 전 목각 코끼리를 바라보던 애잔한 눈빛이 떠올랐다.

도시 곳곳에 코끼리는 많았다. 동물원에서 한 번도 코끼리를 보지 못했던 것일까. 아니면 헌거(軒舉)한 코끼리를 기대했던 것일까. 코끼리를 보는 순간 나는 한 발짝 뒤로 물러서고 말았다. 멀리서 볼 때에는 우람한 코끼리의 덩치만으로도 듬직한 느낌이었다. 하지만 가까이에서 본 코끼리는 형편없었다. 해진 모포 자락 같은 귀, 버짐을 앓듯 듬성듬성 난 털과 상처 딱지처럼 보이는 피부, 침을 질질 흘리는 입, 몸 전체에 굵게 파인 주름 주름들. 밀림을 헤치며 땅이 울릴 만큼 힘차게 떼를 지어 이동하는 코끼리는 상상도 되지 않았다. 코끼리는 조련사에 이끌려 쇼를 보여주었다. 훌라후프를 코로 돌리고, 자전거를 타고, 코로 그림을 그렸다. 엄마의 손에 이끌려 동춘서커스를 구경 갔을 때는 몇 살 때쯤이었을까. 그 커다란 코끼리가 한 발 한 발 내디딜 때마다 내 몸이 다 움찔거렸다. 서커스장 주변을 돌던 코끼리는 어린 내 눈에 다 들어오지 못할 정도로 어마어마하게 컸다.

쇼가 끝날 때마다 코끼리는 공연장을 돌고 관광객들은 코끼리에게 돈을 내밀었다. 여기저기서 웃는 소리, 박수 치는 소리, 휘파람 소리. 코끼리는 코로 낼름 돈을 받아갔다. 쇼를 보여줄 때마다 신이 난다는 듯 앞발을 들어 흔들기도 하고 거꾸로 서는 시늉도 했다. 골대에 공을 집어넣고, 두 마리 코끼리가 코를 엮어 그네도 태워주었다. 사회자가 코끼리 발에 밟히면 복이 온다고, 누구든 앞으로 나와 드러누우라고 하자,

한 남자가 나가 누웠다. 코끼리는 앞발을 들어 남자의 바지 지퍼 있는 곳을 지그시 눌렀다가 떼는 동작을 반복했다. 여자에게는 가슴에 발을 살짝 갖다 대었다. 그때마다 코끼리의 코가 춤을 추고 사람들은 자지러지게 웃었다. 관광객들은 지갑을 열고 돈을 내밀었다. 나는 고개를 돌리고 공연장을 빠져나왔다.

더 이상 봐줄 수 없는 손님한테도 끝까지 미소를 지어야 해. 상습적으로 명품만 샀다가 한두 번 쓰고는 환불해달라는 여자가 있어. 매장에선 다 알고 있었지만 어쩌지 못했지. 나는 웃음을 잃지도 않았고, 최대한 정중하게 말했어. 같이 좀 가자고. 이 여자가 다짜고짜 내게 욕을 퍼붓더니 따귀를 날렸어. 얼마나 손힘이 세던지 입안이 다 얼얼하더라고. 그래도 끝내 미소를 지울 수가 없었어. 속으로는 도도한 척 고개를 치켜뜨는 그 여자 목을 당장 졸라버리고 싶었는데 그러질 못했지. 여러 사람들이 지켜보고 있었고, 난 그들의 지갑을 열어야 했으니까. 내가 그 여자 목에 손을 대기도 전에 누군가 내게 당장이라도 거창(巨槍)으로 내 머리를 찍을 거 같았거든.

나는 코끼리의 넓은 귀 뒤로 숨기고 있는 조련사의 손을 보았다. 그의 손에는 날카로운 갈고리 창이 들려 있을 것이다. 거창이 코끼리를 코끼리 아니게 했다.

"공도 굴리고 훌라후프도 돌리고. 전기 충격을 가해 춤을 추게도 하고. 사람들을 웃겨야 돈이 나오니까요. 그래야 코끼리도 먹고살죠. 코끼리가 하루에 먹는 양이 얼마나 엄청난 줄 알아요? 하루 2백 킬로그램과 물 백 리터는 거뜬히 해치우죠. 그 먹일 어떻게 감당하겠어요. 그러니 사람도 태우고, 쇼도 보여주고, 벌목한 나무를 나르기도 하죠. 그래야 굶어 죽지 않을 수 있으니까요."

그 가이드가 말했다.

그를 찾아 프로덕션에 갔다가 그가 작업한 테이프의 복사본을 어렵게 구했다. 코끼리를 길들이기 위해 어린 코끼리를 우리 안에 가둬 넣고 명령에 복종할 때까지 날카로운 거창으로 사정없이 이마를 찌르고 때렸다. 어린 코끼리는 우리 안에서 거창에 찔릴 때마다 덩치보다 큰 비명을 질러댔다. 듣고 있기 끔찍했다. 이마에는 피와 고름까지 맺혀 있었다. 코끼리의 야생성을 죽이기 위해 며칠간 계속해서 거창으로 찌르며 길들이는 과정을 '파잔'이라고 했다. 그에게서도 언뜻 들은 말이었다. 이렇게 밤낮없이 3박 4일 동안 당하고 나면 코끼리는 육체뿐만 아니라 정신적으로도 야생성이 깡그리 파괴되고 만다고 했다. 그러면 그때부터 조련사들은 슬슬 코끼리를 훈련시켰다.

그가 파잔이라고 말했을 때, 나는 타잔? 하고 되물었다. 정글을 누비며 코끼리를 부르는 타잔. 아아아아. 타잔이 부르는 소리에 지축을 울리며 떼를 지어 오는 코끼리. 한꺼번에 정글의 모든 소리를 삼키고도 남을 만큼의 커다란 울음소리. 타잔과 코끼리는 약탈자에게서 밀림을 지켜낸다. 하지만 여기에서는 어디서도 그런 코끼리를 만날 수 없었다. 머리와 등에 색색의 모포를 덮고 쇼를 보여주는 코끼리만이 있을 뿐이었다.

그를 두어 번 만났을 때 그가 백화점 앞에서 나를 기다리다 물었다. 조금 전에 나온 안내 방송, 그쪽 소리 맞아요? 나는 당연하다는 듯 고개를 끄덕였다. 그는 고개를 저었다. 목소리가 다른데. 마이크나 녹음 시설을 감안해도 너무 달라요. 실제 그쪽 목소리에는 어떤 열정을 누르는 듯한 느낌이 있는데. 내게 그런 말을 해준 사람은 그가 처음이었다. 다음 날 나는 폐장 안내 방송을 5분마다 반복 재생이 되도록 해놓고 백화점 1층으로 올라갔다. 성원에 감사드리며 더 좋은 서비스와 품질로 보답하겠습니다. 안녕히 돌아가십시오. 녹음을 할 때 그것은 분명 내 목소리였다. 친절하고 부드러우면서도 정확하게 알아들을 수 있도록 하기 위해 내는 솔 높이의 음. 사무적이면서도 진심에서 우러나오는 듯한 목소리. 대형 마트나 다른 백화점 어디에 가도 들을 수 있는 똑같은 목소리. 스피커를 통해 들리는 목소리에는 내 목울대를 울렸을 기미조차 느껴지지 않았다. 아니 폐장을 알리는 방송뿐만 아니라, 할인 안내 방송이나 사람을 찾는 방송, 전화를 받고 연결해줄 때조

차도 그건 내 목소리가 아니었다. 내 목울대를 울려 나오지만 볼펜을 입에 물고 한 수없이 많은 발음 연습 결과로 만들어진 소리. 날아다니는 곤충들처럼 날개를 비벼서 내는 소리 같았다. 목에서 나오는 소리가 아니었다. 하루 중 대부분을 내 목소리가 아닌 날개를 비비는 소리로 살고 있다는 생각이 들었다. 백화점 방송실에서 방송하는 것 말고는 내가 하루 종일 하는 말이라고는 고작 직원 식당에서 주문할 때 뱉는 소리가 전부인 적도 있었다. 이러다 아예 내 목소리를 잊고 사는 것은 아닐까 하는 생각까지 들었다.

나는 목이 아프다는 핑계로 호텔에 남았다. 무작정 그를 찾아 나설 엄두가 나지 않아 그가 왔던 길을 되짚었지만 막막한 기분은 여전했다. 그에게 다가갈수록 그의 모습은 매끈한 목각 코끼리가 아니었다.

가방을 정리하다가 사진사에게 건네받았던 사진을 꺼냈다. 코끼리 조각상이 아닌 그의 머리에 물을 부어주고 싶었다. 사진사가 준 엽서도 한 장 있었다. 코끼리 가족사진이었다. 사진사는 엽서의 코끼리 가족을 가리키며 말했다. 해피, 해피. 새끼 코끼리에게 어미 코끼리들이 물을 뿌려 먹을 감겨주고 있는 사진이다. 새끼 코끼리의 등에서 물방울이 푸르게 빛났다. 가루다가 불타고 난 자리에 남는다는 푸른 유리 심장이 떠올랐다. 독수리를 닮은 가루다. 코끼리 노래가 떠올랐다. 코가 긴 독수리. 날개 달린 코끼리…… 어쩌면 모든 상상의 동물 속에는 푸른 유리 심장이 있는지도 모른다. 그리고 우린 그걸 위해 살아가고 있는 것인지도.

사진과 엽서를 가방에 잘 넣었다. 커피 대신 물을 마시며 비 내리는 거리를 내다보았다. 누군가 호텔 담을 따라 걸어가는지 머리가 언뜻 보였다가 사라졌다. 그 모습은 곧바로 나무에 가려 보이지 않았지만 낯설지 않았다. 나는 어떤 예감에 사로잡혀 호텔 문을 박차고 나왔다. 서둘러 계단을 성큼성큼 내려섰다. 그 와중에도 배에다 한 손을 갖다 댔다. 호텔 밖으로 뛰어나왔지만 아무도 보이지 않았다. 비 때문에 시야가 가려 흐릿했다. 나는 큰길까지 뛰어나갔다. 그는 보이지 않았다. 그 대신 차도 한쪽으로 긴 코를 늘어뜨린 채 비를 맞으며 묵묵히 걸어가는 코끼리가 보였다. 남루할 대로 남루한, 누구도 받들어 모시지 않을 것 같은 코끼리였다. 젖은 코끼리의 뒷모습이 마치 이 거리 어딘가를 떠돌고 있을 그의 모습 같아 코끼리 뒤를 쫓아갔다. 큰길가에서 코끼리는 관광객들이 사서 주는 사탕수수나 바나나를 받아먹고 있었다. 관광객 중 누군가 코끼리는 우주의 중심이며, 지구를 떠받들고 있는 동물이라고, 코끼리를 신성시하는 나라도 많다고 말했다. 그러나 지구를 떠받들기에 코끼리는 너무 허기져 보였다. 밤새 구걸하듯 관광객이 주는 먹이를 받아먹어도 배가 부르지 않을 것 같았다.

그가 내게 건네준 목각 코끼리처럼 반질반질한 몸통에, 상아가 하늘을 향해 부드럽게 흰 코끼리는 없었다. 어디에도 지구를 떠받들 만한 코끼리는 보이지 않았다. 오히려 그가 들었다는, 쥐어짜는 듯한 코끼리 울음소리가 밤마다 환청처럼 들렸다. 아니, 머리를 움켜쥔 그의 울음소리가 들리는 것 같아 잠을 이룰 수가 없었다. 그러나 그는 어디에도 없었다. 길을 잃고 그 길이 그 길인 듯 헤맬 때처럼, 그는 코끼리들 속에서 나타나지 않을 것 같았다. 그의 뒷모습을 닮은 사람들은 너무 많았다. 달려가 보면 번번이 다른 사람이었다. 찾고자 하는 마음이 간절할수록 사람들은 닮아 있다. 다른 누군가가 봤으면 내 뒷모습도 누군가를, 아니 그를 닮아 있었을지도 모른다. 길은 비와 어둠에 젖어들고 있었다. 뒤꽁무니에 불을 밝힌 차들이 지나갔다.

어둠에 잠기는 건물들이 모두 코끼리처럼 보였다. 나는 그가 있는 곳의 주소를 외워보았다. 치앙마이 북쪽 107번 도로를 따라 50킬로미터 지점에 있는 매땡 트래킹 지역을 지나 3킬로미터 정도 곧바로 직진. 가이드에게 주소를 보이며 위치를 묻자 고개를 갸웃하더니 코끼리 공원이 아닌가 했다. 그는 어쩌면 코끼리 등에 물을 뿌려주며 푸른 유리 심장을 보고 있는지도 몰랐다. 큰 소리로 그의 이름을 불러보았다. 소리는 곧 잠겨버렸다.

코끼리가 야자수 우거진 숲으로 걸어 들어간다. 코를 세우자 상아가 햇빛에 흰빛을 뿜는다. 성큼성큼 걸을 때마다 지축이 흔들린다. 뿌우우우…… 코끼리의 울음소리는 태고의 북소리처럼 둥둥 울린다. 땅을 울리는 발걸음. 그와 나는 코끼리 등에 올라타고 있다. 맨발이다. 아아아아. 타잔처럼 코끼리를 부른다. 코끼리의 엉덩이가 대답이라도 하듯 실룩인다. 나는 코끼리 머리 위에 물을 부어준다. 몸에 윤기가 흐른다. 그의 머리에도 물을 부어준다. 그가 머리를 흔든다. 머리카락을 타고 흐르는 물방울들이 햇살 속에서 푸르게 빛난다. 달콤한 향들이 코를 간질인다. 머리에 상처 따위는 없다. 그는 코끼리 울음소리를 흉내 낸다. 뿌우우우…… 나는 그가 흉내 내는 코끼리 울음소리가 바뀐 것을 느낀다. 코끼리 등에서 내려 숲을 걷는다. 맨발이 근질거린다. 나는 코끼리 울음소리에 맞춰, 땅의 울림에 맞춰 빙글빙글 돌며 춤을 춘다. 우리는 강가로 간다. 코끼리가 우리에게 물을 뿌려준다. 나는 그에게 쭈그려 앉지 말고 바닥에 철퍼덕 주저앉으라고 말해준다. 내 목울대를 울려 나오는 소리로 크게 그의 이름을 부른다. 살칵, 사진 찍히는 소리. 웃을 때마다 코끼리 상아처럼 송곳니가 드러나는 사진사가 우리를 가리키며 말한다. 사진사가 사진을 건네준다. 사진 속에서 우리는 식탁에 앉아 김이 오르는 따뜻한 밥을 먹고 있다. 된장찌개 뚝배기 안에서 그와 나의 숟가락이 부딪친다. 얼굴에 밥풀을 묻힌 아이가 다리를 흔들며 푸른 유리 맑은 심장을 먹고 있다.

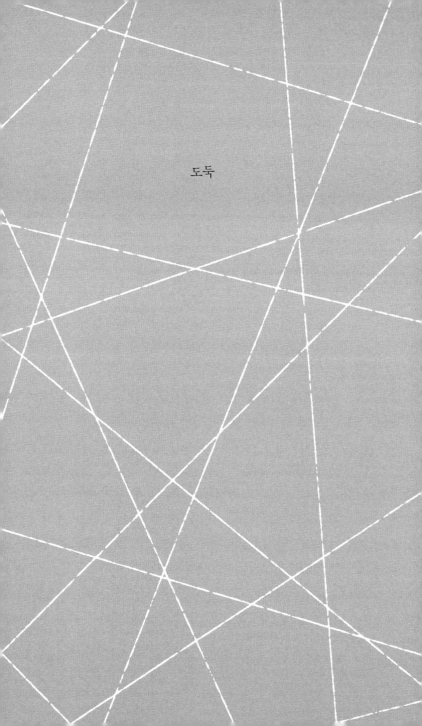

도둑

도둑이 들었다. 들어왔다가 나간 흔적이 감쪽같아서 도둑이 들었다는 사실을 실감하기 어려웠다. 아침에 일어나서도 도둑이 든 줄 몰랐다. 다른 날처럼 앞치마를 두르면서, 청양고추를 썰어 넣은 된장찌개를 먹고 싶다는 생각을 했을 뿐이다. 아침에 찌개를 끓이는 일은 드물었다. 하지만 추석 전날에는 내내 전을 부쳤고, 연휴 동안에 기름진 음식만 먹었다. 세제를 풀어 기름기 묻은 그릇을 닦듯 된장찌개로 위를 개운하게 하고 싶었다. 쌀을 씻어 압력솥에 안치고 쌀뜨물을 뚝배기에 담아 된장을 풀었다. 가스레인지 점화 버튼을 눌렀다.

　냉장고 문을 여는데 냉기가 빠져나와 팔을 스윽 훑았다. 알집에서 터져 나온 명란 같은 소름이 온몸에 돋았다. 무심코 뒤를 돌아보다 소파 위에 눈길이 멈췄다. 토드백이 열린 채 소파 위에 놓여 있었다. 검은 소파 위에 체리빛깔의 가방이 선명하게 도드라져 보였다. 정물화를 그리기 위해 가방을 일부러 배치해놓은 느낌이었다. 빛이 들기 전의 그림자 없는 정물. 왜 가방이 소파 위에 펼쳐져 있는지 알 수 없었다.

도둑이 들었다.

나는 기억 속에서 어제의 조각을 꺼내 차례로 맞추어나갔다. 시댁에서 차례를 지냈고, 성묘를 갔다 온 뒤, 오후에는 친정에 갔다. 저녁을 먹고 식구들과 얘기를 나누다가 밤 열한 시쯤 집에 돌아왔다. 명절 때면 으레 틀어주는 영화를 보다가 두 시쯤 잤다. 가방은…… 퍼즐은 완성되지 않았다. 조각을 찾지 못한 공간이 비었다. 슬그머니 소파 옆으로 다가갔다. 열린 가방에는 손도 대지 못한 채 바라만 보았다. 지갑이 보이지 않았다. 몇 가지 화장품이나 손수건 등은 제자리에 얌전했다. 지갑이 있던 자리만 비어 있었다. 나는 마음속으로, 아무것도 아닌 거야, 하고 속삭였다. 가슴이 서서히 제 박자로 뛰기 시작했다.

"간지러워, 비프!"

강아지 비프가 어느새 와서는 종아리를 핥았다. 낑낑대는 비프를 안았다. 비프의 온기가 전해졌다. 비프의 검고 커다란 눈 속에 비친 나를 바라보았다. 무슨 일이 일어난 거니? 비프가 얼굴을 내 가슴께에 파묻었다. 다시 가방을 바라보았다.

역시 지갑이 없었다. 가방 안에 지갑이 들어 있지 않았던 건 아닐까 기억을 더듬었다. 명절이라 시어머니께 용돈을 드렸다. 친정 엄마한테는 한과를 선물하고, 수표 석 장을 받았다. 지갑 안에는 비상용으로 넣어두었던 10만 원을 합쳐 얼추 40만 원의 돈이 들어 있던 셈이다. 신용카드 두 장과 주민등록증, 운전면허증도 함께 없어졌다. 지갑이 사라졌다. 그것 말고는 달라진 것이 아무것도 없었다.

커튼 자락 밑으로 낮게, 비에 젖은 바람이 밀려들었다. 발등에 얹히는 습기에 가슴에 걸려 있던 얾음쇠가 덜컥 내려앉았다. 베란다 창문을 열어두지 않았다는 사실을 분명하게 기억해냈다. 어젯밤엔 창문을 열어 환기시키는 대신 공기청정기를 작동시켰다. 밤사이 태풍이 온다는 일기예보 때문이었다.

떨리는 손끝에 힘을 주어 커튼을 젖혔다. 거실 창문과 베란다 유리문이 휑하니 열린 채였다. 거칠 것 없이 텅 비어 있는 공간이 드러났다. 나는 먼지 낀 유리나 방충망의 촘촘한 사각 그물을 통과해 밖을 보아왔다. 그동안은 여름에 유리문을 열어놓더라도 방충망은 닫혀 있었다. 바깥에는 비가 내리고 있었다. 태풍을 몰고 온다던 이번 비는 아직 잠잠했다. 모든 게 비현실적으로 보여 주춤, 뒤로 물러났다. 삐익, 팽팽하게 눌려 있던 압력솥의 김 빠지는 소리가 요란하게 들렸다.

가스레인지 불을 껐다. 침실까지 가는 동안 눈으로 집 안을 살폈다. 텔레비전 옆에 남편의 검은색 반지갑이 놓여 있는 게 보였다. 수족관 안의 구피도 꼬리를 물고 올라오는 공기 방울과 함께 평화로워 보였다. 장식장을 뒤진 흔적도 없었다. 방문도 모두 닫혀 있었다. 화장대의 서랍도, 화병 가득 꽂혀 있는 장미도, 그대로였다. 고요했다. 젖은 바람과 함께 지갑이 사라진 것 말고는 여느 날과 다르지 않은, 감쪽같은 아침이었다.

걸을 때마다 전류가 흐르듯 발바닥이 가늘게 파장을 일으켰다. 침실 문을 잠갔다. 가운데 퍼즐 조각을 쥔 누군가가 아직 집 안에 숨어 있을지도 모른다는 생각 때문에 꼼짝할 수가 없었다. 돌아서다 화장대 모서리에 꼬리뼈가 부딪혔다. 몸 전체로 아릿한 통증이 퍼졌다. 꼬리뼈를 문질렀다.

구심을 먹어야겠다고 생각했지만 약상자는 거실 장식장 안에 있었다. 문을 열고 나갈 엄두가 나지 않았다. 왼쪽 가슴에 손을 대고 힘을 주어 문질렀다. 양복 안주머니에 니트로글리세린을 넣고 다니던 아버지가 떠올랐다. 한여름에 쓰러진 아버지의 핏발 선 눈 속에서 햇빛이 타들어갔다. 나는 따라 나오는 기억을 서둘러 지웠다. 운동을 나간 남편이 돌아올 시간이었다. 비프를 바짝 끌어안았다.

현관 벨이 울렸다. 그 소리만 기다리고 있었음에도 나도 모르게 어깨를 움칠했다. 벨이 한 번 더 울린 뒤 번호 키를 누르는 소리가 들렸다. 침실 문이 열리자마자 나는 와락 남편을 끌어안았다. 참고 있던 숨을 토해냈다.

"이거 운동화 자국 아냐?"

베란다까지 둘러본 남편이 유리문 앞에서부터 흐릿하게 난 발자국을 찾아냈다. 발자국은 침실 앞에서 끊겼다. 내가 보기에는 고운 모래 먼지 같을 뿐 분간이 가지 않았다.

"우리가 두 시쯤 잤으니까, 도둑은 서너 시쯤 베란다를 통해 들어왔을 거야. 추석이라 빈집인 줄 알고 털러 왔던 거지. 우리는 그 시간에 피곤해서 곯아떨어져 있었던 거구, 사람이 자고 있으니까 놈은 쫄아서 당신 가방에서 지갑만 빼내곤 도망쳤겠지. 운동하러 나갈 때 왜 못 봤을까? 그래도 얼마나 다행이냐. 칼이라도 든 놈이었다면 어쩔 뻔했어. 좀도둑인 걸 천만다행이라고 생각하자. 빨리 카드 분실 신고부터 해. 당신은 괜찮은 거지?"

"경찰에, 신고해야 되는 거 아냐?"

"관둬. 신고해봤자 오라 가라 귀찮기만 하지."

경찰이 들어와 또 다른 흔적을 남기는 건 나도 원치 않았다. 몸이 떨렸다. 누군가 집에 들어왔다. 신발을 신은 채 소리 없이. 낯선 움직임이, 숨결이 거실에 뿌려졌다. 방문이 슬그머니 열렸다. 낯선 눈빛은 나와 남편을 번갈아 보았을 것이다. 나는 입고 있던 카디건의 단추를 꼭꼭 여몄다.

남편이 신발장에서 공구함을 꺼냈다. 난간에서 베란다 창문을 열지 못하도록 한쪽 문을 고정시키고 못질을 했다. 내 약한 심장이 망치 소리에 맞춰 쿵쿵거렸다.

수족관 온도를 살핀다. 26도. 적정 수온이다. 구피가 꼬리 지느러미를 흔들며 수초 사이를 누볐다. 산란 상자 안에 들어가 있는 구피도 느리게 움직였다. 나는 솔리드 구피의 풀 레드 색상만을 길렀다. 아무 색도 섞이지 않은 빨강은 화려하다. 구피가 아누비아스나 수초 사이를 헤엄칠 때면 수족관 안에는 온통 붉은 동백꽃이 핀 듯했다. 스포이트로 브라인슈림프를 넣어주었다. 구피가 몰려들었다. 즐거운 식사 시간이다. 적정 수온과 먹이, 여과기와 에어펌프만 있으면 구피는 최상의 무늬와 색깔을 드러냈다. 그러나 그 '적정'을 맞추는 일은 결코 쉽지 않았다.

　솔리드 구피 중 한 녀석과 눈이 마주쳤다. 가장 완벽한 붉은색을 띤 녀석이다. 내가 수족관에 바짝 얼굴을 들이밀면 그 녀석도 빤히 쳐다보았다. 며칠째 나와 눈이 마주치고 있었다. 나는 수족관 속의 녀석을, 녀석은 수족관과 별반 다르지 않은 따뜻하고 고요한 집에 있는 나를 바라보았다.

　거실 벽면의 3분의 1을 차지하는 넉 자 수족관 안에서는 배부른 구피들이 끊임없이 길을 만들어나갔다. 물이 길을 지워버렸다. 바로 뒤에 사라질 길을 만드는 구피. 꼬리지느러미가 화려하고 유연했다. 꼬리의 좌우 흔들림을 보았다. 어쩌면 물이 길을 삼키기 전 꼬리지느러미가 길을 지우고 있는 것인지도 몰랐다. 오직 자신만의 길을 만들어가는 물고기. 두려움 없이 간다. 두려움 없이…… 나는 갤러리에서 영상으로 본

한 전위예술가의 얼굴을 기억했다. 검은 옷을 입고 꼿꼿하게 앉아 있는 그녀 앞에는 가위가 놓여 있었다. 관객들은 한 명씩 앞으로 나가 가위를 들고 그녀의 옷을 잘라냈다. 차가운 가위가 몸을 스치고 군데군데 검은 옷이 잘려나갔다. 흰 속옷이 잘리고 어깨가 드러났다. 그녀는 움직이지 않았다. 깊고 커다란 눈은 끝내 흔들리지 않았다. 나는 한 번도 그런 눈을 가져보지 못했다.

화장실 청소를 끝낸 남편이 비스듬히 누워 텔레비전을 보았다. 태풍이 거세졌다. 강풍을 동반한 태풍이 남부 지방을 뿌리째 흔드는 모습이 화면 가득했다. 우산이 뒤집히고 길이 흙탕물에 휩싸여 보이지 않았다. 지붕만 보이는 차들이 끊어진 길 한가운데 잠긴 채 서 있었다. 수장된 길 위로 차들이 먹히고 있었다. 기자의 마이크를 타고 바람 소리가 오토바이의 엔진음처럼 들려왔다. 바람은 밤의 도로 위를 나는 오토바이의 거침없는 질주처럼 어딘가로 내닫고 있었다. 집들이 부표처럼 물 위에 둥둥 떠 있었다. 한순간 불어난 물길이 화면을 가득 메웠다.

세제 냄새가 화장실에 가득했다. 마른걸레로 꼼꼼하게 거울과 선반, 세면대 등의 물기를 닦았다. 걸레에 굵고 짧은, 구불거리는 터럭이 묻어났다. 불쑥 모욕감이 들었다. 신경이 날을 세우고 촉수를 뻗어댄다. 당신은 결벽증이 완전 중증이라니까. 남편 말이 들리는 듯하다. 나는 치약 옆에 놓인 핀셋으로 터럭을 집어 쓰레기통에 넣었다.

　전화벨이 울렸다. 장모님이야. 전화를 바꿔주는 남편의 얼굴이 굳어 있었다. 수화기에 대고 예, 라는 대답만 반복할 때부터 친정 엄마의 전화라는 걸 알았다. 아버지가 돌아가시고 적지 않은 유산을 분배한 뒤로 남편과 엄마의 사이는 더 나빠졌다. 엄마는 유산을 내 명의로만 하게 했다. 부부는 갈라서면 남이다. 아버지의 재산을 고스란히 물려받은 엄마가 그렇게 말할 때마다 나는 남편 눈치가 보였다. 김 원장에게 연락해놨으니 잊지 말고 한약을 찾아다 먹으라고 했다. 엄마는 봄가을로 한약을 보냈다. 아버지를 닮은 내 약한 심장 때문이었다.

　우유를 사러 현관을 나서는데 비프가 낑낑댔다. 우산을 쓰고 대문을 나서다 뒤를 돌아보았다. 조금 전 내려왔던 오른쪽의 나선형 계단은 두 바퀴를 돌며 옥상까지 이어졌다. 계단을 따라 내 허벅지 높이쯤에 빙 둘러 쳐진 난간으로 빗방울이 맺히고 떨어졌다. 계단 난간과 베란다 창문을 바라보았다. 2층과 3층 중간에 둥글고 완만한 난간을 밟고 도둑은 베란다로 넘어왔을 것이다. 그 위치에서는 2층 창문으로 들어가기가 더 쉬워 보였다.

　언젠가 2층 남자가 열쇠를 놓고 왔다며 난간을 밟고 창문을 넘어 들어간 적이 있었다. 스포츠 센터 수영 코치인 남자는 주로 주말에만 집에 머물렀다. 창문을 통해 들어간 남자가 제 집 현관문을 열고 나왔다. 집을 비울 때는 창문을 꼭 잠그고 다니세요. 도둑이 들면 어떡해요. 내 말에 남자는 빙그레 웃으며 고개를 끄덕였다. 그 뒤로는 창문을 단속했을 것이다. 어쩌면 도둑은 2층으로 들어가려다가 못 들어가고 3층인 우리 집을 택했는지도 몰랐다.

"그러게 말이야. 값나가는 건 다 없어졌어. 캠코더랑 카메라, 애 돌반지까지 싹."

치아에 교정틀을 끼운 여자가 흥분해서 떠들었다. 슈퍼마켓 주인 여자도 쌓아놓은 물건은 계산할 생각도 않고 어머나 세상에, 맞장구를 쳤다.

"우리 집에도 간밤에 도둑이 들었었는데."

"도둑이 아예 날을 잡았나 보네. 동네가 뒤숭숭하니까 도둑까지 끓구 난리야."

도둑맞은 집은 우리 집만이 아니었다. 근처의 118번지에도 도둑이 들었다.

"뭐 잃어버렸어요?"

도둑맞은 집 여자가 물었다.

"제 지갑만……"

"옛날에 우리 집에도 도둑이 들었더랬는데 거실에 있던 돼지 저금통만 달랑 들고 갔지 뭐우. 알고 봤더니 아들 친구가 그런 거라. 나한테 걸려서 아주 반쯤 죽었지. 원래 그런 도둑은 알고 보면 잘 아는 사람이 범인인 경우가 많다잖우."

빗줄기가 굵어졌다. 꿈·자연·행복이 가득한 집을 만들어 드리겠습니다. 대단위 아파트 시공권을 따내기 위한 건설 회사들의 홍보용 플래카드가 비에 젖어 펄럭였다. 플래카드에 적혀 있는 문구를 속으로 따라 읽었다. 들린 우산 끝으로 빗줄기가 들이쳤다. 올 초부터 불기 시작한 개발 바람은 단번에 온 동네를 들뜨게 했다. 소문은 꼬리를 물고 뭉텅뭉텅 자라났다. 이사를 갔고 이사를 왔고, 상가 세입자들은 권리금도 못 받고 쫓겨날까 봐 불안해했다.

우유를 들고 계단에 올라서서 우산을 접었다. 비프도 추운지 몸을 털었다. 우산에 맺힌 빗물이 걸음을 따라 길을 냈다. 열 계단쯤 올라서는데 2층 현관문이 코 앞에서 벌컥 열렸다. 깜짝 놀라 들고 있던 우유를 떨어뜨렸다. 그 바람에 품에 안겨있던 비프도 놀라 몸을 움츠렸다. 2층 남자다. 놀랐는지 덩달아 눈이 커졌다.

"왜 그렇게 놀라세요? 간 떨어지겠어요."

남자가 귀퉁이가 찌그러진 우유팩을 집어 건넸다.

"안 계신 줄 알았는데. 저어, 별일 없으세요? 사실은, 어젯밤에 저희 집에 도둑이 들었거든요."

"그래요? 많이 놀라셨겠어요."

수영장에서 늘 여자들을 상대하는 남자는 나를 대하는 데도 별 거리낌이 없었다.

"비프, 이리 와봐. 츠츠."

남자가 비프를 불렀다. 비프가 고개를 쳐들었다. 남자의 손이 비프를 안으려다 가슴을 스쳤다. 순간 아찔했다. 여고 시절 술 취한 남자에게 느닷없이 가슴을 잡혔던 기억이 불쑥 튀어나왔다. 하굣길이었고, 집 모퉁이 골목길에서였다. 나는 놀라 쓰러지고 이틀 만에야 병원에서 나올 수 있었다. 남자의 커다란 손이 섬세하게 비프의 털을 어루만졌다.

"비프하고는 서너 번 본 것 같은데 저를 잘 따라요. 이렇게 귀가 넓은 놈을 코커스패니얼이라고 부르죠? 털이 아주 부드러워요."

남자의 길고 큰 손이 비프의 털을 쓸어내렸다.

"비프, 이리 와."

비프가 품으로 건너왔다. 가볍게 목례를 하고 돌아섰다. 누군가 가슴속에서 풍금 건반을 차례로 두드리는 것만 같다. 소리가 갈비뼈 밖으로 빠져나가지 못한 채 안에서 맴돌다 서로 엉켜들었다. 다리가 후들거렸다. 난간 중간에서 2층 창문을 흘깃 들여다보았다.

톡. 톡. 톡. 영화가 끝난 뒤 무료해진 남편이 손톱을 깎았다. 깔아놓은 신문지 위에서 손톱이 튀었다.

"튀지 않게 조심해서 깎아."

싱크대 서랍을 열었다. 과도가 보이지 않았다. 뭘 찾아? 손톱을 다 깎았는지 남편이 다가와 물었다.

"과도가 없어."

남편이 서랍 안에서 아무렇지 않게 과도를 집어 들고 나를 바라보았다.

"왜 그래?"

조금 전까지 내 눈에 그것은 보이지 않았다. 몸 어딘가에서 흔들리고 금이 가는 소리가 들렸다. 나는 나도 모르게 허둥거렸다. 셔츠의 주름을 두 줄로 잡는 줄도 모르고 있었고, 비프를 품에 안고 쓰다듬으면서도 비프의 빈집을 보고 놀랐다. 욕실의 수건이 식탁 의자에 제멋대로 걸쳐져 있기도 했다. 주민등록증이나 운전면허증이 사라진 것처럼 나를 증명해줄 무언가가 종적을 감춘 것 같았다. 나는 꼬리뼈를 더듬으며 뒤를 돌아보았다. 길이 보이지 않았다.

사과를 깎으며 신문지 위에 놓여 있는 손톱을 세었다. 제일 큰 손톱 하나가 보이지 않았다. 과도를 내려놓은 뒤 거실 바닥을 살펴보았다. 손톱은 없었다. 소파 밑을 들여다보고 남편이 앉아 있는 자리도 손바닥으로 쓸어보았다.

"왜 그래?"

"손톱 하나가 모자라."

"그깟 손톱 하나쯤 그냥 좀 놔두면 안 되냐?"

남편이 신문지를 들고 나가 쓰레기통에 손톱을 털어 버렸다. 남편의 뒤꿈치를 쏘아보았다. 그냥 좀 놔주면 안 되냐. 조금 전 남편의 말은 그렇게 들렸다. 손톱은 끝내 눈에 띄지 않았다.

남편이 리모컨 버튼을 눌러댔다. 수초마다 각기 다른 분절음이 들려왔다. 소리들이 비명을 지르며 귓속으로 달려들었다. 와락 짜증이 일었다. 나는 호흡을 멈추고 속으로 하나, 둘, 셋, 차분히 숫자를 셌다. 숨을 천천히 내뱉었다.

거실 창을 바라보며 발등을 비벼댔다. 커피를 들고 소파에 앉아, 햇살이 가득한 거실 바닥에 발을 담그는 일은 나를 행복하게 했다. 나는 두 발을 찰랑거리는 햇살에 담그고 커피를 마셨다. 여린 온기가 발등으로 헤엄쳤다. 햇살을 따라 발을 조금씩 옮겼다. 햇살을 찾는 발등을 서로 비벼주었다. 남편과 결혼한 뒤, 집은 내 약한 심장이 감당하지 못하는 두려움을 막아줄 수 있는 안전한 곳이 되어주었다. 집은 늘 같은 온도를 유지하는 수족관처럼 따뜻하고 밝고 편안했다.

산란 상자 안에 있는 구피는 당장이라도 새끼가 쏟아질 것 같이 배가 불러 있었다. 한꺼번에 수십 마리의 새끼들을 쏟아내는 구피, 구피는 알이 아닌 새끼를 낳았다. 어미 배에서 나온 그 순간부터 새끼들은 꼬리를 흔들며 물에 적응했다. 산란 상자 안의 구피는 며칠 전부터 배 뒤쪽의 알집이 불러오고 색깔도 까맣게 변해 각이 잡혔다. 어제는 어항 벽면을 타고 오르내리며 불안해했다. 꼬리가 쉴 사이 없이 흔들렸다. 산란 때만 되면 늘 그랬다. 아이를 가져본 적이 없다. 몸이 약한 탓도 있지만 생명을 품고 기르는 동안의 변화를 감당할 자신이 없었다.

"범인이 누굴까?"

"아직도 그 생각 하고 있었어? 액땜한 셈 치라니까. 돈만 잃어버린 게 어디냐. 아깝긴 하지만."

"그게 아니라, 우리 집에 누군가 몰래 들어왔다는 사실이 끔찍해. 그 생각만 하면 가슴이 아프단 말이야."

남편은 왼쪽 가슴을 시계 방향으로 문질러주었다. 문자메시지 알림음이 울렸다. 남편이 휴대전화를 들고 화장실로 들어갔다.

"알았어, 금방 끝나. 나두 지겹다고."

남편이 화장실에서 나왔다.

"학원 박 선생이야. 성적 정리 다 끝냈냐고. 술 한잔하자네."

"이 밤에? 벌써 열 시가 넘었는데. 나가지 마. 나, 무서워."

"나두 쉬고 싶은데, 요 앞에 와 있다는 걸 어떻게 해. 한 시간만 있다 올게."

남편은 열두 시가 다 되도록 들어오지 않았다. 텔레비전에서는 여전히 태풍이 휘몰아치는 지역을 보여주고 있었다. 태풍은 바닷가 집들을 형체도 알아볼 수 없을 정도로 휘둘러버렸다. 하우스의 검은 비닐이 미친 여자의 머리카락처럼 쓰레기와 제멋대로 엉켰다. 갑자기 우산이 젖혀지고 비가 들이쳐 지나가는 여자의 등이 순식간에 젖었다.

주방과 거실, 화장실까지 모두 환하게 불을 켰다. 텔레비전 옆에 남편의 지갑이 놓여 있었다. 깜빡 잊고 그냥 나간 모양이었다. 무심코 지갑을 펼쳐보았다. 지갑 속에 대충 7, 8만원 정도가 들어 있었다. 만 원짜리 뒤로 영수증도 한 장 보였다. 무심코 꺼내보았다. 준보석. 파뷸라 현대 1부 다이아 목걸이 63만 원. 선불 5만 원 잔액 58만 원. 찾는 날짜는 사흘뒤였다. 기념일을 떠올려보았다. 생일은 이미 지났다. 다음달 23일인 결혼기념일을 떠올렸다. 남편은 가끔 뜻밖의 선물로 나를 놀라게 했다. 두 달 전 생일에는 이벤트 회사의 직원세 명이 연미복을 입고 와서는 달콤한 노래를 불러주었다. 물론 그들의 손에는 장미 다발과 케이크와 와인이 들려 있었다. 학원 아이들 보강 때문에 일찍 들어올 수 없었던 남편의 배려였다. 남편이 그 선물을 내밀 때까지 입을 다물기로 한다. 남편은 결혼 예물로 시계와 반지만 해줬던 것을 내내 마음에 두고 있었는지도 모를 일이었다.

때 이른 숄을 두르고 소파 위에 오도카니 앉았다.

빠앙. 밖에서 자동차 경적이 울렸다. 컹 크응. 비프가 그 소리에 놀랐는지 한 차례 짖었다. 비프를 다독여주었다. 진정해. 별일……! 머리끝이 쭈뼛 일어섰다. 어젯밤 비프는 짖지 않았다! 심장이 멎을 것만 같았다. 짖었다면 못 들었을 리 없었다. 왜 이제야 그 생각이 났을까. 원래 범인은 잘 아는 사람이라잖수. 슈퍼 여자의 말이 떠올랐다. 2층 남자 품에 얌전히 안겨 있던 비프. 낯가림이 심한 비프였다. 현관 벨이 울렸다. 인터폰 모니터를 바라보았다. 아무도 없다. 인터폰 수화기를 든다. 누구, 세요? 당신이야? 여전히 모니터는 빈 채였다. 현관문에 귀를 대보았다. 아무 소리도 들리지 않았다. 와락 두려움이 밀려들었다. 남편에게 전화를 걸었다. 휴대전화 벨소리가 거실에서 들렸다. 전화기를 두고 간 모양이었다. 급한 일도 아닌데 지갑과 전화기도 미처 챙겨가지 않은 건지. 가슴이 터져버릴 것 같았다. 힘주어 가슴을 누르면서 문질렀다. 비프가 무릎 위에 올라앉았다. 비프를 들어 올려 눈을 바라보았다. 비프, 넌 어젯밤에 봤지? 누가 들어왔었니? 말해봐. 퍼즐 조각을 쥐고 있는 게 누구지? 난 무서워. 비프가 내 얼굴을 핥으려 혀를 내밀었다.

남편은 한 시가 다 되어서야 돌아왔다. 잔뜩 웅크린 불안을 말하고 싶었지만 남편은 꼬부라진 혀로 실랑이하듯이 중얼거리다가 잠들어버렸다. 침대에 쓰러진 남편의 옷을 벗겼다. 바지를 내리자 야자수가 그려져 있는 사각 팬티가 팽팽하게 솟아 있는 것이 보였다. 나무에 시위하듯 매달려 있는 야자수 열매. 가만히 손끝으로 야자수를 쓸어보았다. 남편이 잠결에 뒤척였다.

그게 꿈이었는지 현실이었는지 모른다. 잊고 싶은 기억과 선명한 꿈은 가끔 나를 혼동시켰다. 내가 잠에서 깼을 때, 남편은 그때까지 학원 서류를 정리하고 있는 것 같았다. 서재에서 희미한 불빛이 새어 나왔다. 문을 열었을 때 어두운 방 안에서 컴퓨터 모니터만이 온통 붉은빛을 뿌리고 있었다. 남편의 등이 보였다. 남편을 부르려다 멈췄다. 남자의 커다란 성기와 그 성기를 절반쯤 물고 있는 여자의 붉은 입술이 화면 가득했다. 등을 보인 남편의 몸이 떨렸다. *끄응*, 신음과 함께 움직임도 멈췄다. 남편의 손에 티슈가 들려 있었다. 나는 돌아서 침대 속으로 들어갔다. 눈을 감았다. 화장실에서 물소리가 났다. 남편은 서재가 아니라 화장실에 있었던 거야. 어지러운 꿈을 꾼 거야. 이불을 끌어다 머리끝까지 덮었다. 화장실에서 나온 남편이 이불 속으로 들어왔다. 그는 곧 가볍게 코를 골았다.

밤사이 비가 그쳤다. 비프를 안고 베란다 창으로 밖을 내다보았다. 2층 남자가 대문 앞에서 차를 닦고 있었다. 허리를 굽혀 후드를 닦고 있는 남자의 엉덩이가 팽팽했다. 둥근 탄력이 곧바로 탄성을 받아 튀어 오를 것만 같았다. 걸레를 들고 마당으로 들어서던 남자가 흘깃 이쪽을 바라보았다. 더럭 겁이 났다. 커튼 뒤로 몸을 숨겼다. 무언가가 발바닥을 찔렀다. 주저앉아 발바닥을 보았다. 구부러진 손톱이 발바닥에 박혀 있었다. 손톱을 휴지로 집어 쓰레기통에 버렸다.

남자가 집으로 들어가고 난 뒤에야 현관을 나섰다. 흰색 자동차는 깨끗하게 닦여 광택이 났다. 날카로운 송곳으로 차에 길게 흠집을 내고 싶은 충동을 눌렀다.

주민등록증 재발급 신청서를 쓰고 사진과 5천 원을 함께 내밀었다. 직원이 서류를 찾는 사이 동사무소의 스테인리스 스틸 기둥에 비친 얼굴을 보았다. 기둥에 비친 얼굴이 광대뼈 부근에서 옆으로 늘어나 마치 럭비공처럼 보였다. 고개를 옆으로 기울여보았다. 오른쪽 이마가 넓어졌다. 남편과 장난을 한 적이 있었다. 곡면거울 앞에서였다. 어디서였는지, 무슨 행사였는지 기억나지 않는다. 사람들이 낄낄거리며 몰려다녔고, 댄스음악이 귀청을 때렸다. 나는 그 자리를 벗어나고 싶었다. 하지만 남편은 거울 앞에 나를 데리고 갔다. 휘거나 구겨진 거울. 남편은 내 어깨를 바짝 당겨 거울에 비추었다. 두 얼굴이 거울 속에서 제멋대로 부풀거나 축소되고 일그러졌다. 남편이 귀에 대고 큰 소리로 말했다. 어쩌면 말이야, 이 거울 속이 진짜인지도 몰라. 제멋대로 변형된 것 같지만 그건 그동안 우리가 평면거울에만 익숙해졌기 때문일 수 있지. 평면거울이 제일 예쁘게 보이기 때문에 사람들은 그 거울을 선택한 것뿐이야. 근데 말이야, 나는 왜 이런 모습에 더 정이 갈까? 나는 거울 속의 얼굴과 남편의 얼굴을 번갈아 보았다. 남편이 빙긋 웃었다. 거울 속의 얼굴은 입꼬리를 올려 조소를 띤 것처럼 보였다.

기둥에 비친 얼굴을 보았다. 길게 늘어난 눈이 겁에 질려 있는 것처럼 보이기도 하고 눈을 흘기고 있는 것처럼도 보였다. 기둥에 손을 댔다. 얼굴이 가려지는 대신 손이 동화 속의 마녀처럼 길게 늘어났다.

슈퍼 여자가 사과를 담다 말고 호들갑스럽게 나를 불렀다. 동사무소를 들른 후 경찰서에 가서 운전면허증 분실 신고까지 마치고 돌아오는 길이었다. 두 군데를 다녀오느라 한 시간 반을 허비했다. 지치고 피곤했다.

"글쎄 말이우. 그 도둑이 청계천에서 훔친 물건을 팔려다 검문에 걸렸다지 뭐유. 범인이 그렇게 잡히기도 하는 모양이지? 그리고 보면 우리나라 경찰이 아주 핫바지는 아닌가 베."

"신고를 했던가 보죠?"

"아니, 그것도 아니래. 그 집에서 나들이 갔을 때 찍은 테이프가 캠코더에 그냥 들어 있었다지 뭐야. 거기에 찍힌 차 번호를 조사했더니 118호 건 거야. 그놈이 이 동네 여러 집을 턴 모양이야. 내가 형사한테 새댁네 얘기도 했어. 혹시 알우. 돈을 찾을 수 있을지."

"뭐하러요."

수첩을 든 남자가 다가왔다. 나는 남편의 추리를 그대로 전했다.

"가서 좀 볼까요? 혹시, 수표 남바나 뭐 알 수 있는 건 없습니까? 아니면 발자국 크기나, 운동화를 신었는지 구두를 신었는지 그런 거라도……"

"그냥 거실에 흙이 조금 떨어져 있는 정도였어요."

형사는 난간에 서서 베란다를 가늠해보았다.

"이 정도면 웬만한 키면 다 넘을 수 있겠는걸."

"베란다 창문에 못질을 했어요. 거실의 발자국은 벌써 지웠구요."

나는 빠르게 말했다.

"그래요오, 잘 알았습니다. 잡힌 놈이 이 집도 턴 게 확실한 거 같긴 한데 좀더 조사를 해본 후에 연락드리겠습니다."

형사가 목례를 하고 돌아섰다. 도둑이 잡혔다. 도둑이 잡혔다는데도 뭔가 불안했다.

열린 2층 창문 안으로 남자가 보였다. 얼른 고개를 돌렸다. 긴장한 눈동자는 카메라 셔터가 되었다. 아래층 창문 틈으로 힐끗 남자의 등이 나타났다. 알 수 없는 기분에 휩싸였다.

떨리는 손으로 난간을 붙들고 숨을 골랐다.

"뭐 찾으세요?"

어느새 2층 남자가 뒤에 서 있었다. 남자가 뚫어져라 쳐다보았다. 입술이 파르르 떨렸다. 이를 앙 다물었다.

"아니, 아무것도……"

현관문을 열고 들어오자마자 침대에 쓰러졌다. 이틀 동안의 시간을 쓰레기통에 처박아버렸으면 좋겠다. 꼬리를 흔들던 비프가 소파 아래로 늘어진 손등을 핥았다.

비는 그쳤지만 텔레비전 속 태풍은 숨 가쁘게 계속되고 있었다. 태풍의 움직임이 몇 개의 기호로 표시되었다. 기호는 한여름 극성을 부리는 매미의 울음처럼 화면에 사정없이 달라붙었다. 막무가내로 무너뜨리고 덮쳤다. 수해를 당한 사람들의 모습이 곡면거울에 비친 얼굴처럼 일그러졌다. 남쪽의 해안 지방이 정전되었다. 집이 어둠에 갇혔다. 우악스러운 비의 발자국 소리만 가득했다. 나도 아득해졌다.

조명 스위치를 찾아 켰다. 집 안이 밝아졌다. 거실 등도 평소보다 두 배로 밝게 했다. 집을 환하게 밝히고 있는 불빛들에 안도했다. 텔레비전 옆에 놓인 손톱깎이를 보았다. 어제 남편이 쓰고 제자리에 두지 않은 것이다. 왜 버려져야 할 것들이 버려지지 않고, 제자리에 있어야 할 것들이 그 자리에 없는지 알 수 없었다. 늘 제자리에 있던 물건들이 약속이나 한 듯 조금씩 어긋나 있었다. 내 머릿속도 꼭 그만큼 어긋난 듯했다. 손톱깎이를 서랍에 넣으려다 말고 티슈를 깔아놓고 엄지손톱을 깎았다. 똑깍. 똑깍. 손톱이 잘리는 소리가 맑았다. 밝지만 적막한 거실에 손톱 깎는 소리가 들어찼다. 아주 조금씩 손톱을 깎았다. 그 소리에만 집중했다. 집중할수록 소리는 커다랗게 울렸다. 손톱이 점점 짧아진다.

현관 벨 소리가 손톱 잘리는 소리를 비집고 확 덤벼들었다. 집중을 놓쳤다. 손톱 끝의 살점이 손톱깎이에 잘렸다. 피가 스며 나왔다. 쓰린 쾌감이 몰려왔다.

인터폰 화면에는 아무도 없다.

"누구, 세요?"

대답이 없다. 문밖에 누군가가 있다. 턱이 덜덜 떨렸다.

갑자기 장미꽃이 인터폰 화면에 가득 찼다.

"나야, 문 열어."

남편을 안는다. 내 떨림이 남편에게도 전해지는 모양이었다.

"이젠 그냥 번호 키 누르고 들어와. 벨 소리에 자꾸 놀란단 말이야."

"왜 그래? 요즘 당신, 너무 예민한 거 아냐?"

"무서워. 그동안 내게 한 번도 일어나지 않았던 일들이 한 꺼번에 우글우글 터져 나오는 것 같애. 왜 이런 일들이…… 심장이 터져버릴 것 같단 말이야. 이러다 정말 죽을 거 같애."

남편이 나를 안고 등을 다독여주었다.

"사실 나, 좀 취했어. 욕조에 물 좀 받아줄래?"

물이 절반도 차오르기 전에 남편이 서둘러 옷을 벗어 던졌다. 남편의 등뼈 양 옆에 초승달 모양의 자국이 여러 개 나 있다.

휴대전화와 지갑을 토해놓은 옷을 세탁물 바구니에 담았다. 남편의 휴대전화가 울렸다. 문자메시지가 도착했다. 휴대전화에 얼굴을 비춰보았다. 얼굴이 옆으로 길게 늘어났다. 휴대전화를 이리저리 돌려보다 열었다.

액정 속 글자를 한 자 한 자 인지한다. 잘 들 어 가 고 있 지? 내 꿈 꿔. 윤. 글자의 의미를 알 수 없다. 숨을 크게 들이마시다가 끊었다. 하나, 둘, 셋. 숫자를 센 후 길게 내뱉었다. 2백 촉의 집어등을 향해 몰려드는 오징어 떼처럼 불안의 기미가 나를 덮쳤다. 일어서려다 휘청거렸다. 수족관 유리에 기대어 앉았다. 산란 상자 안에 있던 구피가 어느새 새끼를 낳았다. 모두 스무 마리가 넘어 보였다. 산란 상자는 새끼들의 움직임으로 가득 찼다. 채송화씨만큼 작은 눈들이 헤엄쳐 다녔다. 꼬물꼬물 부지런히 헤엄치는 치어들을 보았다. 온몸이 간지러워서 참을 수가 없었다.

떨리는 손끝으로 삭제 버튼을 꾸욱 눌렀다. 손톱 끝에서 피가 방울졌다. 천천히 폴더를 닫았다. 솔리드 레드와 눈이 마주쳤다. 완벽한 붉은빛을 띤 그 녀석이다. 손에 쥐고 있던 남편의 휴대전화를 수족관 속에 떨어뜨렸다. 물길을 지나 수초를 헤집고 휴대전화가 거꾸로 처박혔다. 저 수족관만큼은 안전할까.

주방의 형광등 불빛이 잠깐 흐려지며 깜박였다가는 다시 밝아졌다. 형광등 수명이 다 되어가나 보다. 손톱깎이에 잘린 검지 끝에서 피가 스며 나왔다. 나는 수족관 안에 손을 넣고 흔들었다. 피가 붉은 꼬리지느러미처럼 물속을 헤엄쳤다. 화장실 문이 열렸다. 다시 심장이 요동쳤다.

봄날의 테이블보

살진 햇살이 공원 언덕에서 미끄럼을 탑니다. 햇살의 경사가 눈부십니다. 평일의 공원은 조용하고 한가롭습니다. 부드러운 잔디 사이를 여린 풀무치만 바쁘게 튀어 다닙니다. 아이도 소풍 나온 게 신이 나는지 산 여기저기를 헤집고 다닙니다. 그러다 햇살처럼 미끄러지기도 하고요. 아직 날아가지 않고 꽃받침에 붙어 있는 씨들에게 아이는 바람을 불어줍니다. 수십 개의 씨들이 날아 안개처럼 피었다 사라집니다.

　남편이 깔아놓은 돗자리 위에 리넨 테이블보를 펼칩니다. 보의 네 귀퉁이와 가운데에 무더기로 핀 꽃이 프린트 되어 있습니다. 산수국입니다. 네 잎이나 세 잎의 활짝 핀 꽃들이 보랏빛 꽃망울들을 에워싸고 있습니다. 결혼할 때 이불을 맞추면서 함께 산 보였습니다. 그때 나는 모네의 「풀밭 위의 점심 식사」를 떠올렸을지도 모릅니다. 4단쯤 되는 찬합에 샌드위치나 과일, 갓 구운 구수한 빵 그리고 유부초밥이나 김밥을 담아 푸른 풀밭으로 소풍을 가는 상상과 함께 말입니다. 생에 대한 기대감이 꽃처럼 무리 지어 피어날 때였습니다. 보자기는 10년을 사는 내내 이불장 안에 잘 개켜 있었습니다.

불쑥불쑥 보이던 아이의 머리가 보이지 않습니다. 아이는 저만치에서 언덕 아래 길가로 내려가 있습니다. 아지랑이가 아이의 주변에 어지럽게 피어납니다. 김밥과 딸기와 샌드위치가 든 찬합을 꺼냈습니다. 아침 일찍부터 정성스럽게 준비한 음식입니다. 10년 만의, 풀밭 위의 점심 식사인 셈입니다. 이 소풍은 당신이 마련해준 것입니다. 햇살이 좋습니다.

당신이 떠오를 때면 제 입가에는 절로 미소가 번집니다. 일부러 떠올리는 것이 아니라 그냥 제 무의식 속에서 당신이 떠오릅니다. 뜬금없이. 그럴 때면 저는 양파를 다듬다 말고, 빨래를 널다 말고, 음악을 듣다 말고,가 됩니다. 바로 이전의 행위는 멈춰버리고 얼마간 당신의 부드러운 미소를 따라해봅니다. 당신의 환한 얼굴에 팬 보조개를 떠올리는 일처럼 따뜻한 일이 있을까요. 햇살이 고일 것 같은 보조개입니다. 모든 사물들을 등 토닥여 깨우는 봄 햇살처럼 당신은 나를 깨웁니다. 그러면 나는 괜히 신이 나서 몸에 막 힘이 들어갑니다. 양파를 다지는 칼날은 경쾌해지고, 빨래는 한 번 더 팽팽하게 당겨지고, 음악의 볼륨은 올라갑니다. 간지럽지만, 당신은 내게 힘이 되는 사람이었습니다.

당신. 사실 이렇게 부르고 나니 갑자기 입안이 시원해진 느낌입니다. 입안에 갇혀 있던 당신이란 단어를 이제야 풀어놓습니다. 당신에게는 한 번도 불러보지 못한 호칭입니다. 당신이 이 호칭을 듣는다면 고개를 갸우뚱할지도 모르겠습니다. '당신'이라니. 이와 비슷하게 불릴 만큼 가깝기나 했나 하고요. 당신은 제 속에서만 자랐습니다.

이 소풍에서 난데없이 떠오른 당신을 붙드는 일은 온당치 않습니다. 아침내 준비한 음식들을 꼭꼭 씹어야 하고 아이의 볼을 쓰다듬거나, 남편의 손끝에 눈길을 주어야 합니다. 그런데도 나는 당신에 대한 기억들을 오래도록 씹고, 당신 볼의 보조개를, 내 등뼈에 닿던, 등뼈 위에 지그시 닿던 손길을 기억합니다.

채연주. 그녀의 이야기부터 해야겠습니다. 복지관에서 운영하는 한지그림 프로그램에서 그녀를 만났습니다. 저는 그때까지 한지그림이 무엇인지, 어떻게 하는 것인지도 정확하게 몰랐습니다. 수강생을 모집한다는 공고를 보고 무작정 복지관을 찾아갔지요. 다른 데보다 싼 수강료를 들여 제과제빵이나 요리사 자격증을 얻고 싶었습니다. 뭐든 자격증을 따놓으면 사는 게 덜 힘들 것 같았습니다. 그러나 아무것도 모르고 찾아간 제가 앉을 의자는 없었습니다. 제과제빵이나 요리반은 선착순으로 마감되었고, 이미 저보다 몇 시간 일찍 온 사람들로 긴 줄을 이루고 있었습니다. 그렇다고 해서 쥐고 간 만 원짜리 지폐 몇 장을 다시 들고 오기 싫었습니다. 그 돈은 저를 위한 거였으니까요. 자격증을 딸 수 있는 한지그림반에 수강 신청을 했습니다. 거기서 그녀, 채연주를 보았지요. 볼수록 나도 저렇게 나이를 먹어갈 수 있다면, 생각이 들게 하는 여자였습니다.

그녀에게 한지그림은 썩 잘 어울렸습니다. 일반 종이에 비해 얇으면서도 질기고 찢어진 자리에선 모(毛)라고 부르는, 솜털 같은 보풀이 일어 섬세한 결을 살릴 수 있는 우리나라 전통 종이. 게다가 원색이라 할 만한 색도 결코 한 가지 색으로 불릴 수 없는 묘한 이미지를 갖는 게 바로 한지였습니다. 그녀는 한지에다 도안대로 선을 긋고, 그 선을 따라 한지를 손으로 조심스럽게 찢어 판에 붙입니다. 판에 붙이기 전에 모를 정리하는 것도 잊지 않고요. 붙이고 나서는 뾰족하지만 끝이 거칠지 않은, 한지그림용 송곳으로 모를 다듬습니다. 그림에 따라, 다소곳하게, 때론 거칠게. 내가 처음 본 그녀의 한지그림은 해바라기였습니다. 그녀는 나보다 한 학기 먼저 수강했기 때문에 벌써 여러 작품을 완성한 단계였지요. 꽃잎을 나타내는 노란색의 모가 다른 한지에 비해 조금 더 길었습니다. 그래서 그런지 그녀의 손끝에서 태어난 해바라기는 바람에 날리듯 살아 움직이는 것 같았습니다.

그녀는 상냥하고 애교가 많은 여자였습니다. 가끔 눈길이 마주칠 때마다 웃고 있는 그녀를 보지요. 억지가 아니라 몸에 밴 웃음이었습니다. 가끔 반갑게 웃으려고 하면 입가가 뻣뻣해지는 저와는 많이 달랐습니다. 그 다름이 단지 표정의 차이가 아니라 도달할 수 없는 거리를 느끼게 했지요. 생선 비린내 나는 돈 따윈 만져보지 않고 자란 것 같은 여자였어요.

나는 돈이 생길 때마다 세숫비누를 물에 풀어 헹궜습니다. 그러곤 요 밑에 깔고 잤지요. 내 곁에 며칠 머무르지 못하는 돈이라는 걸 모르지 않았습니다. 내가 헹궈낸 것은 비린내도, 사람의 손때도 아니었습니다. 가난이 제게는 여전히 수치스러웠습니다. 수치의 이면에는 그녀에 대한 부러움이 함께 존재했지요. 그녀는 몸에 밴 웃음처럼 자연스레 남을 배려하거나 기분을 살펴주었습니다. 슬쩍 다른 사람의 찻값을 계산하기도 하고, 간식도 도맡아 사 왔습니다. 보이지 않게 그런 일들을 행하죠. 저도 한 달쯤 지난 뒤에야 겨우 눈치를 챘으니까요.

당신을 언제 처음 봤는지 기억나지 않습니다. 한지그림반 회원 전시회 때였는지, 아니면 어떤 모임이 끝날 때쯤이었는지. 당신은 한지그림 전시회 때 대형 화환을 보내오기도 했지요. 그녀는 당신의 팔짱을 끼고, 웃으면서 그림들을 보여주고 있었습니다. 그러다 저를 불렀지요. 사람들과 잘 어울리지 못하는 저를 일부러 챙기려고 그랬을 테지요. 그때쯤에는 그녀와 제법 친해졌기에 얼른 다가가 인사를 했어요. 당신은 연주씨가 그러하듯 환하게 웃으며 인사를 받아주었습니다. 당신은 선한 눈을 가지고 있었고, 웃을 때면 볼에 보조개가 깊게 패었습니다. 만져보고 싶을 만큼 깊게 팬 보조개였습니다. 당신처럼 깊은 보조개를 가진 남자를 나는 보지 못했습니다. 단박에 당신이 좋아졌습니다. 그 보조개는 당신을 대변하고 있었지요. 부드러움, 안온함, 여유…… 내가 받아보고 싶은, 누려보고 싶은, 갖고 싶은 것들이었습니다.

두 분은 참 잘 어울리는 부부였습니다. 그 전후로 몇 번 당신을 보았을 때도 그 인상은 변하지 않았습니다. 학교 다닐 때 내내 따라다녔다거나, 연주 씨가 하루라도 집을 비우면 보고 싶어 못 참는다는 부부의 사랑이 제 귀에도 들어왔지요. 제가 남자라도 연주 씨를 좋아했을 겁니다. 자줏빛에 가까운 빨간 샌들을 처음 신고 온 날 그녀는 비음 섞인 소리로 말했지요. 밤새 이 샌들을 신고 싶어 죽는 줄 알았어. 어찌 그런 그녀를 사랑하지 않을 수 있을까요.

언제부턴가 저는 연주 씨를 볼 때마다 당신의 안부를 물었습니다. 잘 계시죠? 제가요, 보고 싶어 한다고 전해주세요. 알았어. 자기가 무쟈게 보고 싶어 한다고 얘기해줄게. 우린 편하게 농담도 주고받았습니다. 그렇게 몇 번 말하고 나니 당신이 점점 더 좋아졌습니다. 그때쯤 내게도 나를 알뜰히 사랑하고 챙겨주는 사람이 있으면 좋겠다는 생각이 들었지요. 함께 산책하고, 여행하고, 이불 속에서 속닥거릴 수 있는 그런 사람이요. 당신의 살뜰함을 조금만 덜어 기댈 수 있으면 좋겠다 싶었습니다.

어려서부터 유난히 공상하기를 좋아했던 나는 곧잘 현실과 상상을 혼동하곤 했습니다. 실제 일어났던 일이 꿈속의 일부분처럼 아득하기도 했고, 공상이라 생각했던 게 현실이기도 했습니다. 꿈속에서 산 원피스를 실제로 산 것으로 착각하고 옷장의 옷을 모두 꺼낸 적도 있고, 책갈피 속의 편지를 찾아내기 위해 책을 모두 펼쳐본 적도 있었습니다. 다락에 처박혀 있던 곰팡이 냄새나는 책까지 꺼냈지요. 문장까지 생생한 그 편지는 끝내 나오지 않았습니다. 그때도 나는 누군가 그 편지를 숨긴 것이라고 생각했죠. 한지그림 수업을 받고 온 날에는 연주 씨를 보며 당신을 떠올리기도 했습니다. 상상 속에서는 연주 씨의 남편이 아니라 살뜰한 제 애인이었죠. 자꾸 도망치고 싶었는지도 모릅니다. 구차한 현실을 잊을 수 있는 건 공상밖에 없었으니까요.

도화지 두 쪽만 한 유리창엔 햇볕이 들지 않았습니다. 창문 가까이 옆집 담이 막고 있기 때문입니다. 햇볕이 든다 해도 문을 열어놓을 수 없습니다. 현관문과 창문은 언제나 꼭꼭 잠

거 있어야 합니다. 집 전화를 받지 않은 지 오래되었고요. 누군가 현관문을 두드릴 때면 숨을 멈추고 그 두드림이 사라질 때까지 가구가 되어 있어야 합니다. 물론 아이도 시키지 않아도 숨을 죽였습니다. 집 근처에서 양복을 입고 서류를 손에 들고 있는 사람을 보면 일단 그 골목을 빠져나와 다시 길거리를 헤맵니다. 집에 불을 켜는 것도, 전화를 받을 수 있는 것도 모두 저녁에나 가능합니다. 채권추심자들이 저녁에 방문하거나 전화하는 것은 불법이라 못 하기 때문이죠. 밤에만 그들에게서 안전합니다. 집은 내가 더 이상 쉴 수 있는 곳이 아니었습니다. 집에 있으면 늘 불안했습니다. 도저히 어찌해볼 수 없는 빚들이 내 숨통을 막게 했습니다. 빚에 한 획을 얹어 빛이 되면 얼마나 좋을까요. 그 빛들이 프리즘을 통과하여 내 앞에 무지개색을 펼친다면 아주 환하겠지요. 그 환한 빛에 얼굴을 드러내놓고 웃고 싶었습니다. 음습한 장롱 뒤에 까맣게 핀 곰팡이처럼 내 삶을 규정짓는 이 현실을 그 빛에 바짝 말리고, 그녀가 신었던 빨간 샌들 같은 여유를 갖고 싶었습니다.

나는 연주 씨께 당신의 안부를 물었고, 연주 씨는 또 몇 번인가 당신한테 내 얘길 한 모양이었습니다. 그러다 보니 당신도 나를 알게 되었죠. 내가 아무리 당신을 좋아한다고 해도 당신은 흔들리지 않을 걸 알고 있었기 때문에 저는 아무 걱정도 하지 않았습니다. 그냥 좋아하는 내 마음을 마음 놓고 드러냈을 뿐이지요. 좋아한다고 말해놓고 연주 씨를 통해 당신의 반응을 전해 듣는 것만으로도 기분이 좋았으니까요. 누군가를 좋아할 수 있는 마음이 생겨서, 아니 다른 사람이 아닌 당신을 좋아할 수 있어서 저는 겨우 이 일상을 견딜 수 있었습니다. 자, 이건 내가 쏘는 게 아니라 미애를 위해 형부가 쏜 거다. 제가 좋아하는 초밥을 사주면서 연주 씨가 말했지요. 그녀가 저를 믿는 만큼 저도 연주 씨나 당신을 믿었습니다. 비록 그녀가 계산을 했지만 당신이 사준 음식이라 생각하고 맛있게 먹었습니다. 당신은 언제부턴가 제 형부가 되어 있었습니다. 당신을 부르는 호칭이 늘 마음에 걸렸습니다. 이름을 부르자니 어색해서 언젠가 그랬죠. 형부라고 부르겠다고. 좋을 대로. 그녀의 간단한 허락으로 당신은 형부가 되었습니다. 당신을 지칭할 무언가가 있으니 편했습니다.

벚꽃이 가득한 봄 풍경을 한지로 그릴 때, 환하게 핀 벚꽃의 농담(濃淡)을 표현하려면 더 진한 색의 한지를 찢어 붙이는 것이 아니라 얇은 연분홍 한지를 작게 찢어 여러 겹 겹쳐 붙입니다. 많이 겹쳐 붙일수록 색은 더 진해지고 벚꽃은 흐드러지지요. 입체감도 나고요. 당신도 그렇게 제 가슴에 차곡차곡 덧붙여졌습니다.

남편과 아이가 잠들면 얇은 면 패드와 이불을 들고 주방으로 나와 싱크대 바로 옆에 요와 이불을 폅니다. 겨우 한 몸

누일 수 있는 곳이지요. 남편의 목을 조르는 상상이 현실과 혼동될 때부터 저는 남편의 잠버릇을 핑계 삼아 주방 한쪽에 이불을 폈습니다. 느슨해진 고무 패킹 때문에 수도꼭지를 꼭 잠가도 아주 느리게 한 방울씩 물방울이 떨어졌습니다. 새벽에 눈을 뜨면 적막을 울리는 물방울 소리를 듣게 되지요. 그러면 잠을 이룰 수 없었습니다. 한 방울의 물이 떨어지고 다음 물방울이 떨어지기까지의 고요. 저는 그 고요 속을 파고들어 눈을 뜨고 어둠을 응시했습니다.

남편과 난 그렇게 10년 가까이 살았습니다. 아이가 없었다면 제 삶이 달랐을까요. 남편이 술에 취해 제 옷을 벗길 때마다 저는 말없이 눈을 감았습니다. 입술을 잘근 깨물고 그 시간을 버텨내야 했습니다. 그와의 관계가 즐겁지 않았습니다. 그래서 그런지도 모르겠습니다. 당신을 단 한 번도 성적인 상대로 생각해보지 않았습니다. 그건 즐거운 일이 아니었으니까요. 그래서 당신 앞에서 겁 없이 까불었는지도 모르겠습니다. 당신을 좋아한다고 아무렇지 않게 얘기할 수 있었고요. 이런 저를 이해할 수 있나요?

당신을 만나기 훨씬 전부터 제 삶은 점점 더 궁핍해졌고 우리는 자주 싸웠습니다. 다단계 회사에 취직한 남편은 빚만 잔뜩 안고 그만둬야 했습니다. 이불장 안에는 백만 원이 넘는 요가 개켜 있고 좁은 방 안 곳곳에 다른 사람 명의로 판 물건들이 자리를 차지하고 있었습니다. 카드로 결제한 물건 값을 갚지 못하는 날이 늘면서 빚도 늘었습니다. 남편은 철을 도금하는 공장에 겨우 취직했습니다. 저는 할인점의 계산대에 섰고요. 하지만 빚은 감당할 수 없이 불었습니다. 어느 날 남편은 공장에서 극약이라는 시안화칼륨 덩어리를 몰래 가지고 나와 나를 위협하기도 했습니다. 다 같이 죽어버리자고요. 비참했습니다. 처음부터 남편을 좋아하지 않았습니다. 남편은 달랐습니다. 저를 처음 본 날부터 집까지 따라왔고, 집요했습니다. 헤어지자고 말하면 당장 죽어버리겠다고까지 했습니다. 그게 사랑이라고 생각하지는 않았습니다. 다만 그땐 세상 모든 일이 다 귀찮았고, 내가 좋다는, 죽어버리겠다고 우는 남자를 어쩌지 못했죠. 거절했다간 정말 죽어버릴 것 같았으니까요. 다시 그때로 돌아간다 해도 마음 약한 저는 또 같은 선택을 했을 것입니다. 그러니 제 삶을 둘러싼 이 모든 일은 제가 자초한 것이겠지요. 모든 게 싫었습니다. 저는 그럴 때마다 도망치듯 상상 속으로 파고들었고, 그 속에서 환하게 웃고 있는 당신을 언제까지고 놓치고 싶지 않았습니다.

아이를 재우고 났을 때 전화벨이 울렸습니다. 이미 늦은 시간인 줄 알면서도 벨 소리에 깜짝 놀라 습관적으로 시계를 바라보았습니다. 아홉 시가 넘은 시간이었습니다. 뭐해? 전화를 건 이는 한지그림반 회원이면서 연주 씨와 가까운 친구였지요. 시간 괜찮으면 나올래? 여기 김 씨 아저씨가 자기 보고 싶다는데. 저는 그 김 씨 아저씨가 누굴 지칭하고 있는지 금방 알 수 있었습니다. 가슴이 두근거렸습니다. 에이 장난치지 마세요. 저 안 나가요. 회원끼리 술자리가 있었나 봅니다. 회원 중 한 사람이, 내가 당신을 좋아하는 걸 알고 장난치고 있다는 생각이 들었습니다. 어어, 정말인데 바꿔줄까? 어느 순간 장난이 아니란 걸 알았습니다. 게다가 그들이 모여 있는 곳은 제 집에서 5분 거리의 횟집이었지요. 언제 안 나가겠다고 했냐는 듯 10분 안에 나가겠다고 했죠. 당신을 본 지 참 오래되었거든요. 지갑을 뒤져보았습니다. 천 원짜리 몇 장이 보였습니다. 그걸 바지 주머니에 찔러 넣고 나갔습니다.

그들이 어떻게 모였는지는 알 수 없었지만 한지그림반 회원 몇 명과 당신이 보였지요. 이미 몇몇은 취해 있었고, 당신도 빈속에 소주를 여러 잔 비운 상태였습니다. 연주 씨 전화를 받고 운전해줄 기사와 함께 그녀를 데리러 왔던 거지요. 여기 앉아. 당신 옆에 앉아 있던 누군가가 웃으며 얼른 자리를 비켜주었습니다. 건너편에 앉아 있던 연주 씨도 웃으면서 잔을 들었습니다. 저것 봐. 좋아가지구 얼굴 빨개지는 거. 미애 씨 요즘 부쩍 부드러워진 거 알아? 애교도 부리려고 하고. 연주 씨 조심해야 돼. 회원들이 한마디씩 했습니다. 그때야 깨달았습니다. 당신을 좋아한다고, 보고 싶다고 장난치던 그때부터 제가 조금씩 변해가고 있다는 것을요. 저도 모르게 당신 앞에서 여자로 보이고 싶어 한다는 것을요.

미애 씨가 저를 좋아한다는 얘길 듣고, 저 기분 좋았습니다. 이 나이에 누군가 나를 좋아한다는데 기분 안 좋을 남자가 어딨습니까. 아, 저 진심입니다. 당신이 누구에게랄 것 없이 말했습니다. 어이구, 잘해봐. 건너편에서 연주 씨가 그 말을 받았습니다. 연주 씨 큰일 났네. 누군가 말했습니다. 그러게 말이야. 난 딴 건 다 자신 있는데 젊은 거한테는 못 당하겠는데 어쩌냐. 연주 씨가 생글거렸습니다. 저는 놀랐습니다. 당신이나 연주 씨보다 제 나이가 한참 적다는 생각을 한 번도 못 해봤습니다. 아직도 당신과 연주 씨 나이를 정확하게 모릅니다. 게다가 젊은 제가 당신을 좋아한다는 것이 당신을 기분 좋게 할 거란 생각도 못 했고, 그런 밀을 당신 입을 통해 직접 듣게 될 거란 생각도 못 했습니다. 단지 당신을 좋아하는 내 감정만으로 행복했고, 그것에 대해 그냥 웃으며 받아주는 정도로 충분하다고 생각했으니까요. 그 자리의 그 말은 제게 과분한 거였지요. 누군가, 이왕이면 러브샷도 해봐라 주문을 했고 그 말에 기대어 우리는 팔을 엇갈려 소주잔을 비웠지요. 아무런 전조도 없이 닥친 행운이었습니다.

연거푸 소주 몇 잔을 비웠을 때 주인이 세발낙지 두 접시를 가져왔습니다. 나는 접시 위에서 통째로 꿈틀대는 그것이 세발낙지라는 걸 그날 처음 알았습니다. 연주 씨가 접시에 착 달라붙어 있는 세발낙지 중 한 마리를 떼내어 나무젓가락에 둘둘 말았습니다. 그리고 꿈틀거리는 그 녀석들의 빨판을 눌러 잡고 몸통을 초장에 찍어 당신에게 내밀었지요. 당신은 입을 벌렸고 연주 씨는 젓가락 위에 있던 그것을 밀어 입안에 넣어주었습니다. 당신은 아주 맛있게 먹었습니다. 내 옆에 있던 다른 회원도 젓가락에 세발낙지를 둘둘 말았지요. 살아 있는 그것들은 꿈틀거리며 다리를 휘저었습니다. 그 순간 어떻게든 도망치려던 낙지가 어설프게 감긴 젓가락을 피해 제 앞에 떨어졌습니다. 낙지는 필사적으로 제 옷에 빨판을 붙이고 기어오르려 하였습니다. 쇠젓가락으로 감으면 안 돼. 나무젓가락으로 감아야지. 순간 누군가 얼른 그것을 떼어내주었습니다. 옷자락에 세발낙지의 어지러운 자국이 남았습니다. 미애 씨도 한번 해줘봐요. 당신이 말했습니다. 저는 얼른 손을 저었습니다. 아니요, 저는 못해요. 그 꿈틀거리는 것을 도저히 어찌해볼 엄두가 나지 않았습니다. 아니 누군가의 입에 무언가를 넣어주는 걸 해본 적이 없는 저로서는 그것만은 자신이 서질 않았습니다. 어색하고 힘든 일이었습니다.

자리에서 일어날 때쯤 회원들은 취해 있었고 계산은 이미 당신이 끝낸 뒤였지요. 시간이 열 시를 넘지 않아 회원들은 술도 깰 겸 바로 옆 노래방으로 우르르 몰려갔습니다. 저는 잠시 망설였지요. 지금까지 노래방엘 가본 적이 거의 없었으니까요. 게다가 노래도 못합니다. 춤은 더더구나. 그래도 당신 얼굴을 조금이라도 더 보고 싶은 생각에 등 떠밀리듯 따라 들어갔습니다. 또 언제 볼지 모르는 일이니까요.

누군가 노래를 부르고 당신은 연주 씨와 블루스를 췄습니다. 저는 엉거주춤 의자에 앉아 다정한 연인 같은 당신 부부를 부러운 눈길로 바라보았습니다. 테이블에 놓인 음료수 캔을 따 마시며 갈증을 삭이면서요. 앉아 있는 것도 어색한 저는 박수를 치거나 탬버린을 흔들었습니다. 다음 노래가 시작되었을 때 제 앞으로 내민 당신의 손이 보였지요. 저는 화들짝 놀라 고개를 들어 당신을 바라보았습니다. 아, 보조개! 당신은 제 눈길을 피하지 않은 채 부드러운 미소를 지어주었지요. 저는 얼른, 당신의 손이 사라지기라도 할 것처럼, 조금의 망설임도 없이, 신이 나서 그 손을 잡았습니다.

블루스도 출 줄 모르는 저였지만 아무런 걱정도 하지 않았습니다. 그냥 당신이 이끄는 대로 당신의 발 옆에 내 발을 바짝 붙이고 따랐을 뿐이지요. 당신의 한 손이 제 등뼈에 지그시 닿았습니다. 일순 나도 모르게 등이 펴지고 허리가 꼿꼿해졌습니다. 저는 그제야 제가 늘 고개를 숙이고 구부정하게 다닌다는 것을 알았습니다. 당신이 그것을 일깨워준 것이지요. 아니 당신을 좋아하던 그때부터 제 등은 펴지고 허리는 꼿꼿했는지도 모릅니다. 단지 몸이 미처 그걸 몰랐던 거지요. 당신의 손길이 조금도 어색하지 않았습니다. 마치 아주 옛날부터 알고 지내던 친구와 다정하게 얘기를 나누고 있는 기분이랄까요. 아니지요. 그 어떤 것과 비교할 수 없는 가슴 떨림이었지요. 당신 가슴에 제 가슴을 가까이 대보는 일이 생기리라고는 생각도 못 했으니까요. 내 등뼈에 닿았던 당신의 손길은 오래도록 그곳에 남았습니다. 나는 옷을 갈아입을 때마다 손을 뒤로 뻗어 등뼈를 만져봅니다. 그러곤 빙그레 웃습니다.

노래방에서 나와 택시를 타고 가라는 회원의 손을 뿌리치고 집까지 걸었습니다. 걸으면서 등뼈에 손을 대어보기도 하고, 혼자 피식 웃기도 했습니다. 그러다 아까 횟집에서 제멋대로 촉수를 뻗던 세발낙지가 떠올랐습니다. 그 발가락처럼 나도 당신에게 손을 뻗고 싶었습니다. 옷자락에 묻은 세발낙지의 흔적처럼 당신에게 저를 기억시키고 싶었습니다. 당신과 한 일주일만 같이 살 수 있다면 그 힘으로 평생을 살 수도 있겠구나, 하는 생각도 들었습니다. 당신과 함께 있거나 당신이 떠오른 시간은 공상처럼 도피이자 기쁨이 되어주었습니다.

참 알 수 없는 일이지요. 당신을 좋아하는 마음이 커질수록 팍팍했던 현실이 조금 옆으로 비껴 앉는 느낌이었습니다. 당신을 향한 마음이 커지니 구차한 삶에도 눈길을 줄 수 있었습니다. 곰팡이를 닦아내고 햇빛이 들지 않는 창틀이지만 2천원짜리 허브 화분을 사다 놓기도 했습니다. 때로는 그 화분을 현관 앞 햇빛이 드는 자리를 골라 옮겨놓기도 했지요. 자다가 깨어나 이불을 들고 주방으로 나오지 않은 지 오래되었다는 것을 알았습니다. 꿈도 꾸지 않는 깊은 잠이 들었고 눈을 떠보면 남편의 가슴에 얼굴을 묻고 있기도 했습니다. 엄마, 요즘 뭐 신 나는 일 있어? 가끔씩 아이가 물어옵니다. 휴지통에 버리는 척하다가 다시 챙겨놓았던 시안화칼륨도 당신의 손끝이 내 등뼈에 닿았던 날, 족쇄를 풀어버리듯 버렸습니다.

  한지그림반 회원끼리 1박 2일 일정으로 안면도 여행을 떠나기로 했을 때, 저는 함께 가지 못했습니다. 당연하게도 여행 경비가 없었기 때문이었습니다. 물론 그때까지 외박이란 걸 해본 적이 없었으니 남편이 허락할 리도 없었겠지요. 그러나 차마 그렇게 말하지 못했습니다. 연주 씨가 제게 같이 가자고 했을 때 저는 그랬지요. 저는 여행 못 가요. 애가 어려서요. 대신요, 기회는 이때다 하고 형부랑 놀게요. 알았어. 둘이 잘 해봐. 저는 눈치 없게도 그때 연주 씨의 목소리가 조금 굳어 있다는 걸 몰랐습니다. 회원들 중 한 명이 여행지에서 전화를 걸어 당신의 전화번호를 알려주었지요. 형부가 외롭다고 연주 씨한테 전화했더라고, 저더러 전화해서 대신 잘해보라고요. 연주 씨는 자기들이 잘 붙들고 있겠다는 농담까지 얹어서. 그들은 저와 당신 사이가 재미있었나 봅니다. 아니, 그들도 우리 두 사람이 아무것도 못 하리라는 것을 잘 알고 있었던 거겠지요. 적어놓은 당신의 휴대전화 번호를 바라보았습니다. 전화를 걸고 싶었습니다. 환한 보조개를 다시 보고 싶었습니다. 언제 또 당신을 보게 될지 기약이 없기도 했습니다. 당신과 둘만의 시간을 갖고 싶었습니다. 내 등뼈에 닿았던 당신의 손끝을, 그 손끝이 정말 존재했던 것인지 다시 한 번 느끼고 싶었습니다. 그러나 거기까지, 거기까지가 다였습니다. 지금 좋아하는 이 마음을 다치지 않고 오래도록 그대로 갖고 싶었습니다. 당신을 만나고 나면 어떤 식으로든 마음이 흘러가겠지요. 그게 무서웠습니다. 어디로 흘러갈지 모르는 그 마음이요. 당신에게 빠지고 싶으면서도 두려워 한 발을 빼려는 마음 말입니다. 누군가는 비겁하다고 말할지도 모르겠습니다. 정말 좋아한다면 그런 생각이 들기나 하겠느냐고요. 물불 안 가리고 뛰어들었다고요. 아직 콩깍지가 안 씐 거 보니 사랑하는 거 아니라고요. 저는 구차하게 변명하겠지요. 어떻게 사랑하는 마음이 생기고 사랑하게 되는지는 사람마다 다 다르다고. 아니, 이런 제 마음이 무엇인지조차 모르겠다고요.

수화기에 자꾸 손이 갔습니다. 전화를 걸지 못할 이유를 만들었습니다. 이미 해가 졌는데 이불 홑청을 뜯었습니다. 보일러실에 있던 큰 고무 대야를 꺼내 화장실로 가져갔습니다. 세제를 풀고 홑청과 면 패드를 넣고 발로 밟았습니다. 아이까지 불러 같이 밟았습니다. 발바닥에 미끄러운 거품이 닿자 신이 난 아이가 내 손을 잡고 겅중겅중 뛰면서 노래를 불렀습니다. 곰 세 마리가 한 집에 있어 아빠 곰 엄마 곰 아기 곰. 아빠 곰은 뚱뚱해 엄마 곰은 날씬해 아기 곰은 너무 귀여워 으쓱으쓱 잘한다. 거품이 부풀어 올랐습니다. 아이의 목소리가 커졌습니다. 자꾸 리듬을 놓쳤습니다. 아이의 목소리가 커질수록 목이 뗐습니다. 결국 대야에서 발을 뺐습니다.

  바람이 찹니다. 당신은 제가 춥지 않도록 코트를 벗어 제 몸에 입혀줍니다. 내 손을 잡은 손이 부드럽고 따뜻합니다. 손을 잡고 오래도록 걷습니다. 손 안에 전해져오는 그 온기를 놓칠까 봐 당신의 손을 꼬옥 쥡니다. 참 따뜻합니다. 레스토랑에 앉아 불빛에 반짝이는 강을 보며 저녁을 먹습니다. 당신은 함박스테이크를 먹기 좋은 크기로 잘라 내 앞으로 밀어줍니다. 입가에 묻은 소스를 손수건으로 닦아주며 웃습니다. 당신의 체크무늬 손수건에서는 은은한 향이 납니다. 나는 자꾸 당신의 손수건에 눈이 갑니다. 당신이 전화를 받기 위해 일어나 나간 사이, 몰래 그 손수건을 가방에 넣었습니다. 징표처럼 당신의 무언가를 하나쯤 갖고 싶은 욕심이 생겼습니다. 자리로 돌아온 당신은 손수건 따위는 찾지 않습니다. 당신이 맑은 잔에 붉은 와인을 따라줍니다. 내가 당신에게 반했던 그 보조개가 깊이 파입니다. 잔을 부딪치며 건배를 합니다. 이 시간이 영원히 멈춰버리면 좋겠습니다.

  여행을 갔다 온 다른 회원에게서 들었지요. 그날 다른 회원이 내게 전화번호를 알려줄 때 연주 씨는 당신에게 전화를 걸어, 나가면 죽어, 하는 애교 섞인 협박을 했다고요. 그러니까 연주 씨는 제가 당신을 불러낼 수도, 당신이 나갈 수도 있다고 생각했던 것입니다. 그게 불안했던 거구요.

저는 제 감정만 드러냈다는 걸 알았습니다. 연주 씨가 혹시 기분 나쁜 건 아닐까 하는 생각을 안 한 것은 아니었지만 그건 잠깐이었습니다. 둘의 그 달콤한 사이를 제가 어쩔 수 있으리라 생각하지 않았고 연주 씨도 마찬가지일 거라고 생각했습니다. 여기서 장난처럼 시작한 이 감정을 정리해야 한다고 생각했습니다. 연주 씨는 저를 믿고 있었습니다. 그 믿음은 소중한 것이었습니다.

오래전 그녀에게 돈을 빌렸습니다. 이런저런 공과금부터 아이의 급식비까지 밀리고 있었어요. 그 모임에서 유일하게 돈을 빌릴 수 있는 사람이 그녀였습니다. 그녀를 신뢰했으니까요. 제 구차한 삶을 소문내지 않으리라고 생각했으니까요. 그녀는 왜 돈을 빌리는지, 어디에 쓰려는지 묻지 않았습니다. 제 자존심이 상하지 않도록 배려를 하면서 어쩌냐, 했을 뿐입니다. 아무리 돈이 많다 해도 조금 친하다고 아무에게나 돈을 빌려줄 수 있는 건 아닙니다. 게다가 아직도 그 돈을 갚지 못하고 있었습니다. 갚을 능력이 더 이상 남아 있지 않았습니다. 그녀에게 미안합니다. 더구나 그녀는 내가 당신을 좋아할 수 있도록 해주었습니다. 내 삶이 당신을 좋아하는 것으로 인해 얼마나 풍족해지는지 그녀는 알고 있었던 겁니다. 그녀의 깊은 신뢰를 사랑합니다. 그런 그녀가 저 때문에 기분이 상하거나 긴장하게 하는 일은 하고 싶지 않았습니다. 당신만큼 그녀도 제게는 소중했으니까요.

당신의 손수건이 보이지 않습니다. 몇 개 안 되는 핸드백을 모두 열어보고 뒤집어보고, 주머니를 뒤져봐도 손수건은 나오지 않았습니다. 손수건에서 나던 그 향은 아직도 제 코끝에 남아 있는데 손수건은 보이지 않습니다. 아이스크림처럼 달콤하고 부드럽던 만남은 실재했나요, 상상인가요? 모르겠습니다.

언제 당신을 보게 될지 모르겠습니다. 아니 당신을 본다고 해도 이젠 전처럼 당신을 좋아하는 마음을 드러내놓기는 어렵겠지요. 이번 주말에 소풍갈까? 출근하던 남편에게 말했습니다. 당신을 좋아하던 그 마음이 다 날아가 다시 퍽퍽한 삶에 걸려 넘어지기 전에 저는 남편에게 소풍을 가자고 했습니다. 남편은 내 눈길을 피해 대답도 없이 신발을 신더니 현관문을 열면서 말했습니다. 가면 좋기야 하지만……

남편은 말없이 소주잔을 기울입니다. 화가 난 것처럼 남편의 볼은 잔뜩 부어 보입니다. 그러나 실은 아닙니다. 좋은 것을 좋다고 표현해본 적이 없는 남편은 이 소풍의 즐거움을 드러낼 줄도 모르는 것입니다. 어려서 부모님을 잃고 친척집을 전전해 살아오며 현실을 헤쳐나가기에 급급했겠지요. 당신을 좋아한 뒤부터 남편을 이해할 수 있게 되었습니다. 내게 당신 같은 존재가 남편에게도 있었으면 좋겠습니다. 그러면 남편도 좀 웃을 수 있을지도 모릅니다.

아이가 손안에 가득 든 씀바귀꽃을 내게 내밉니다. 나는 꽃 한 송이를 아이의 귀에 꽂아줍니다. 아이는 꽃핀을 조심스럽게 만져봅니다.

우리 가족은 아무 말 없이 음식을 먹었습니다. 남편이 아이의 입에 딸기를 넣어줍니다. 아이는 입 주변에 붉은 즙을 묻혔습니다. 별말이 없어도 좋은 소풍입니다. 아이가 눈을 비빕니다. 이리저리 뛰어다니더니 햇살을 받아 졸린 모양입니다. 아이가 제 무릎을 베고 눕습니다. 소주병이 비었습니다. 저는 가방에서 소주를 한 병 더 꺼냈습니다. 소주 병마개를 따서 남편의 잔에 소주를 채웁니다. 제 컵에도 한 잔 따랐습니다. 우리 소풍 왔으니까 건배하고 마셔요. 건배를 하기 전에 남편이 말했습니다. 미안해. 우린 소리 없이 종이 잔을 부딪치고 소주를 마셨습니다.

테이블보에 소주가 몇 방울 떨어집니다. 활짝 핀 산수국 꽃잎에 말입니다. 그 꽃은 무성화(無性花). 향기가 없어 벌이 날아들지 않는 가짜, 헛꽃입니다. 소주 방울이 헛꽃을 따라 번집니다. 그러다 환한 헛꽃 가운데 피어 있는, 보잘것없지만 작은 몽우리를 가진 진짜 꽃으로 스며듭니다. 당신을 좋아했던 제 마음은 산수국 헛꽃과 참꽃 중 어떤 꽃일까요. 돌이켜보면 겨우 두세 차례 인사를 나눴고, 한 번의 짧은 춤을 췄던 게 당신과 만났던 전부였습니다.

제가 알고 있는 당신은 누구인가요. 오래전 우연히 초등학교 앨범을 발견하고는 크리스마스 카드를 몰래 보냈던 남자아이를 찾은 적이 있습니다. 반 아이들 사진이 나왔을 때 제 얼굴은 환해졌습니다. 선생님과 아이들 얼굴이 모두 기억에서 되살아났기 때문입니다. 저는 먼저 남자아이들이 선 맨 뒷줄을 하나하나 짚어갔지요. 그러다 나는 잠시 멍한 상태가 되었습니다. 다시 천천히 이번에는 맨 뒤에서 둘째 줄까지 하나하나 더듬어갔습니다. 하지만 결국 명단과 사진을 일일이 대조하고 나서야 그 남자아이를 찾을 수 있었습니다. 깡마른 얼굴에 눈매만 날카로운, 맨 뒷줄 왼쪽 끝에서 두번째 자리에 서 있는 아이였지요. 제 손끝이 무심히 비껴간. 이름을 확인하고 얼굴을 다시 보고 나서야 제 기억틀이 조정되었습니다. 제 기억 속에서 20년을 살아온 아이는 없었습니다. 살아가는 동안 저도 모르게 그 아이에 대한 이미지들이 아주 조금씩 변해갔던 거지요. 당신도 제 기억 속에서 조정되고 만들어진 걸까요?

하지만 당신, 이런 마음을 가져본 적은 없나요? 살면서 스치듯 흘러가기도 하고 오랜 시간이 지난 뒤에 떠오르기도 하지만, 그때 그 마음만 생각하면 환해지고 힘이 나서 지친 삶에 위로가 되는 그런 마음, 그런 떨림이요. 남편이 아닌 다른 남자를 좋아하면 무조건 불륜으로 분류되는 이 세상에서 이런 마음은 무어라 불러야 하는 건가요. 나도 모르게 등뼈가 곧추서는 이 마음. 그냥 아무것도 아닌 건가요?

당신이 아니었다면 지금 번지고 있는 이 소주 방울에 푸른 독이 들어 있었을지도 모르는 일입니다. 당신이 없었더라면 그 잔이 내 것이었을지도 모르는 일입니다. 당신과의 인연은 여기까지입니다. 그러나 오랜 뒤에도 당신을 떠올리는 일은 남루한 생의 위안이 될 것입니다.

다음에 다시 또 소풍을 오게 될지도 모르겠습니다. 그땐 또 어떤 감정이 제 마음에 꽃을 피우게 되는지요. 햇살이 참 좋습니다.

패루 위 고래

"고래가 아직 있네."

흘낏 창밖을 내다보던 그가 말했다. 그가 앉은 2층 횟집에서 고래는 사선으로 내려다보이는 난간에 걸쳐 있었다. 처음부터 고래를 염두에 두고 앉은 창가 자리였다. 고래는 안개에 젖어들고 있었다. 우리가 올 때만 해도 안개가 낄 조짐은 없었다. 습하고 더웠다. 그는 셔츠 소매를 팔꿈치까지 걷어 올렸다. 안개는 점점 더 짙어졌다. 바닷물은 난간 바로 아래까지 차올라 출렁였다. 굴 껍데기 그득하던 석축 아래 개흙도 더 이상 보이지 않았다. 바닷물이 내 허리춤에서 출렁이는 듯했다. 바다에 떠 있는 기분이었다. 바다와 횟집과의 거리는 큰 걸음으로 겨우 두 발짝 정도였다. 횟집을 등지고 걷는다면 두 발짝째에는 바로 바다로 떨어질 만큼 좁은 거리였다. 석축 위 난간도 취객이 발을 헛디뎌 떨어질까 봐 만들어놓은 것 같았다. 들어왔던 배들은 어디론가 떠나고 없었다. 안개가 눈앞에 보이는 물상을 지워나갔다. 멀미가 일 것 같았다.

"여긴 참 이상한 곳이야."

"그러게. 다른 세계에 온 거 같아. 세상에, 고래라니……"

그도 나와 비슷한 감상에 빠진 모양이었다. 우리는 5년 만에 전화 연락이 닿고, 느닷없이 보자고 하고, 그러고는 한 번도 와본 적이 없는 오래된 포구의 횟집 2층에 앉아 낯선 고래를 보고 있는 것이다. 녹슨 시곗바늘이 거꾸로 돌고 시각을 알리는 타종이 낮고 느리게 긴 여운을 끌며 안개 속으로 퍼져 나갈 것만 같았다.

포구를 찾아오는 길만 해도 그랬다. 전철을 타고 종착역 개찰구를 빠져나올 때만 해도 포구로 가리라고는 짐작도 못했다. 역에 내리자 건너편으로 '中華樓'라고 쓰인, 붉은 기둥과 날렵하게 올라간 기와지붕 모양의 패루(牌樓)가 보였다. 중국인들이 마을 입구에 세워놓는다는 일종의 마을 대문이었다. 언덕으로 올라가는 길에 자리한 중국인 상점 앞에 내걸린 붉은 등이 아니더라도 패루만으로 중국인 마을이라는 걸 알 수 있었다. 마을 위로는 공원이었다. 그 공원 정상에는 6 25 전쟁 영웅이었던 맥아더 장군 동상이 선글라스를 끼고 망원경을 목에 건 채 먼 바다를 내려다보고 있다는 걸 안다. 오래전 공원에 간 적이 있었다. 패루가 세워지기도 전이었다.

그는 패루에는 눈길도 주지 않은 채 역 뒷길로 접어들었다. 녹슨 철길이 여러 갈래로 길게 엉켜 있었다. 억센 풀들이 그악스럽게 침목 사이로 뿌리를 뻗었다. 그 옆 고가 위로 드물게 차가 달렸다. 고가 아래로는 곡물이나 사료 포대를 실은 대형 화물 트럭들이 수십 대 서 있었다. 녹색 방수 천막으로 짐을 덮어놓은 차량 옆에 고딕체로 쓰인 '곡물수송'이라는 글자가 보였다. 비둘기들이 옥수수 알갱이가 떨어진 포도에 부리를 박았다. 비닐 천막 끝을 쪼기도 했다. 어디선가 구워구워 비둘기 울음소리가 들렸다. 화물 트럭들은 길 가득 정차되어 있었다. 왼쪽으로는 대부분 사료 공장들이었다. 밀가루 공장도 보였다. 차가 지나갈 때마다 흙먼지가 날렸다. 공장 입구에는 하나같이 '방문객 경비실 경유'라는 팻말이 달려 있었다.

"어딜 가는 거야? 이 길 맞어?"

그도 확신이 없는지 애매하게 웃었다. 뒤에서 자전거 클랙슨 소리가 들렸다. 우리는 공장 쪽으로 비켜섰다. 그가 자전거를 탄, 제법 나이가 들어 보이는 아저씨에게 길을 물었다.

"이 길이 포구로 가는 길 맞습니까?"

"포구? 똥바다 말하는가? 쭈욱 더 가슈."

자전거를 탄 이는 내리지도 않고 턱 끝으로 앞쪽을 가리키더니 내처 페달을 밟았다. 그가 가려는 곳이 포구였다니 의외였다. 이곳의 풍경은 내가 아는 이 도시의 면모가 아니었다.

공장과 화물 트럭과 녹슨 선로들은 먼 지방의 낯선 동네 같았다. 내렸던 역에서 버스를 타고 더 가면 너른 바다와 섬을 볼 수 있었다. 국제 여객 터미널이나 연안 여객 터미널로 가는 것도 가능했다. 여긴 어딜 둘러봐도 바다나 포구가 있을 것 같지 않은 동네였다. 포구를 찾아 더럽고 먼지 이는 길을 걸어가야 하는 게 못마땅했다.

"뭐야? 똥바다라니?"

내 비아냥거리는 말에 그는, 옛날엔 이 앞 바다가 더러워서 그렇게 불렀다는 말도 있고, 그 반대로 어패류가 많이 잡혀 어부들 주머니를 불려주어 '돈바다'라고 부르던 것이 와전되었다는 말도 있는데 어느 게 맞는지는 잘 모르겠다고 웃으며 얼버무렸다. 똥바단지, 포군지 있을 거 같지 않은데 차라리 화교촌 가서 중화요리 먹고 공원 산책이나 하는 게 어떠냐고 했지만 그는 내 손을 잡아끌었다.

"이왕 여기까지 왔는데 가보자."

길이 좁아지고 낮은 슬레이트 집이 몇 채 보였다. 유리문의 색 바랜 선팅지에는 바지락칼국수니, 주꾸미 볶음이니 하는 메뉴가 간판 대신 붙어 있었다. 어두운 가게 한 귀퉁이에 포개 놓은 둥근 플라스틱 의자에는 먼지가 소복했다. 골목 입구, 게와 새우, 조개 등을 함지박에 담아 파는 곳에 몇 사람이 기웃거렸다. 바람이 불었고 바다 냄새가 났다. 그래도 포구는 보이지 않았다. 사람들이 그 가게를 왼쪽에 끼고 울타리

와 높은 담장이 쳐진 골목 안으로 하나 둘 사라졌다. 그가 성큼 골목 안으로 발을 들여놓았다. 왼쪽은 공장 시설물을 막기 위한 마름모꼴 철망이, 오른쪽엔 회백색 담이 있었다. 둘이 걷기에도 좁은 골목이라 그가 앞서 걸었다. 두 차례 꺾어들자 막다른 골목 끝에 난데없이 포구가 드러났다.

포구가 있긴 있었다. 작은 포구였다. 생선을 파는 열 평 남짓한 횟집이 여남은 개 늘어선 왼편과 달리 오른편은 바로 바다 곁이었다. 포구라고 부를 수도 없을 만큼 작은 곳이었다. 배를 댈 만한 곳도 없었다. 20여 명 되는 사람들이 횟집이 끝나는 곳부터 일렬로 서 있거나 쭈그려 앉아 바다 쪽에 시선을 두고 있었다. 길이 좁아 그 사람들을 지나쳐 가기도 어려웠다. 우리도 엉거주춤 그 끝에 섰다. 바로 앞이 작은 섬인 모양인데 공장이 들어서 있어 먼바다는 보이지 않았다. 갯고랑의 움푹 팬 길을 따라 이제 막 물이 들어오고 있었다. 배가 들어오려면 한참을 더 기다려야 할 것 같았다. 사람들은 금방 배가 들어올 거라고 했다. 등산할 때 만나는 사람들 같았다. 금방이에요.

배가 들어온다! 누군가 외쳤다. 배가 들어오다니. 이제 겨우 물이 들어오기 시작했는데 어디로 배가 들어온단 말이지? 그런데 놀랍게도 왼편 끝에 목선 앞머리가 보였다. 배는 흘러드는 물길을 따라 들어오고 있었다. 떠 있기도 어려울 것 같아 보이는 바닷물 길을 따라 배는 천천히 헤엄치듯 포구를 향해 다가왔다. 몇 척의 배가 뒤따라 들어왔다. 배를 따라 한 떼의 갈매기들이 포구 주변을 어지럽게 맴돌았다. 배가 석축 앞으로 다가와 보폭 넓이의 널빤지를 석축에 갔다 댔다. 따로 배를 대는 시설이 있는 게 아니라 물이 끝나는 석축 앞에 배를 대고, 널빤지로 배와 석축 사이를 이었다. 사람들이 널빤지를 밟고 걸어가 배에 내려섰다. 물이 가득 찬 바다 위에 떠 있는 배만 보았던 나는 개흙 사이의 좁은 골을 따라 배가 들어오는 광경이 좀처럼 믿기지 않았다. 그는, 그렇게 배가 들어오는 작은 물길을 골씨라고 부른다고 알려주었다.

고래는 골씨를 따라 들어온 작은 목선에 실려 있었다. 포구로 들어온 배는 일곱 척이었다. 꽃게, 갑오징어, 병어, 젓갈용 멸치 등을 갑판 한가운데 펼쳐놓고 그 자리에서 팔았다. 그를 따라 흔들리는 널빤지를 밟고 올라섰다. 난데없이 나타난 포구이기는 했지만 골씨를 따라 배가 들어오는 광경, 싱싱한 생물을 배에서 바로 흥정해서 사는 모습 등을 구경하는 동안 못마땅한 마음이 사라졌다. 싱싱한 갑오징어나 꽃게, 낙지 등은 산 채로 함지박 안에 담겨 있었다. 배가 나란히 붙어 있어 건너다니며 구경할 수도 있었다. 값도 그날 들어온 배와 사러 온 사람들의 수에 따라 결정되고, 배가 막 들어왔을 때와 시간이 지난 후의 값이 또 다르다고 했다. 이 배 저 배를 건너다니며 물건을 보고 값을 묻던 사람들이 하나둘 검은 비닐봉지에 무언가를 사 들고 뱃전을 나섰다. 병어를 잔뜩 사던 아주머니가 50년 가까이 이 도시에 살았지만 여긴 처음 와본다고 했다. 잘 알려지지 않은 포구이긴 한 모양이었다. 문득 똥바다요? 하던 아저씨가 떠올랐다. 그러니까, 이 동네의 바다가 똥바다로 불렸다는 걸 아는 사람 정도는 돼야 이 포구를 찾을 수 있을 것 같았다.

고래는 사람들이 거의 빠져나갈 때쯤 석축 위 난간으로 올렸다. 세 사람이 배 위에서 서로 이리저리 맞들어 겨우 끌어냈다. 설마 하는 마음으로 가까이 다가갔다. 난간에 얹어놓은 고래는 고작해야 1미터 겨우 넘을까 싶은 크기였다. 고래치고는 작은 셈이었다. 크기가 작은 종류인지, 새끼 고래인지 나로서는 알 턱이 없었다. 고래를 눈으로 직접 보는 것도 처음이었다. 고래는 눈이 검은 콩만 했고, 몸통은 검은 갈색으로 별 무늬가 없었다. 지나가던 사람들이 신기한지 고래를 만져봤다. 나도 검지로 고래 등을 슬쩍 눌러보았다. 질긴 고무 같아 보이던 표피였는데 손끝으로 부드러우면서도 차갑지 않은, 온기마저 느껴지는 단단한 살성이 분명하게 전해졌다. 진짜 고래였다. 그도 고래를 처음 보았다고 했다. 고래가 결코 쉽게 볼 수 있는 동물은 아니라는 생각이 들었다. 고래를 끌어 올린 사람이 어딘가로 전화를 했다.

마땅히 있을 곳이 없었다. 열 평도 안 되는 횟집의 좁은 계단을 밟고 2층으로 올라갔다. 둥근 탁자 네 개가 의자 네 개씩 바투 끼고 있었다. 천장이 낮았다. 다락방 같은 인상이었다. 다른 손님은 없었다. 올라올 때 주문했던 병어찜이 나왔다. 주인 여자는 병어찜을 테이블 위에 내려놓고 소형 냉장고에서 오이와 당근 몇 조각과 김치를 꺼내놓았다. 그는 소주를한 병 시켰다. 다른 손님은 없었다. 주인 여자마저 소주를 꺼내 주고는 아예 아래층으로 내려가버렸다. 마음이 편했다. 빨리 자리를 비워주어야 할 일도, 좁은 공간에서 어쩔 수 없이다른 사람들의 수다를 듣거나 묘한 시선을 마주칠 일도 없었다. 안주가 너무 좋아서. 그렇게 말했지만 정작 그는 잔에 술만 채우고 마시지는 않았다. 아직은 술을 마실 수 없는 상태인 것 같았다. 우리는 별말 없이 병어를 살뜰하게 발라 먹었다. 싱싱하고 담백했다. 살이 부드럽게 녹았다. 병어 배 속에는 알이 가득 들어 있었다. 내장은 거의 없었다. 알을 꺼내그의 접시에 놓아주었다. 이런 시간도 괜찮다는 생각이 들었다. 무언가를 하지 않아도 되는 시간. 일을 하지 않아도, 이야기를 하지 않아도, 머릿속으로 복잡한 생각을 하지 않아도되는 시간. 감정을 재지 않아도 되는 시간. 그건 어쩌면 지금그가 앞에 있기에 가능한 시간인지도 몰랐다. 과거의 어느 때쯤에도 그와 이런 자리에 앉아 있었던 것만 같은 생각이 들었다. 가능하지 않았다. 간간이 술을 마셨다. 담배를 꺼내려다그의 손가락에 눈길이 갔다. 그의 검지와 중지 사이에는 늘담배가 끼워져 있었다. 그의 중지는 펜을 잡았던 마디가 움푹들어가 좀 휘어 보였다. 나중에는 펜 때문이 아니라 담배 때문에 손가락이 휜 것처럼 느껴지곤 했다. 지금 그 손가락 사이에는 아무것도 끼워져 있지 않았다.

"괜찮아, 피워. 그거 참기 어렵잖아."

담배 연기가 그에게로 가지 않도록 조심했다. 파리 한 마리가 소리 없이 날아다녔다.

그와는 5년 만이었다. 5년 만에 만나든 5일 만에 만나든 다르지 않았다. 늘 가까이 있다는 생각이 들었다. 그가 간이 나빠져 치료하기 어려운 상태라는 얘기를 5년 전쯤 들었다. 내가 해줄 수 있는 일이 없었다. 맛있는 밥을 사주고 싶었지만 밥값마저도 그가 계산했다. 그 뒤 누군가를 통해 중국에 가서 간 이식수술을 받고 왔다는 소리를 들었다. 걱정하는 전화가 그를 나약하게 만들지도 모른다는 생각이 들었다. 그가 어떤 상태인지 몰라 전화를 걸기도 주저되었다. 그러다 전화번호도 잊었다. 그랬는데도 그는 늘 내 가까이 있다는 생각이 들었다. 무슨 근거로 그런 생각이 드는지 알 수 없었다.

그가 얼굴을 두어 번 세수하듯 문질렀다. 피곤하냐고 물었다. 그는 아니라고 했다. 간 이식수술을 받은 지 1년이 조금 넘었지만 얼굴빛이 아직 검었다. 그가 슬쩍 웃을 때면 얼굴이 온통 주름투성이가 되었다. 세월을 두 배로 빨리 산 사람의 얼굴이었다.

그가 고래를 바라보면 나도 따라 고개를 돌렸다. 가벼운 운동은 가능하지만 많이 걷거나 무리를 하면 안 된다고 했다.

어느 정도까지가 운동인지 무리인지를 몰라 걱정이 되었다. 담배 연기가 안개 속으로 스며들어 고래를 어루만졌다. 안개가 바람을 따라 몰려다니는 게 보였다. 검지와 중지 사이에 담배를 끼운 채 왼손 엄지 부근을 긁었다. 긁는지조차 모르고 긁곤 했다. 그가 희미하게 남은 닻 모양의 흉터를 바라보았다. 갑자기 기억이 환해졌다. 포구에 왔을 때 석축 아래 쌓여 있던 굴 껍데기가 기억을 끌고 왔는지도 모를 일이었다.

"어려서 굴 껍데기 무덤에서 넘어져 얻은 상천데 까맣게 잊고 있었어."

나는 신음 소리라도 되는 듯 내뱉었다.

어렸을 때 이모는 굴을 까는 일을 했다. 이모와는 거의 왕래가 없었다. 몇 번 엄마와 찾아간 게 전부였다. 내 기억 속의 이모는 항상 굴을 까는 모습이었다. 이모 앞에는 언제나 까야 할 굴 덩어리들이 쌓여 있었다. 이모는 목장갑을 끼고 조새로 굴을 깠다. 굴은 한 덩어리에 두서너 개씩 마주 보듯 달라붙어 있었다. 장갑에서는 싱싱한 굴 냄새가 났다. 그 싱싱함은 다른 과일이나 생선, 하물며 패류에서 나는 그 어떤 냄새보다 신선했다. 수박의 시원한 향과 바닷바람이 섞인 듯한 냄새가 굴에서도 났다. 나는 굴 냄새야말로 가장 바다를 닮았다고 생각했다. 이모는 굴곡져 맞물려 있는 굴 아가리를 조새로 날렵하게 벌렸고 굴을 긁어냈다. 굴은 통통한 모양 그대로 양은 통으로 미끄러지듯 들어갔다. 간혹 내장이 터지는 경우도 있었는데 그때마다 이모는 개흙이 묻은 장갑 낀 손으로 그 굴을 입에 넣었다.

이모에게는 나보다 두 살 많은 딸이 있었다. 사촌 언니는 노래를 잘 불렀다. 특히 트로트를 잘 불렀다. 나훈아의 「사랑은 눈물의 씨앗」을 콧소리를 섞어가며 꺾어 부르던 모습이 새삼 생생하다. 사촌 언니는 겨우 열 살이었다. 사촌 언니가 부를 노래는 아니었다. 게다가 유행이 한참 지난 노래였다. 그 노래는 내게도 묘한 감흥을 불러일으켰다. 어쩌다 나도 모르게 한 소절을 흥얼거렸다. 서로가 헤어지면 모두가 가려워서 울 테니까요. 사촌이 내 흉내를 내며 깔깔거리고 뒹굴 때도 나는 뭐가 잘못된 줄도 모르고 얼굴만 벌게졌다. 나중에 그 노래를 되씹어보다 겨우 그 차이를 알았다. 괴로워서 울 테니까요,를 가려워서 울 테니까요,로 부른 것이다. 지금 생각해보면 참 어이없는 노릇이었다. 가려워서 울다니. 여덟 살의 나는 그것이 분간되지 않았던 모양이었다.

이모네 동네에는 여기저기 굴 껍데기를 쌓아놓은 곳이 많았다. 산같이 쌓아놓은 곳도 있었고, 쌓아놓은 지 오래된 탓인지 구릉처럼 된 곳도 많았다. 동네 아이들은 모두 그 굴 껍데기 무덤에 올라가 놀았다. 오래된 무덤은 비와 바람에 쓸려 굴 썩은 냄새도 나지 않았다. 싱싱한 굴에서는 바다 냄새가 났지만 썩는 굴 냄새는 지독했다. 발을 옮길 때마다 굴 껍데기 부서지는 소리가 났다. 언니는 또 이미자 노래를 흥얼거리며 굴 껍데기 무덤을 올랐다. 나도 언니의 손을 잡고 올라가다가 누가 밀었는지, 헛디뎌 넘어진 것인지 꼭대기에 올라서기도 전에 넘어졌다. 얼떨결에 손을 바닥에 짚었고 굴 껍데기에 베였다. 손목과 엄지 사이에서 붉은 피가 흘러 뚝뚝 떨어졌다. 누군가 내 등 뒤에서 소리쳤다. 개가 피를 핥아 먹으면 미쳐. 그 미친개는 자기를 미치게 한 피 주인을 물어버린대. 그럼 그 사람도 미치거나 죽는다는데. 큰일 났다, 큰일 났다. 아이들은 합창하듯 큰일 났다,를 외쳤다. 나는 피가 떨어지는 손을 받쳐 들고 굴 껍데기 무덤에서 뛰듯이 내려왔다. 삭은 굴 껍데기들이 밟혀 부서졌다. 나는 그 동네 아이가 아니었다. 아이들이 따라오면서 놀려댔다. 사촌 언니는 보이지 않았다. 어디선가 개 짖는 소리가 들렸다. 참았던 울음이 터졌다. 당장이라도 개가 뛰어와 긴 혀를 내밀어 피를 핥아 먹고 할딱대다가 내 정강이를 물어뜯을 것만 같았다. 뛰었다. 개가 쫓아온다, 개가 쫓아온다. 큰일 났다, 큰일 났다. 아이들은 손뼉을 두드리며 더 빠르게 합창했다. 얼마를 달렸을까, 막다른 골목이었다. 아이들 합창도 개 짖는 소리도 들리지 않았다. 갑자기 맥이 쭉 빠져 되돌아 나올 힘이 없었다. 나는 그만 막다른 집 담벼락에 기대어 미끄러지듯 주저앉았다. 다리가 후들거려 더 이상 달릴 수도 없었다. 손을 바라보던 나는 화들짝 놀랐다. 땅바닥이 피범벅이었다. 다시 손을 보고 땅바닥을 봤을 때에야 그게 피가 아니라 담장 위에서 떨어진 덩굴장미 꽃잎이라는 것을 알았다. 고개를 젖혀 담장을 바라보았다. 담장 위에는 장미가 절정이었다. 나를 덮쳐 물어뜯을 듯 붉었다. 비린 장미꽃 냄새가 내 코끝을 후볐다. 꽃잎 한 장이 펄럭 얼굴로 떨어졌다. 나도 모르게 진저리를 쳤다. 오줌을 지렸다.

"엄마가 사촌 언니랑 나를 찾으러 올 때까지 꼼짝할 수 없었어. 오줌은 팬티를 적시고 바지까지 흘러 젖어들었지. 젖은 바지를 따라 종아리까지 길게 흙이 달라붙었어. 저 골씨처럼 길게. 바지가 젖고 흙이 달라붙어도 일어나질 못하겠더라고."

"어린 나이에 많이 놀랐을 텐데 왜 여태 기억하지 못했을까?"

"그러게. 끄집어낼 기회가 없었을까? 아니면 내 기억 속에서 나도 모르게 지워버렸던 것일까? 무서워서 말이야."

"우리 뇌는 기억을 조작하기도 한다는 글을 읽은 적이 있어. 자기도 모르게 기억을 변형시킨다는 거야. 그렇든 그렇지 않든, 너를 있게 해. 그 기억을 떠올리지 않는 것도, 기억을 조작하는 것도 다 너이기 때문이지. 희미해도 자국은 남잖아."

그는 내 손의 흉터를 엄지로 어루만졌다. 안개에 잠긴 고래를 내려다보던 그가 몇 번 팔을 쓸어내리더니 걷었던 소매를 내렸다. 갑자기 서해에서 고래가 잡히기도 하는지 의문이 들었다.

"고래는 동해에 사는 거 아닌가? 왜 노래 가사도 있잖아.

술 마시고 노래하고 춤을 춰봐도 가슴에는 하나 가득 슬픔뿐이네, 하면서 동해 바다로 고래 잡으러 떠나자고 하는. 여긴 서해잖아."

"바다는 다 연결돼 있으니까, 깊은 물속이면 어디든 갈 수 있지 않을까? 이상하긴 하네. 이 포구로 들어오는 작은 목선들이 먼 바다까지 나가지는 않았을 텐데."

"배들이 포구로 들어오는 광경을 처음 봤어. 그 좁은 수로를 따라 배가 들어올 수 있다는 게 믿을 수 없어."

그도 골씨를 따라 배가 들어오는 광경을 처음 보았을 때는 적이 놀랐다고 했다. 누구라도 그럴 것 같았다. 준설선이라는 배도 있다고 했다. 골씨 폭이 메워지지 않도록 길을 내는 배라는 것이다. 어떻게 서해 포구에 대해 그렇게 잘 알고 있는지 궁금했다.

"아까 오다가 본 제분 공장에 몇 달 다닌 적이 있어. 보너스 대신 밀가루 한 포를 받은 적도 있었지. 여길 우연히 알게 된 뒤로 몇 번 와봤어. 물이 들어오는 시간을 따져서 온 건 아니고 그냥 배가 들어왔나 보러. 배가 들어와 있으면 들어온 대로, 바닷물이 차 있거나 빠져나갔으면 그냥 그런 대로. 여기 석축에 쪼그리고 앉아 담배를 서너 대쯤 피우다 가곤 했지. 그냥 막막하던 때였잖아."

그 막막함을 우린 내색하지 않았다. 우리뿐만 아니라 변혁을 꿈꿨던 많은 사람들이 그랬다. 벼랑 끝에 선 무섭고 외로운 날들이었다. 발끝을 내려다보지 않으려 안간힘을 썼고, 그 안간힘을 알고 있었기에 더 고통스러웠다.

우린 막차를 타듯 대학을 접고 공장으로 들어왔다. 조직은 비합법에서 반합법, 합법으로 모습을 바꿨다. 노동자라는 말이 근로자라는 말 앞에서 더 이상 쉬쉬하며 불리지 않아도 되었다. 그는 나보다 한 학기 먼저 이 도시로 내려와 취업을 했다. 일종의 위장 취업이었다. 나 역시 이 도시 공단의 작은 공장에서 하루 종일 에어드라이버로 전자부품 나사를 조였다. 그는 내 지도선이었다. 팔을 들 수도 내릴 수도 없는, 왼팔로 오른팔을 받쳐야 그나마 통증이 덜할 때쯤 퇴근을 했다. 일주일에 한 번 늦은 밤에 그를 만나 자료를 읽었고 토론을 했다. 다음 날 눈을 뜨고 다시 출근을 해서 에어드라이버 잡을 생각을 하면 막막했다. 그래도 출근을 했고, 일을 했다. 입이 마르고, 몸의 수분이 다 빠져나가는 것 같았다.

그때 혼자 자취를 하기도 했었는데 시장을 끼고 언덕으로 올라가다 보면 보이는 앵두나무 집이었다. 내가 얻은 방은 주인집이 마당 옆으로 방과 조그만 부엌을 새로 낸 곳이었다. 그 방을 누가 얻어줬는지 기억나지 않는다. 그때 내 수중에는 돈이 없었다. 그가 머릴 쥐어박는 시늉을 했다.

"진짜 기억 안 나?"

전혀 기억나지 않았다.

"내가 얻어줬잖아. 보증금이 백만 원인가 했던 거 같은데.

니 방에서 토론하다 자고 간 적도 있었고."

"자고 간 적도 있었다고? 왜 나는 그런 게 하나도 기억나지 않을까? 기억나지 않는 거 보니 선배가 자고 갔어도 별일 없었나 보지?"

그가 머릴 쥐어박는 시늉을 했다. 그는 내가 아직도 스무 살인 줄 아는 모양이었다. 마른 날들이었는데 그와 자도 별일이 생기지 않았던 걸까. 지금 생각하면 알 수 없었다. 나는 그를 좋아했고 그도 나를 대견하게 생각해 챙겨주고 위해주었다. 늦은 밤 자취방에서 토론을 하면 새벽이 되기 일쑤였다. 이른 아침에 나가는 것이 더 안전했기 때문에 내 방에서 몇 시간쯤 자다 갔을 것이다.

"어떻게 별일 없었지?"

"별일이 있으면?"

"잤어야지. 암만 운동이 중요했어도 피 끓는 청춘인데 어떻게 그냥 잘 수가 있었을까? 내가 그렇게 이성적 매력이 없었나?"

나는 소주잔을 비우며 남 얘기 하듯 했다. 운동이라는 대의가 성적 욕구를 누른 것은 아니었다는 생각이 들었다. 무엇이었을까. 그때는 그런 생각조차 못하게 만들었던 그 무엇이 있었을까. 문득 마당가에 있던 앵두나무가 떠올랐다.

"그 집 앵두나무 생각나?"

그가 빙긋이 웃었.

그 집에 들어갈 때마다 혹여 있을지도 모르는 미행을 따돌리느라 곧바로 집으로 들어가지 못하고 시장을 돌고, 몇 군데 골목을 지나 집으로 들어가곤 했다. 그러다 보면 어느새 이마에 땀이 맺혔고 얼른 대문 안으로 들어서서 내 방 쪽으로 꺾으면 앵두가 눈에 바로 들어왔다. 그 작고 붉은 열매를 훑듯이 따서는 씻지도 않고 입에 털어 넣고 오물거렸던 기억이 새삼스러웠다. 그러고 나면 바짝 마른 입에 침이 시큼 고이고, 단단하게 뭉친 어깨가 풀어졌다. 나는 방문 앞에 주저앉아 몇 분쯤 무슨 맛인지 모를 때까지 앵두씨를 빨고 또 빨았다. 입 안에서 씨끼리 다글다글 부딪쳤다. 달고 시큼하던 앵두 맛은 사라지고 다시 침이 말랐다. 그건 영원히 도달할 수 없는 갈증 같은 것이었는지도 몰랐다.

오랜만이다. 이런 얘기를 꺼내는 것이. 막차가 떠나간 뒤 사회는 급변했다. 우리가 두 손을 꼭 쥐며 가슴 조이며 싸웠던 사명은 진행형이 아니라 과거완료형이 되었다. 우리 가슴에 남아 있던 그때의 어떤 얘기도 말을 꺼내기가 무섭게, 기다렸다는 듯이 모두 다 후일담이라는 구정물에 처박히곤 했다. 그럴 때마다 우리의 순정들이 강간당한 기분이었다.

그가 손바닥으로 빗장뼈 부근을 문질렀다. 근심스런 내 표정을 읽었는지 괜찮아, 했다. 사실은 여기, 호스가 박혀 있어.

그가 빗장뼈 부근을 가리켰다. 간 이식수술 뒤 한 달을 무균실에서 지내야 했고, 석 달은 음식, 세면도구는 물론 주변의 모든 물건들을 소독해서 써야 했다고 한다. 지금도 갑자기 그 부근이 아프거나 하면 언제든지 병원 응급실로 달려가야 한다고. 나는 그의 몸에 들어와 있을 다른 사람의 간에 대해 생각했다. 사형수나 교통사고 환자의 간을 이식 받는다고 했다. 다른 사람의 간이 그의 몸속에서 완전히 적응되려면 얼마나 걸리는 것일까. 완전 적응이란 가능한 것일까.

우리나라에서는 언제 수술을 받을 수 있을지 기약이 없었다고 했다. 수술 대기자 명단에 이름을 올려놓았지만 하세월이었다. 복수가 차기 시작했다. 중국에서 간 이식수술을 받고 온 친척의 설득으로 진찰만 받아보자고 갔다. 가서 보니 석 달째 기다리고 있는 사람도 있었다. 그는 한 달간 입원해서 대기한 뒤 수술을 받고 다시 한 달을 누워 있었다.

"죽음 직전까지 갔었어. 죽는다는 건 이런 거구나. 영혼이 빠져나간다면 이렇겠구나 하는 생각을 했지. 수술한 뒤에 마취에서 깨어나기 직전이었나 봐. 꿈인지 환각인지 내 영혼이 빠져나가는 걸 내가 봤어. 옛 어른들은 사람이 죽으면 몸만 먼저 죽고 영혼은 아직 살아 산 자의 소리를 다 듣는다잖아. 그래서 입 조심해야 된다고. 수술을 하는데 내 몸이 세 등분으로 나뉘는 거야. 얼굴과 몸통, 다리로. 의사들이 내 배를 열어 수술을 하는데 배 안에다 짚을 넣는 게 보여. 내가 허수아비 같애. 그러면서 하는 말소리가 다 들려. 의사 말이 간만 이식하는 게 아니라 영혼도 이식한다는 거야. 내 영혼은 빠져

나가고 간과 함께 영혼도 새로 들어온다는 거지. 의사 말이 끝나자마자 내 영혼이 빠져나가기 시작하는데 그게 묘해. 영혼이 한순간 휘리릭 빠져나가는 게 아니라 내가 잡고 있던 내 삶의 중심들이 하나씩 내 몸을 떠나기 위해 나서지. 나는 놓아줄 수가 없어. 그건 내 존재 증명과도 같은 것이었을 테니까. 내 영혼을 가져가려는 자와 놓지 않으려는 나와 줄다리기가 시작되는 거야. 팽팽하게 밀고 밀려. 그렇게 힘겹게 싸우는 동안 숨을 쉴 수가 없어. 내 영혼을 움켜쥐고 뽑아가려는 사신 앞에서 나는 숨을 쉴 수가 없었어."

그는 오른손을 들어 올려 갈고리 모양으로 무언가를 힘겹게 뽑아 올리는 시늉을 해보였다. 영혼을 놓지 않으려고 안간힘을 쓰는 그의 얼굴은 온통 주름투성이였다. 미간과 눈가, 입가와 볼에까지 주름이 졌다. 그 주름은 세월이 만든 것이 아니라 그때 영혼과의 싸움에서 모두 새겨진 것은 아닐까 하는 생각마저 들었다.

"처음엔 아무것도 놓을 수 없었어. 내가 끝까지 버티면 그쪽에서 결국 내려놓아. 그러곤 다른 것을 집어 들어. 다시 또 그것을 뽑아가려는 신과 사투가 벌어지는 거야. 결국 숨을 더 이상 참을 수 없을 때 움켜잡았던 내 생의 것들을 하나씩 하나씩 버리게 돼. 처음엔 놓지 못하던 것도 내가 없더라도 어떻게 되겠지 하는 자포자기 심정이 되면서 하나씩 놓게 되더라고. 그렇게 포기하고 나니 억눌렸던 숨을 고통스럽게 내뱉을 수가 있었어. 그렇게 내가 잡고 있던 마지막 삶의 끈까지 놓고 나니까 그제야 편하게 숨을 쉴 수가 있게 되더라고. 숨을 쉴 수 있게 되니까 누군가 내 몸을 커다란 수조 속으로 집어넣는 거야. 그러자 짚으로 되어 있던 몸통 부분이 붙고 수술 자국도 없어지면서 다시 살아났지. 그렇게 토막 난 몸이 연결되고 나니까 누군가 나를 물속에서 건졌고 다시 숨을 쉴 수 있었어. 그러곤 눈을 떴지. 만화 같지만 지금 생각해도 그 잠깐의 시간이 내겐 장엄한 고비였어."

갈매기가 유리창을 비껴가듯 날면서 끼욱끼욱 울었다. 갑자기 그 괴이한 울음소리를 만들어낸 것이 그의 아픔인 것만 같은 생각이 들었다.

"그런데 이제 몸이 좀 괜찮아지니까, 미안하더라. 내가 끝끝내 붙들지 못하고 놓아버린 내 생의 것들한테 말이야."

그가 마시던 물컵을 내려놓고 가슴을 손바닥으로 둥글게 쓸었다. 수술을 받으며 삶을 지탱해주던 중심들을 놓는 대신 새 삶을 받은 그. 장기에 연결된 호스가 골씨처럼 생각되었다. 이식받은 간이 완전한 그의 것이 되길 빌었다. 호스를 통해 들어오고 나가는 모든 것들이 다시 그를 건강하게 하리라.

지금 내 삶에서 중요하다고 생각되는 것을 다 버리고 나면 내 삶은 어떻게 변할까. 내가 마지막까지 놓지 못하는 건 무엇일까. 그가 마지막까지 그 괴로움 속에서도 붙들고 있었던 것은 무엇일까, 끝내 놓아버릴 수밖에 없던 그것은.

어느새 가득 찼던 바닷물이 빠져나가기 시작했다. 꽤 오랜 시간을 앉아 있었던 모양이었다. 테이블에는 살뜰히 발라 먹은 병어의 잔해와 빈 술병만 남았다. 그는 술은 한 잔도 입에 대지 못했다. 나는 그의 것까지 마셨지만 취기는 돌지 않았다. 누가 먼저랄 것도 없이 시계를 보고 일어섰다. 그의 손을 잡았다.

"건강 잘 챙겨."

"다신 너 못 보는 줄 알았다. 미안해."

그가 내 볼을 쓸었다. 같이 살지 않아도 함께 사는 사람처럼 느껴지는 이가 있고, 같이 살아도 남처럼 낯선 사람도 있다. 나는 그를 등 뒤에서 잠깐 안았다.

고래가 해변으로 떠내려와 죽었다는 해외 토픽 기사를 읽은 적이 있다. 아직 정확한 원인이 밝혀지진 않았지만 자살이라는 설도 제기되었다. 외로움 때문이라고 했다. 고래는 저주파를 보내 서로 교신하는데 대형 선박의 엔진 소리가 그 주파수를 방해한다는 것이다. 고래가 아무리 주파를 보내도 그 주파를 듣지 못한 다른 고래는 답을 해줄 수가 없다. 고래는 끝없이 넓고 깊은 바다에서 외로움을 견디다 못해 막무가내로 뭍으로 와서는 죽어버린다.

1층 서너 평쯤 되는 방 한쪽 구석에서 새우잠을 자고 있던 주인 아줌마가 계단을 내려오는 발소리에 일어났다. 더 계셔도 되는데. 음식 값을 계산하면서 그가 물었다.

"저 고래를 살 수도 있나요?"

"벌써 팔렸어요. 좀 이따 누가 가지러 올 거예요. 이게 보신탕 수육이랑 맛이 똑같대요. 그래서 거기서들 사가요. 멍멍이 몇 마리 잡는 값은 하고도 남으니 엄청스레 이익이지."

고래는 15만 원에 팔렸다고 한다. 어부들이 쳐놓은 그물에 걸려 죽은 걸 끌어 올린 것이라고 했다. 고래를 잡았다고 신고를 하긴 하나 본데 개인이 팔 수 있는 모양이었다. 고래는 안개에 묻혀 젖어들었다. 안개비가 내려 금방 옷이 축축해졌다.

고래가 많이 잡히는 동해나 남쪽에서는 고래고기 전문점이 있다는 얘길 들은 기억이 났다. 고급 요리라고 했다. 그런데 여기에서는 겨우 15만 원에 보신탕 대용으로 팔린다니. 나는 배가 들어왔던 골씨, 아직 물이 빠지지 않아 그 길을 드러내지 않은 물길을 바라보았다. 석축 난간 위 안개에 둘러싸여 있는 고래가 그물에 걸려 죽은 뒤 배에 실린 채 이 작은 골씨를 따라 들어온 게 아니라 골씨를 따라 헤엄쳐 이름 없는 포구를 찾아온 것은 아닌가 하는 생각을 했다. 준설선이 메워지는 골씨의 개흙을 퍼내고 그 길을 따라 고래가 들어온다. 고래도 이 포구로 들어오는 골목 어귀쯤에서 '똥바다' 암호를 댔을지도 모른다.

고래를 지켜보며 담배 한 대를 피웠다. 안개에 젖은 담배는 더 그윽했다. 필터 끝까지 빨았다. 아버지 산소에 가면 형제들 중 누군가 담배에 불을 붙여 술잔 옆에 놓아드리던 생각이 났다.

"이렇게 실려와 겨우 보신탕집으로 팔려나가다니."

접질린 듯 중얼거리던 그가 갑자기 고래를 난간 아래 바다로 떠밀듯 힘주어 밀었다.

"왜 이래?"

나는 놀라 그를 얼른 잡아끌었다. 무리하면 위험하다는 말이 떠올랐다.

"그냥, 얼마나 무거운가 보려고."

그는 아무 일 없었던 듯 손바닥의 물기를 털고는 안개에 가려 보이지 않는 먼바다를 바라보았다. 그 말대로 그냥 고래의 무게를 미는 힘으로 가늠해보려 했는지도 모른다. 하지만 내게는 마치 고래를 바다로 되돌려 보내려는 몸짓으로 보였다. 그렇게 바다로 떠밀어만 주면 고래가 다시 살아서 골씨를 따라 먼바다로 나가기라도 하는 듯. 안타까웠다. 어쩌면 난데없이, 찾기도 어려운 이 포구를 찾아든 이유가 마치 저 고래를 보기 위한 것이 아니었나 하는 생각까지 들었다.

우리는 다시 골목길을 걸어 나왔다. 이렇게 좁고, 양쪽에 집 담벼락이 있는 골목을 지날 때마다 아까운 생각이 들었다. 유인물을 돌리기 딱 좋은 골목들이었다. 집이 골목을 사이에 두고 다닥다닥 붙어 있는 길을 만나면, 새벽에 골목길을 지나면서 가슴에 품은 유인물을 담 안으로 던져 넣던 생각이 늘 들었다. 빠른 시간 내에 많은 유인물을 들키지 않고 집 마당에 던져 넣으려면 아무래도 이런 골목을 만날 때가 제일 신났다. 대개 그런 골목들은 가난한 자들의 길이기도 했다.

짙게 가라앉은 새벽. 고요를 가르는 가파른 발소리, 잔뜩 긴장된 가쁜 숨소리. 날카로운 선동 문구가 든 유인물을 담장 안으로 던질 때 바람을 가르며 내려앉던 소리가 세월이 지나도 골목길을 들어설 때마다 들렸다. 그 시절에 만나지 않았더라면 우리 관계는 좀 달랐을까. 알 수 없었다.

골목을 빠져나와 뒤를 돌아보았다. 다시 오면 여길 찾을 수 있을지 자신이 없었다. 그는 그가 다녔다던 제분 공장을 바라보았다. 그의 걸음이 느렸다. 많이 피곤해 보였다. 나도 그의 걸음에 맞춰 천천히 걸었다. 그와 나는 얽힌 선로와 트럭 사이를 걸어 역으로 왔다. 그러고 보니 포구에서 멀지 않은 곳인데 역 근처에는 안개가 끼어 있지 않았다. 그의 머리에 하얗게 안개비가 얹혀 있었다. 포구에 다녀온 징표 같아 보였다. 물기를 털어주었다. 내 머리도 쓸었다. 손바닥이 축축하게 젖었다.

패루 뒤편의 청관 거리와 그 위의 공원을 바라보았다. 어느 봄날이었을까. 공장의 어린 동생들과 이 공원에 놀러온 적이 있었다. 봄나들이였다. 봄이 절정이다. 싱그럽고 어지러웠다. 슈퍼에서 산 옥수수 사료를 비둘기에게 던져주기도 하고 선글라스를 낀 장군 동상 앞에서 단체 사진을 찍기도 했다. 벚꽃 길을 걸어가며 노래도 불렀다. 노래는 기억나지 않는다.

나훈아의 「사랑은 눈물의 씨앗」은 물론 아니었다. 그런데도 눈물이 났다. 몸 어딘가가 가려웠고, 이 짧은 봄날을 단 한 차례 거닐고 나면 다시 주간과 야간 일을 교대로 하며 봄이 간 줄도 모를 것이 괴로웠다.

개찰구를 빠져나오자 우리가 지나왔던 녹슨 철길들과 주차된 화물 트럭이 개망초와 메꽃 들 사이로 보였다.

"그 집 그 앵두 나도 따 먹었어. 이른 아침 방을 나설 때마다 이슬에 젖은 그 빨갛고 앙증맞은 앵두가 왜 그리 가슴이 아프던지. 그때 너는 잘 잤는지 모르지만 난 매번 한숨도 못 자고 나온 거 모를 거야."

그가 생각난 듯, 그러나 오래 참아온 듯 말했다.

나는 우리가 찾아들던 골목이 어디쯤인지 가늠해보았다. 그 너머의 작은 포구와 그 포구 난간에서 안개비를 맞고 있을 고래도 떠올렸다. 바닷물이 들기 시작하면 골씨를 따라 힘겹게 헤엄쳐 오는 고래가 보일 것도 같았다.

푸른 유리 심장을 지닌 소설의 힘

이경재

1. 상상력의 힘

양진채는 2008년에『조선일보』신춘문예로 등단한 늦깎이 소설가다. 문학의 죽음이 널리 회자되는 이 혹독한 시절에, 과연 무엇이 한 영혼을 뒤흔들어 천형이라고까지 일컬어지는 작가의 길에 들어서게 한 것일까?「봄날의 테이블보」는 이러한 물음에 나름의 답을 보여주는 작품이다. 평범한 가정주부인 주인공은 생선을 팔던 엄마의 비린내를 맡으며 가난하게 자랐다. 지금도 그녀는 빚쟁이들에게 쫓기고, 무능력한 남편의 목을 조르는 상상에 빠질 정도로 어렵게 산다. 남편은 다단계판매 회사에 취직하여 빚만 잔뜩 지고, 극약인 시안화칼

류 덩어리를 가져와 함께 죽자고 위협하기도 한다.

복지관에서 운영하는 한지그림 프로그램에서 만난 채연주의 남편을 연모하게 되면서부터, 퍽퍽한 그녀의 삶에 윤기가 돌기 시작한다. 어려서부터 유난히 공상하기를 좋아했던 '나'는 '당신'에 대한 이러저러한 공상을 통해 삶의 기쁨을 얻고 조금씩 변해나가는 것이다. 당신을 좋아하던 그때부터 그녀의 등은 펴지고 허리는 꼿꼿해진다. 어느 사이 남몰래 챙겨놓았던 시안화칼륨도 버리게 된다. 당신과의 실제적 만남은 그다지 중요하지 않다. "아이스크림처럼 달콤하고 부드럽던 만남은 실재했나요, 상상인가요? 모르겠습니다"(p. 213)라는 고백처럼, '나'에게 중요한 것은 당신을 마음속으로 원하는 대로 상상하는 것이다. '나'에게 "구차한 현실을 잊을 수 있는 건 공상밖에 없었으니까요"(p. 199)라는 말은 삶에서 차지하는 공상의 힘을 증언하기에 모자람이 없다. "당신과 함께 있거나 당신이 떠오른 시간은 공상처럼 도피이자 기쁨"(p. 208)이었던 것이다. 「봄날의 테이블보」의 '나'가 공상을 통해 비루한 현실을 살 만한 곳으로 만들어나가듯이, 양진채 역시 상상력이라는 전능한 힘을 통하여 고통스러운 세상을 견딜 만한 곳으로 만들어나가고 있는 것인지도 모른다.

「푸른 유리 심장」에 등장하는 가루다의 '푸른 유리 심장'은 양진채가 꿈꾸는 소설에 대한 상징적 형상이 되기에 충분하다. 용 중에서도 독이 있는 용을 잡아먹고 사는 가루다는 몸속에 독이 쌓이면 마지막에는 그 독기로 자신의 몸을 불태워버린다. 가루다가 불타고 남은 자리에는 유리처럼 맑은 심장만이 남는다. 이때의 푸른 유리 심장은 지난한 노력의 과정 끝에 남는 성취의 표상이라고 할 수 있다. 동시에 '푸른 유리 심장'은 우리가 느낄 수 있는 지복의 상징이기도 하다. 어미 코끼리가 새끼 코끼리에게 물을 뿌려줄 때 새끼 코끼리의 등에서는 '푸른 유리 심장' 같은 물방울이 빛나고, 한 가족이 숟가락을 부딪치며 행복하게 식사를 할 때 아이가 먹는 것은 다름 아닌 "푸른 유리 맑은 심장"(p. 164)인 것이다. 인간은 바로 "그걸 위해 살아가고 있는"(p. 162)지도 모른다. 양진채에게 '푸른 유리 심장'은 소설이다. 현실의 맹독을 거침없이 자신의 몸에 쌓은 후에, 그것도 모자라 분신(焚身)과도 같은 고통을 더 겪은 다음에야 비로소 얻게 되는 결정물이다. 동시에 그 고통은 무엇과도 비교 불가능한 지극한 행복을 선사하기도 한다. 양진채는 깨끗하게 씻은 손으로 간절한 기도를 올린 후에야 원고지를 마주하는 작가임에 분명하다.

2. 외로움이 그려낸 나스카 라인

양진채 문학의 본령은 아름다운 이미지와 기호로 가득 찬 낭만주의적 작품들에 있다. 「나스카 라인」「파르초」「푸른 유리 심장」이 여기에 해당하며, 이 중에서「나스카 라인」과「파르초」는 등장인물과 주요 사건이 이어지는 연작소설이다. 나스카 라인은 페루 마야 유적지에 그려진 신비스러운 그림을 가리킨다. 2천 년 전 마야인들은 사막 평원에 벌새, 콘도르, 거미 같은 동물을 거대한 규모로 형상화했다. 대체 이 그림은 어떠한 용도로 그려진 것일까? 이 질문이야말로 이 작품을 이끌어나가는 기본적인 힘이다.

'나'는 우체국에서 근무한다. 말할 것도 없이 우체국은 소통과 만남의 매개 지점이다. 공단 지역에서 멀지 않은 곳에 위치한 이 우체국에는 자국으로 택배를 보내는 외국인 노동자들이 많다. 이 우체국에는 정기적으로 들러 연애편지를 보내는 할아버지도 등장한다. 집배원 아저씨는 한 어머니가 군대에 간 아들에게 보낸 편지가 우표값이 모자라 반송되자, 자신의 돈 20원을 보태어 다시 보내달라고 말한다. '나'의 책상 위에 놓인 달력에는 잉카제국의 통신을 담당한 파발꾼 차스키의 후예인 인디오 아이가 그려져 있다.

'나'는 근원적인 외로움에 시달리는 존재로 형상화된다. 이러한 외로움은 다음의 인용문처럼 그녀가 언어장애를 앓고 있다는 사실과 밀접하게 관련된다.

나는 사람들의 말을 이해하기 어려웠고, 자주 그 갈피에 숨은 의미를 해독하지 못했다. 다른 사람들도 마찬가지였다. 내 말을 이해했다고 하면서도 실상은 이해 못 하고 있는 경우가 더 많았다. 그럴 때마다 입을 다물었다. 나는 가끔 옹알이할 때가 제일 행복했을지도 모른다는 생각을 했다. 몽돌 같은 그 옹알거림을 곁에 있는 사람들은 모두 알아들었을 테니까. 말 대신, 옹알거림으로, 눈빛으로 얘기할 순 없는 건가? 세상은 너무 시끄러워. 나는 말이 어긋날 때마다 속으로 중얼거렸다. (p. 66)

'나'는 가는귀가 먹은 할머니와 어린 시절을 보냈다. 할머니와는 말하지 않아도 서로의 마음을 알 수 있었다. 그러던 할머니가 돌아가시자, 그나마 이야기할 사람이 없어졌고 '나'는 할머니 무덤에 말도 함께 묻었다. 할머니가 돌아가시고 난 뒤 유일하게 자신을 이해한다고 믿었던 그 역시 "도대체 너를 모르겠어"(p. 73)라는 말을 남기고 떠난다. 그 순간에도 '나'는 아무 말도 할 수가 없었고, "무슨 말을 해야 내 마음이 고스란히 전달될 수 있는지 알지 못"(p. 73)한다. '나'는 "누군가와 이야기하고 싶"(p. 74)은 간절한 욕망에 시달린다.

세계의 미스터리를 소개하는 책에서 나스카 문양을 처음 보았을 때, '나'는 깜짝 놀란다.[1] 그 그림들은 그녀가 혼자 그

---

[1] 지금까지 나스카 라인은 야외에 만든 천문학 달력이었다는 해석, 외계인이 착륙했던 흔적이라는 해석, 고대의 목초지 경계선이었다는 해석, 직물 패턴을 크게 그린 것이라는 해석, 무속적인 환상을 볼 수 있게 촉진시키는 역할이었다는 해석을 통해 이해되었다.

려왔던 그림과 많이 닮아 있었기 때문이다. '나'는 "그 그림 속에서 누군가 나를 부르는 것 같았다"(p. 76)고 느낀다. 할머니가 돌아가신 이후 '나'는 땅바닥에 그림을 그리며 놀았는데, 그림을 그리는 순간만은 "고아원 원장의 냉대도, 툭하면 건물 뒤로 끌고 가 무릎 꿇려놓고 이유도 없이 패는 언니나 오빠들도, 차가운 방바닥"(p. 71)도 모두 잊을 수 있었던 것이다. '나'에게 나스카 라인은 2천 년 전 마야인들이 자신들의 외로움과 고통을 잊기 위해 우주를 향해 그려 보인 거대한 교신 신호인 것이다.

「파르초」는 「나스카 라인」에 그대로 이어지는 작품이다. 그녀는 우체국을 그만두고 다시 나스카 라인을 보기 위해 페루로 달려간다. "매일 똑같은 길을 다니고 우표를 붙이고 스탬프를 찍고 요금을 계산하고, 다시 집으로 돌아오는 무미건조한 일상이 고맙다가도 문득 한숨이 나왔"(p. 91)던 것이다. 무엇보다도 갑자기 땅이 꺼져 눈앞에 있던 사람이 사라지는 극적인 일을 겪은 이후로 그녀는 우체국을 그만두고, 여행사를 찾게 된다. 페루에서 그녀는 6개월의 시한부 선고를 받고 병원에 입원한 재형에게서 3년 만에 문자를 받는다.

타인을 향한 열망으로 「나스카 라인」에 나스카 라인이 존재한다면, 「파르초」에는 파르초가 존재한다. 파르초는 티베트어로 신의 가피를 받기 위해 걸어 놓는 깃발을 의미한다. '나'의 생활은 여전히 외로워서 "내가 보낸 메일이나 문자를 보고 또 보고는"(p. 93) 할 정도다. 이런 그녀가 누군가를 향한 깃발에 마음을 빼앗기는 것은 너무도 당연하다. 시한부 인생을 선고받은 재형 역시 간절한 마음으로 파르초 하나를 꽂아놓고 싶어 한다. 타인을 갈구하는 '나'와 재형의 간절한 마음은 작품의 마지막을 너무도 아름다운 파르초의 이미지로 가득 채우고 있다.

> 나는 가지마다 깃발을 매다는 심정이 된다. 바람에 흔들리는 붉고 노랗고 푸른 깃발, 파르초. 신의 가호를 바라는 간절한 기도. 깃발 끝에서 푯대가 세워져 있다. 내가 가야 할 길, 그가 인도할 길을 향해 있다. 나는 흔들리는 잎을 바라보고, 파르초를 보고, 그 푯대 끝이 가리키는 길을 본다. 그 푯대가 가리키는 어둠 속 요원한 길을 본다. (p. 110)

「나스카 라인」과 「파르초」의 주인공이 페루로 떠나고자 했다면, 「푸른 유리 심장」의 '나'와 '그'는 치앙마이 북쪽 107번 도로를 따라 50킬로미터 지점에 있는 매땡 트래킹 지역으로 떠나간다. 이와 같은 이국 동경의 반복은 때로 미성숙한 자들이 갖기 마련인 낭만주의에의 경도 현상으로 치부될 수도 있다. 그러나 「푸른 유리 심장」은 양진채 소설에 등장하는 낭만적 충동이 거느린 만만치 않은 현실의 무게를 증언하기에 모자람이 없다.

'나'는 백화점 안내방송원이고 그는 백화점 감시원이다. '나'는 자신의 목소리를 잃어버린 채 공식화된 목소리를 하루 종일 내지른다. 그 역시 음향 전공자이지만 먹고 살기 위해 백화점에서 일하며, 하루 종일 억지 미소를 짓는다. 뿐만 아니라 다른 직원들도 자기처럼 친절한 미소로 손님을 맞고 있는지 끊임없이 살펴야 한다. 코끼리가 거창으로 머리를 수없이 찔려 "코끼리 아니게"(p. 59) 된 것처럼, '나'나 그 역시 백화점이라는 조직에서 살아가기 위해 자신의 본래 모습을 잃어버리게 된 것이다. 그들은 근대 사회의 본질적인 문제인 인간 소외에 시달리는 인물들이다. 사정이 이러하니 서로가 서로를 알아보고, 사랑에 빠지는 것은 시간문제일 수밖에 없다.

  이 작품에서는 끊임없이 등장인물과 코끼리가 동일시된다. '나'는 그가 선물한 코끼리상을 보며 그와 닮았다고 생각하며, 외국에서 만난 사진사는 '나'를 계속해서 코끼리라 부른다. 그는 회식이 있던 날 노래방에 가서 "꾸우우우, 꾸우우우. 코끼리, 날개 달린 코끼리, 꾸우우우, 꾸우우우"(p. 149)라는 코끼리 울음소리까지 내며 머리를 쥐어뜯는다. 머리를 벽에까지 짓찧는 그는 "나중에는 완전히 바보가 되는 거야. 길들여진다는 게 얼마나 끔찍한 줄 알아? 씨발 자기를 찌른 그 인간들 앞에서 더러운 침을 질질 흘리고, 구걸하고 재롱을 피워"(pp. 150~51)라고 말한다. 이때의 코끼리가 자신을 지칭하는 것임은 물을 필요도 없다. 코끼리가 인간들 앞에서 돈벌이

쇼를 벌이기 위해 조그마한 우리에 갇혀 창으로 사정없이 찔리며 길들여지듯이, 나와 그 역시 백화점이라는 조직에서 길들여졌던 것이다.

'나(그)=코끼리'라는 비유는 인물들이 처한 상황의 본질을 날카롭게 드러내는 장점이 있지만 상황을 지나치게 단순화하는 위험도 존재한다. 그러한 위험성은 「너라는 거기」라는 작품을 통해 잘 나타난다. 이 작품은 '오죽하면'이라는 말로밖에 설명할 수 없는 처지에 놓인 사람들의 삶이 등장한다. '나'는 아이들에게 글쓰기를 가르치며 간신히 살아가고 있다. 어머니는 오빠 집에서 조카를 봐주며 살아가며 매번 조카가 남긴 밥을 꾸역꾸역 먹는다. 그 밥을 버리라는 '나'의 말에 어머니는 "오죽하면 이런 걸 못 버리고 먹겠냐!"(p. 124)고 말한다. '나'는 어린 시절에 어머니의 친구 아들과 함께 산 적이 있다. 어머니의 친구는 이혼으로 갈 곳이 없어진 아들을 친구에게 맡긴 것이다. 이미 여러 사람들의 돈을 떼먹은 어머니 친구의 아들은 '나'에게 2백만 원만 빌려달라고 전화를 건다. 이러한 모든 가난의 풍경은 전신주와 전신주 사이의 전선 가닥에 매달려 있는 한 사나이의 모습에 비유된다. 여러 가지 '오죽'의 풍경이 그와 유사한 하나의 이미지로 수렴되는 것이다.

「페루 위 고래」에서는 고래라는 상징이 작품을 이끌어간다. 여기서 고래는 넓디넓은 심해를 가르는 웅혼한 영혼과는 무관하다. 이 고래는 인천 앞바다, 그중에서도 똥바다라고 불리는 외지고 더러운 바다에서 잡혀온 고래다. 골씨를 따라 들어온 작은 목선에 실려온 고래는 보신탕 수육 대용으로 고작 15만 원에 팔려 나간다. 그러나 그 고래도 한때는 푸른 해양을 주름잡았음에 분명하다. 오래된 포구의 횟집 2층에 앉아 있는 남녀의 운명 역시 정확히 고래를 닮아 있다. 대학을 접고 위장 취업을 했던 그들은 뜨거웠던 혁명의 시대 한복판을 함께 헤쳐 나온 동지다. 그 당시 남자는 여자의 지도선이었다. 그들은 "우리 가슴에 남아 있던 그때의 어떤 얘기도 말을 꺼내기가 무섭게, 기다렸다는 듯이 모두 다 후일담이라는 구정물에 처박히곤 했다. 그럴 때마다 우리의 순정들이 강간당한 기분이었다"(p. 235)는 말에서 알 수 있듯이, 심각한 상실감에 시달린다. 더군다나 남자는 얼마 전에 중국에 가서 간 이식까지 받고 온 중증의 환자다.

이러한 상실감은 세상과의 단절에서 비롯된다. 그것은 해변으로 떠내려와 죽은 고래에 대한 해외 토픽 기사에 잘 나타나 있다. 고래는 본래 저주파를 보내 서로 교신하는데 대형 선박의 엔진 소리는 주파수의 통신을 방해한다. 그 결과 고래가 다른 고래에게 아무리 주파를 보내도 서로 소통할 수 없게 되고 결국 외로움을 견디지 못한 고래는 뭍으로 와서 죽어버린다는 것이다. 서로 소통하지 못하는 고래의 모습은 변화된 시대와 교감하지 못하는 남녀의 모습과도 닮아 있다.

양진채의 작품집 『푸른 유리 심장』은 기본적으로 자아와 세계 사이의 근원적인 일체성의 상실과 그에 대한 대응으로 정리할 수 있는 낭만주의의 토포스에 충실하다. 현실에의 절망과 그에 대한 대응으로서의 초월이라는 정념이 양진채의 소설을 가로지르고 있다. 낭만주의는 현실에서의 이탈을 기본적 특징으로 하지만, 이 현실 초월이라는 특징이 맥락과 상황에 따라서는 강력한 정치적 효과를 발휘할 수도 있다. 그러나 양진채의 이번 작품집은 사회적인 의미망보다는 인간 실존의 근원적 문제를 조명하는 데 주력한다.

3. 생사를 넘나드는 독수리

절망적인 현실을 떠나고 싶은 충동은 공상, 글쓰기, 여행, 초월적 이미지에의 탐닉 등과 더불어 죽음에 대한 지속적인 관심을 낳는다. '지금―이곳'에서 벗어나는 데 죽음처럼 완벽한 방법은 달리 없기 때문이다. 양진채의 소설에서는 죽음의 기호가 수시로 불쑥불쑥 솟아오른다. 죽음을 정면에서 다루든 하나의 배경으로 다루든 죽음의 그림자는 떠나지 않는다. 「누군가 있다」의 '나'는 "아내의 노래를 듣고 있으면 붉은 비단 천으로 된 명정(銘旌)이 관 위에 덮이기 전, 은물로 새겨진 망자의 이름이 노랫소리를 따라 돋을새김될 것만 같았다"(p. 38)고 말한다.

「플러그 꽂는 시간」은 정면에서 죽음의 문제를 다루고 있는 작품이다. 이 작품은 이웃 일본은 물론이고 한국에서도 커다란 문제로 부각되고 있는 고독사를 다루고 있다. 시취를 비롯한 각종 냄새에 대한 묘사가 어찌나 다양하고 정밀한지 머리가 지끈거릴 정도다. 양진채가 다루는 죽음이란, 이 작품에서처럼 철저히 물질적이며 근원적이다. 주인공 P는 고독사한 사람들의 유품을 정리해주는 일을 한다. 심한 축농증과 비염을 앓았으며, 택시와 부딪히는 사고를 당한 이후 좋은 향기에 구역질을 느끼고 사람들이 싫어하는 냄새는 역겨워하지 않게 된 P에게는 가장 적합한 일이 아닐 수 없다. 흥미로운 것은 P 역시 고독사의 가능성이 농후하다는 점이다. 3년 전부터 딸은 이혼한 전처와 살고 있다. 죽은 자에게도 딸이 유일한 혈육이듯이, P도 세상에 남길 수 있는 것이라고는 딸 하나 뿐이다.

P는 무척이나 죽음과 가까이 있다. 텔레비전, 컴퓨터, 청소기, 냉장고, 의자, 식탁, 밥솥까지 P의 집 안에 있는 물건들은 대부분 일을 하러 나간 집에서 가져온 것들이다. P가 죽은 남자의 집에서 최신형 LED 벽걸이 텔레비전을 가져와 플러그를 꽂는 순간은 텔레비전에 밴 시취가 온 집 안에 퍼지는 순간인 동시에 죽은 자와 산 자가 만나는 순간이기도 하다. P는 텔레비전을 보다가 문득 티베트의 어느 사원에서 행해진다는 조장을 떠올린다. 텔레비전에서 시취를 맡자 P는 문득 자신

이 독수리와 닮은 것이 아닌가 하는 생각을 한다.

한편, 양진채 소설은 현대인의 불안 심리를 실험적으로 드러낸다. 「도둑」은 환상소설the fantastic적 구조를 통하여 우리 삶이 지니고 있는 근원적인 균열의 지점을 환기시키는 작품이다. 평화로운 집에 어느 날 도둑이 든다. 다른 물건은 그대로인데 지갑이 보이지 않는다. '나'뿐만 아니라 마을 사람들 대부분이 도둑을 맞았다. 유력한 용의자로 2층 남자가 등장한다. 도둑이 들었다면 주인공이 기르는 개 비프가 짖었을 텐데, 어제는 짖지 않았다. 낯가림이 심한 비프는 2층 남자의 품에서만은 평소에 얌전했던 것이다. 그런데 얼마 지나지 않아 도둑이 청계천에서 훔친 물건을 팔려다 잡혔다는 이야기를 듣는다. 도둑이 잡혔음에도 '나'는 계속해서 불안을 느낀다. 2층 남자는 계속해서 '나'의 주위를 서성이고, "늘 제자리에 있던 물건들이 약속이나 한 듯 조금씩 어긋나 있"(p. 187)다. 그리고 돌아온 남편의 휴대전화에는 잘 들 어 가 고 있지? 내 꿈 꿔. 윤(p. 188)이라는 문자가 떠 있다. 그러고 보면 남편의 지갑 안에는 고급 보석을 산 영수증이 들어 있었다. 이 작품은 우리의 평화로운 일상이 얼마나 허약한 지반 위에 서 있는 것인가를 집요하게 심문한다.

「누군가 있다」의 '나'는 애벌레를 끊임없이 떠올린다. 이 애벌레는 주인공의 죄의식과 불안 심리가 투영된 대상이다. 애벌레의 환영에 시달린 것은 '나'와 아내가 오토바이를 탄 1991년

생 여자를 뺑소니 사고로 죽게 한 후부터다. 애벌레의 환영(죄의식)에서 벗어나는 길은 존재하지 않는다. 모든 것을 잊게 해주는 효능이 있는 약을 판다던 카우보이가 결국에는 강도에 지나지 않았던 것처럼 말이다. 서사가 진행될수록 애벌레는 점점 더 많아지고, 나중에는 아내를 보며 "벌레가 당신 몸을 기어오르고 있다고!"(p. 56)라며 소리친다. 작품은 애벌레들이 '나'의 입속으로 기어 들어가고 눈알을 파먹는 서술로 끝난다. 이러한 묵시록은 비단 '나'라는 개인의 일로만 한정되지 않는다. 어느 농가에도 이상 기온 탓으로 징그러운 나방 애벌레가 들끓어 사람들은 외출할 엄두도 못 낸다. 세상 곳곳은 파국의 징후들로 넘쳐나며, 개인의 파멸은 어느새 문명 차원의 종말 의식으로 확장되고 있는 것이다.

그런 일은 많았다. 한여름에 우박이 쏟아졌다. 그물에 물고기 대신 물컹거리는 해파리만 잔뜩 잡히고 어느 바다에서는 귀신 고래가 나타나기도 했다. 거대 싱크홀이 생기면서 갑자기 멀쩡하던 땅이 꺼져버리는가 하면 순식간에 집이나 자동차를 삼켜버리기도 한다. 그렇기로서니 고층 아파트 방에 애벌레라니. (p. 48)

4. 양진채 소설의 현주소

양진채는 묘사에 능한 작가다. 요즘 젊은 작가들의 소설에서 결핍된 것으로 지적받는 묘사가 그의 소설에서는 여전히 정밀하게 명맥을 이어가고 있다. 그만큼 양진채의 소설은 고전적이며 시류와는 무관한 미의 본령에 가까이 다가선 것들이다. 다음의 인용문에서는 고독사한 한 남성의 주방 풍경 묘사를 통해 그가 견뎌냈을 외로운 삶의 풍경이 자연스럽게 독자의 심중에 펼쳐진다.

주방 옆에 딸린 작은 베란다에는 과일주 담글 때 쓰는 소주 페트 병이 여섯 개나 우그러진 채 비닐봉지에 담겨 있었다. 일반 소주보다 값은 싸고 독한 술이었다. 주방은 비교적 깨끗했다. 먹다 남은 크림 수프가 덕지덕지 붙어 곰팡이를 피우고 있는 냄비 정도가 전부였다. 냉장고에 있는 말라비틀어진 포장 김치 몇 조각은 안을 밝히는 노란 불빛을 무색하게 했다. 수저 두 벌, 라면 한 봉지, 인스턴트 크림 수프 봉지 두 개가 전부였다. 당뇨와 혈압 약을 복용했다는 남자의 식단은 최악이었다. (p. 17)

양진채는 소설의 고전적 규율에 충실하다. 이것은 많은 한국 작가들에 의해 정착된 한국단편소설의 미학을 충실히 이어받았다는 의미기도 하다. 양진채는 인간을 규정하는 사회 역사적 조건들보다는 인간을 규정하는 본질적인 요소에 대한 탐구를 문학의 가장 중요한 사명으로 파악하고 있다. 양진채가 생각하는 핵심적인 인간의 조건은 낭만적 충동이다. 더 나은 세계를 향한 동경과 초월의 욕망이야말로 인간을 인간으로 존재하게 하는 성(聖)스러운 조건임에 분명하다. 양진채의 첫번째 작품집 『푸른 유리 심장』은 낭만적인 토포스를 중심으로 여러 가지 테마가 무척이나 다양하게 배치되어 있다. 무엇보다 양진채의 작가적 장기는 훌륭한 문체와 치밀한 묘사에서 찾아야 할 것이다. 그녀의 작품들은 내용화된 형식이 무엇인지를 보여주는 잘 빚어진 항아리의 전범이다. 별것 아닌 실험으로 야단법석을 떠는 경박이나 세상의 짐을 전부 짊어진 듯 행세하는 허세와는 거리가 먼 양진채는 한국문학의 소설 미학을 갱신해나가고 있는 순수한 빛깔 중 하나다.

자고 일어난 아들이 내 옆에 와서 말했다.

요즘 자꾸 날개가 돋는 꿈을 꿔. 어떤 때는 날기도 하고, 어떤 때는 못 날기도 하는데 조정 기술이 좀 필요해. 귀를 움직일 때처럼 잘 되기도 하고, 영 안 되기도 하거든.

그 꿈을 샀다.

아마도 오랫동안, 일부러 맹독이 있는 용만 잡아먹고, 결국엔 독이 쌓인 자신의 몸을 불태우는 가루다, 그 불탄 자리에 남는다는 푸른 유리 심장을 꿈꿔왔는지도 모르겠다. 그러나 나는 지금, 저 어두운 밤바다, 골씨를 따라 이름 없는 포구로 들어오는 고래인지도 모른다는 생각을 한다. 오래도록 헤엄쳐갈 것이다.

주변의 많은 사람들이 내 책이 나오길 기다려주었다. 문득 고맙고 든든하다. '첫'의 설렘과 상큼함은 내 책을 궁금해했던 이들 몫이다. 나는 그 뒤에 있을 고통과 번뇌를 감당하겠다.

부르고 싶은 이름이 아주 많아서 결국 아무 이름도 쓰지 못함을 용서해주길 바란다. 박·윤·문·신·조·최·김·이 등. '소주한병'. 그대들은 내게 쓴맛과 달콤함을 동시에 안겨주었다. 오래도록 함께 가길 빈다.

첫 소설집을 내준 문학과지성사, 해설을 써준 이경재 평론가, 이민희 편집자께 각별한 고마움을 전한다. 평생 잊지 않겠다.

등단했을 때, 한 시인이 선물로 도장을 새겨주었다. 첫 소설집이 나오면 서명할 때 꼭 이름 옆에 붉은 인주를 묻혀 찍으리라 다짐했다. 그날이 왔다.

2012년 11월
양진채